U0001989

青春須早為

(上)

李行健 著

高寶書版集團

目錄

目錄

第一章

不打不相識（一）

呼——

已經八點鐘了。

鄭乾看了眼時間，發送了一個「再見」的表情，關掉電腦，結束一天的客服工作。

剛剛辭去了學校幫忙介紹的實習工作，被生活時時刻刻教做人的鄭乾，不得不想方設法走出一條自己想要的路，對於剛畢業的大學生來說，走上創業道路無非只有兩種情況——一，畢業後沒有一份適合的工作，二，有了適合的工作卻不想做。

無論哪一種，想到當初挑燈夜戰努力奮鬥的畫面，差一點就像科比一樣欣賞「凌晨四點鐘的天空」，都是很讓人不甘心的。努力與收穫不成正比的事情，最令人惱火。

可是又能怎樣？

搖了搖頭，起身伸了個懶腰，驅除一天到晚超負荷的工作量給身體帶來的疲憊，才覺得昏沉的腦袋清醒了不少，身體也舒服了許多。

就在這時，手機鈴聲突然響了起來。

忍不住化身一條固執的魚，逆著洋流獨自遊到底，年少時候虔誠發過的誓，沉默地沉沒在深海

裡……

那英獨特而富有魅力的聲音從手機震動中傳出，讓剛倒了杯水坐回窗前思考人生的鄭乾恍然回神。掏出手機，一張十分漂亮的臉蛋出現在螢幕上，一個被某人強行輸入的暱稱「親愛的」三個字由於某些特有的功能而不停閃爍。

熟悉的頭像，熟悉的備註。

鄭乾笑了笑，劃過綠色的接聽鍵，剛湊到耳朵邊，一個好聽卻……呃，頗有韻味的聲音就從電話那頭傳將過來。

「蠢萌蠢萌的鄭乾先生，請問您工作做完了嗎？」

鄭乾突然覺得一天到晚的疲憊一掃而空，傻傻一笑，一副被人賣了還幫人數錢的模樣：「剛剛做完，有什麼事嗎？」

「你問我什麼事呀？」溫柔嬌嫩的聲音縈繞在耳邊。

鄭乾暗道糟糕，果然，下一秒鐘電話那頭語氣突變：「哼！我就知道你不記得今天是什麼日子，現在本小姐給你一個機會進行自我救贖——」

鄭乾連忙點頭，誠惶誠恐，認真的聽。

「我要你，立刻、馬上……過來娶我！」

噗——一口水差點嗆到……這是什麼要求，有這麼強迫人的嗎？

自家女朋友的性格鄭乾早已瞭若指掌，絕對是那種敢說敢做，直爽豪放又大大咧咧的「女漢子」類型，要不然哪有女孩子家倒貼求婚不說，還一天嚷嚷著要男方娶她的？

聽到這句話，鄭乾苦笑一聲，求饒似的懇求：「我的野蠻大小姐，我……朕做不到啊！」

本來想說著名的「臣妾做不到」，可轉念一想，這豈不是有辱他大男人的身份？

電話那頭又是一聲冷哼：「我就知道你小子不行！好了，本小姐也不強迫你，看在你效勞近三年的份上，今晚……過來我這邊吧。」

「過去你那邊？為什麼？」鄭乾不肯往那方面去想，可是這大晚上的，孤男寡女共處一室……

「喂，一句話，來還是不來？不過我可提醒你，你要是敢不來，你知道後果，哼哼！」

嘟——電話裡傳來一陣短音，程心很乾脆俐落的掛了電話。

究竟什麼事？平常程心不會這麼晚叫他過去的……莫非還真的是他想的那件事？鄭乾自顧自琢磨，越想越覺得有可能，只是眼下……眼下住的是一個月六百元（人民幣，下同）的城中村單人套房，創業處於起步階段，一個月的工資差不多就夠吃夠住，別的花費一概沒預算了。

要是就這樣去了，總感覺有不負責任的嫌疑，如此一來，「吃軟飯」、「小白臉」這樣的尖銳字眼肯定會毫無徵兆劈頭蓋臉往他身上砸，想想都覺得害怕。

該怎麼辦？

對了！

鄭乾一拍腦袋，今早孔浩不是要他晚上一起去一趟學校嗎？因為他女朋友要從學校搬出來住，要他跟著去幫幫忙，兩人的關係是有情有義的好哥們，當然就同意了。

孔浩說的時間是九點，鄭乾抬頭看了眼時鐘，現在是八點十分，還差五十分鐘，所以嘛……嘿嘿，有了藉口。

鄭乾乾咳兩聲，鄭重其事又撥了電話給程心。

「程心，抱歉，我忘了告訴你，今早孔浩叫我晚上去學校幫忙搬東西。」

「哦，沒關係，叫他們也一起過來吧。」程心想都沒想，「正好，好多天沒見了，大家一起聚一聚。」

「啊？你不是叫我……」

「笨蛋！今晚是我們相識的第一千零一夜啊！你在亂想什麼？」

「啊？第一千零一夜……」

原來是第一千零一夜紀念日啊！

時間過得可真快！不知不覺間，兩人相識快三年的時間了。想到不久前的畢業晚會上程心對著他當眾求婚的場景，鄭乾忽然覺得自己很幸福，如果不是工作與生活壓力各方面的原因，他一定會毫不猶豫實現自己的諾言，娶程心回家。

「親愛的，等我。」

掛掉電話，鄭乾一瞬間充滿了幹勁，有子若此，夫復何求？

好哥們孔浩的電話如期而至，一接通，這傢伙就一如往常拿自己的名字調侃起來：「掙錢的，快下來，我在樓下等你。」

「你個空號，再叫試試？」鄭乾沒好氣回了一句。

「大哥！這台車是計時的黑車啊！我租來的，多一分鐘就多幾塊錢！」

鄭乾匆匆下樓，一看到那吊兒郎當的身影，直接一腳就踹了過去，還好在離孔浩屁股十公分左右的時候停下，沒真的踢上。

孔浩，外號空號，也稱線條男，一身肌肉線條難逢對手，身材好得沒話說，在男女比例還算平等的X大屬於能憑藉外表自動撩妹的類型，平日裡留著時下流行的蓬鬆短髮，帥氣而有魅力，有時也因為顏值過高而遭到男同學嫉妒調侃他是「玉面小郎君」，對此他常常表示「帥是一種寂寞」，引得女生尖叫，男生喊打。

同時，他也是鄭乾最好的朋友，兩人從國中就同班，當時成績相當，考上了同一所高中，高中相同也就算了，鄭乾當時的成績已經遠遠超越了他，結果這傢伙不知道考前哪裡來的毅力，最後一個月竟然硬生生將成績拔了上去，和鄭乾考上了同一所大學，最令鄭乾無奈的是，兩人大學居然還是同班。

這小子哪裡都好，顏值高身材好，就是嬉皮笑臉不正經，要不怎麼連租車都會租一輛玩計時的黑車？你聽說過租車用計時的嗎？這不明擺著坑人嗎？

鄭乾真想打開他的腦看看，看看裡面裝的是漿糊還是渾水……

「好啦好啦，大哥我錯了！你看，現在九點多了，我們還是先去學校吧，好不好？」

鄭乾狠狠盯了一眼租來的車，發現連車門都歪歪斜斜的……那也就算了，裡面的座位……

「座位呢？」

「拆了，不是要去搬東西嗎，要座位幹嘛？」

「你──好吧，你贏了。」

車子一路顛簸，鄭乾坐在副駕駛座止不住的上下左右搖擺，繫著安全帶還不放心，手又特意抓緊了扶手，生怕開著開著，這車就剩下了四個輪子在滾……

第二章
不打不相識（二）

正當被顛簸得頭昏腦脹，晚飯都快要逆著食道一口噴出，破爛的出租車才在G市最好的大學前停了下來。

「鄭哥，我們到了。」

車子剛停下，坐在駕駛座上的孔浩連忙嬉皮笑臉為鄭乾打開車門，與在女生們面前時常裝出來的高冷樣子判若兩人。一副討好的模樣，讓鄭乾憋了一肚子的氣無處可撒，只能在無限哀傷中四十五度抬頭仰望天空，嘆一句悔不當初。

怎麼就交到了這麼奇葩的朋友！

G市位於中國南方，風光秀麗、四季如春，是傳統意義上真正的江南古城。

作為G市最有名的大學，在最新一期的大學排名中，X學院氣勢恢宏，已經毫無懸念地強行擠入了全國前五十名，可謂開創了學院的最高歷史排名。

而有幸創造這歷史的正是鄭乾他們這一屆，二〇一一年入學，二〇一五年畢業，從進入大學到畢業的四年間，這座學校已經發生了翻天覆地的變化，無論從教學品質還是硬體設施來看，都要比之前好太多了。

現在是六月底，大一到大三的學弟學妹們正想方設法為期末考熬夜奮鬥，大四的同學在畢業典禮過後，已然陸陸續續走向社會，開啟即將到來的美好生活。

姚佳仁大概是最後一批離開學校的人，對於不讀研究所的學生來說，早點離開學校步入社會，顯然是一個更好的選擇。

孔浩抹了一把油亮整齊的頭髮，做出自以為十分帥氣，實際除了帥氣之外簡直不堪入目的甩髮動作，在保安大叔斜眼鄙視中走進了學校大門。鄭乾已經習慣了這傢伙的做作，當年學校裡除了「空號」外的另一個「玉面小郎君」的封號，自然也有其中的道理。

不過這種行為可不能放任不管，鄭乾一巴掌扇過去，恨鐵不成鋼般說道：「別臭美了，趕快去找姚佳仁。」

「哈哈哈！不急不急，她現在應該還在幫人上輔導課呢。」

「你不是說九點鐘？」

「大哥，我說的九點鐘是我們下班的時間，又沒說是佳仁。」見鄭乾一副要吃人的模樣，玉面小郎君同學打個寒顫趕忙又說，「你看，我們這一離開也不知道什麼時候才能回來，以後想起來了，也多個回憶不是嗎？」

可惜這傷春悲秋，傷得太假、悲得太沒水準，剛說完話，這傢伙竟然就朝路過的學妹們吹了個口哨，可惜昏暗的夜晚，顏值再高看不清也沒用，嚇得人家連罵帶跑，好不尷尬。

「咳咳，我們還是去女生宿舍下面等佳仁吧。」

「也行！走吧。」

大學畢業就相當於失業，這幾乎是所有大學生都難以打破的一個定律，說起這件事，孔浩難得正經一回，邊走邊問鄭乾：「你說學校替你安排了那麼好的實習工作，你怎麼就想不開的辭職了呢？」

對於辭職這件事，當時看來，似乎是年輕人衝動不考慮後果，但現在想想，如果再來一遍，鄭乾覺得自己還是會做出一樣的選擇。

見鄭乾不說話，孔浩無趣地搖搖頭：「我跟你說，你的那封辭職信在我們X大這圈子裡可是已經傳開了。」

鄭乾愕然：「誰傳的？」

「這還需要誰傳？」孔浩鄙視道：「大哥，你那封辭職信上的幾個字就是純天然無添加的傳播載體了。那麼好的工作，居然一句『待不慣』就不玩了，你說兄弟我要怎麼說你好呢？」

鄭乾笑了笑，不以為意：「這件事我們先不提了。說說你吧，有沒有興趣跟我一起創業？」

孔浩擺擺手：「算了吧，我才不想辭職，好不容易找來的工作。」

「沒志氣。」

「這叫穩紮穩打。」

相互奚落幾句，說話間已經來到了X大西區女生宿舍。

這裡原本是男生追求女生的天堂，晚自習一下課，許多癡情男早早就在宿舍下面等候，抬頭仰望心儀女生所在的樓層，窮酸的人東拼西湊吟幾首詩，富有的人靠一輛車自帶光彩；帥的人擠眉弄眼吹個口哨，醜的人……要麼嘆一句只可遠觀不可褻玩，要麼乾脆使用偉大的吃葡萄定律，吃不到葡萄說葡萄酸。

這些在大學裡面早已司空見慣，不過畢業季就是分手季，與畢業即失業是一樣的道理，哪怕是堅守四年、說好相濡以沫的小情侶們，在大學畢業後所面臨的各方強大攻勢下，也不得不咬牙忍痛結束戀情。

不過也有奇葩，有的人或許從某個時刻就開始戀戀不忘的暗戀某個女生，只是礙於面子或是其他問題不敢表白，等到了五六月份，借著畢業的膽，就會勇敢說出藏在心中已久的話，這時候往往會獲得出其不意的效果。

說到這個，程心就是典型代表。

可能是畢業晚會上程心求愛的那一幕至今使得孔浩羨慕又讚嘆，如今，看到女生宿舍下擺起的一個充滿浪漫主義色彩的桃心蠟燭圈，他的雙眼放光一樣亮了起來，扯了扯不知為何發呆的鄭乾，賊兮兮道：「這小子有種，他就不怕舍監阿姨提滅火器把他給滅了？」

「滅？」鄭乾回過神來，「算了，我們幫幫他吧。」

「唉唷，起惻隱之心了？」孔浩這傢伙又故意調侃，「想起人家程心大美女對你的好了？」

「別廢話，看看我們能幫上什麼忙。」鄭乾指了指那邊，「去看看這傢伙我們認不認識？」

「喂，你認真的？」

「每個人都有自己心愛的人，要能夠為喜歡的女孩做出這樣的舉動，你知道心裡要承受多大的壓力嗎？他得考慮到被拒絕的後果，以及被拒絕之後心理必需要快速調整……」

「行行行，你說的都對。」孔浩連忙打斷鄭乾教學論文一般的闡述，「趁佳仁還沒來，我們先去看看，就當離開之前為母校貢獻一對新人吧！多偉大啊我！」

鄭乾習慣了這傢伙的自戀，早就對他老王賣瓜自賣自誇的話語有了自動屏蔽功能，當下逕自往蠟燭圈走去。

「嘿，這人有點熟悉。」孔浩拍了拍鄭乾肩膀。

「是有點熟悉，好像是……」

肥碩的身形，偷偷摸摸點一支蠟燭又四處張望的模樣……

鄭乾、孔浩對視一眼，走近一看，兩人都無奈的搖了搖頭，隨後嘿嘿笑了起來。

表白的這傢伙不是別人，正是X大學赫赫有名的超級留級生——莫小寶！

莫小寶這人，屬於性格憨厚、順便腦袋也跟著憨厚那一類型，從入學那年到現在已經留級兩年了，堪稱是X大學建校以來少有的老油條，他的傳奇事蹟在學校上至老師，下至學生，無人不知，無人不曉，每當聊到他，必然可以滔滔不絕說上個兩三個小時，很多時候仍說得意猶未盡。

據說他家還是海鮮大戶，他父親做海鮮生意發了家，如今產業已經由沿海批發擴展到了飯店經營，可謂是土豪中的土豪，可惜莫小寶這人個性憨厚腦子太直，聽說除了打遊戲厲害到能讓人刮目相看外，對於其他事情真是一竅不通，也不知道他當初是怎麼考進這所大學的？

第三章

不打不相識（三）

「嘿，哥們，在求婚呢？」孔浩拍拍莫小寶的肩膀，熱絡地打起招呼。

莫小寶嚇了一跳，肉掌直往胸脯上拍：「我還以為是保安老頭，嚇死我了！」肥肉止不住地顫動，再拍幾下，就快從身上掉下來了。

「哈哈哈！我們看到你在這縮頭縮腦，阿不，是認認真真準備著桃心蠟燭，要求婚對不對？」孔浩勾搭著莫小寶的肩膀，像勾著當年人氣火爆的肥貓，一副我懂你的樣子。

莫小寶人雖像肥貓一樣憨厚，可憨厚不代表傻，尤其生意人，更是懂得跟別人拉好關係。聽到孔浩這話，心裡已經想著該怎樣利用眼前資源了，生意人的通病。

眼珠子一轉，賊一樣盯著孔浩和鄭乾說道：「你看……兄弟，我在做什麼你們也都知道了，那能不能幫我個忙？」可惜眼睛本來就小，再被滿臉肥肉一擠，頓時小眼珠子就沒入肥肉裡去了，五官比例一失調，更是顯得猥瑣。

「說吧，幫什麼忙？」看在本性不壞的份上，鄭乾還是決定幫他一把。

「這個……你們都知道，舍監阿姨最近更年期症狀頻繁，動不動就提滅火器出來巡視幾圈，保安老頭更跨張，經常拿個手電筒專門往小樹林裡查探，一看到像我一樣的，就一把抓住扣上個擾亂治安、破壞公共安全的罪名……」

「那是因為你跑不快吧？」孔浩目光毫不留情在莫小寶這豬一樣的身材打量。

「咳咳，好像是的。」莫小寶尷尬一笑，「所以為了兄弟的終身幸福，兩位大哥，能不能幫小弟……」

莫小寶將鄭乾和孔浩叫了過去，湊在耳邊悄悄說出了計畫，因計畫太複雜，一邊問一邊解釋，花了十分鐘才交待完成。

聽完，孔浩像遇到了對手似的，眼珠子上下轉動，不停打量這個看似憨厚，實則一肚子壞水的傢伙，忍不住笑出聲來：「想不到這學校裡，還有你這傢伙比我還賤。」

「大哥哪裡的話。」莫小寶給了個天知地知你知我知的眼神，摸摸腦袋嘿嘿笑了起來。

孔浩卻板起了臉孔，「你可別叫我們哥，你比我們都大兩歲……」

「呃……你怎麼知道？對了，我叫莫小寶，莫言的莫，小寶的小寶。」

「莫小寶，大寶哥，你的大名X大學誰人不知，誰人不曉啊？」

玩笑歸玩笑，幫人只是順手，鄭乾提醒道：「寶哥，我們待會還有事情要辦，能幫你多少算多少吧。」

莫小寶趕忙擺動肥厚的雙手：「沒事沒事，她應該一會兒就到了。到時候如果沒到，你們就去忙你們的，兄弟我——哥我自己一個人能搞定。」

「那就好。」

三人商定好了各自的職責，莫小寶負責求婚，鄭乾幫忙拿著捧花蹲在草叢裡，等待莫小寶的心儀女神出現，而孔浩，接過莫小寶給的五百元人民幣，到樓下超市買包上好的香煙，以及舍監阿姨們最喜歡的……狗糧。

煙不用說，肯定是為了賄賂保安大叔用的，而狗糧的用處值得一提。因為學校裡經常有流浪狗溜達，一些小女生和舍監阿姨經常同情心氾濫，所以照顧流浪狗就成了舍監阿姨們工作的一部分。當然，這是自願自發的，學校不領養流浪狗，一切養狗費用都得靠舍監這邊或學生們一起湊錢負擔，慢慢就有資源及費用不夠的情況。

而莫小寶這傢伙卻早就策畫好了，他今天一大早從學校外一次趕了十多條顏色不一的狗狗進來，毫無疑問，這些狗都恰到好處被舍監阿姨們看到了，於是所有糊裡糊塗追著胖子進來的狗狗們，就被糊裡糊塗不知道狗狗從哪冒出來的舍監阿姨們善心收養了，等待著牠們被主人尋到或者被好心人領養。

孔浩剛才說莫小寶賤，指的就是這件事。

他拿著五百塊錢，買了整整一百五十元的狗糧，加上買煙去掉的四十幾塊錢，剩下的全被塞進了口袋。摸摸鼓鼓的衣服，孔浩一臉奸笑：「這傢伙想跟我比賤，你還嫩呢！」

孔浩拿著煙四處找保安大叔，他們果然和莫小寶說的一樣，幾個大叔正人手一個，提著手電筒在小樹林查探，每到一處，都嚇得裡面的小情侶捂嘴尖叫，瘋一樣往外跑。

保安大叔舉著手電筒照向奔跑的情侶，一副可憐眾生的樣子，生怕他們摔跤：「足球場上牽牽手親親嘴多好，非要在這黑燈瞎火的地方，萬一出了什麼事，誰來負責？」

孔浩剛要搭話，猛然聽到保安大叔的喃喃自語，隨即立刻想起了當初自己和佳仁好像、似乎也在這裡被驅逐過……咳咳，天地良心，之所以來這裡約會，只不過是佳仁說想要安安靜靜的約會氣氛罷了，可沒有其他不正當的因素。

另一邊，鄭乾手捧一束玫瑰，按照莫小寶的吩咐，整個身體蜷縮著躲藏在附近的小花叢中，就為了給他的女神一個驚喜。

他還沒做過這種事呢！可夏天南方蚊子多到要命，躲在花叢裡，二氧化碳呼吸出來還散發不開，明顯就是餵蚊子嘛。

蹲不到十分鐘，鄭乾就覺得自己手上腳上、臉上脖子上都被萬惡的蚊子叮了幾個包，作為當年的學生會主席，在學生圈子裡，曾幾何時悲慘到這種境地。

看了眼手錶，現在已經九點四十分，這個時間姚佳仁差不多也應該到了，如果沒記錯，空號剛剛和他說過，姚佳仁九點半下班，從校外輔導班到這裡，也差不多二十分鐘的路程。

「這傢伙也真是粗心大意，剛剛怎麼不直接去她上班的地方接她呢？要是有什麼危險該怎麼辦？」鄭乾搖了搖頭。

等待的時間最難熬，如果十分鐘後莫小寶的求婚物件再不出現，鄭乾就只能和莫小寶說一聲愛莫能助了。不要臉的傢伙，一個人站外頭若無其事賞花賞月賞學妹，留我蹲在裡面挨熱挨咬挨無聊，到底是誰在追女朋友啊？

就在這時，手機發出幾聲震動，打開一看，是程心發來的簡訊，一如既往霸氣又調皮的語調：嘿，boy——要到了沒？本小姐可是等不及要見你了，我數三聲，再不出現我可就生氣囉。三……二……

後面沒有一，而是一個嫌棄加憤怒的表情。

鄭乾會心一笑，心裡充滿溫暖，下意識抬頭看了眼胖子，心底感嘆：「還是女朋友好！」手指撥動，回了訊息：我們在等姚佳仁，她到了就走。等我，親愛的。

收起手機，正回味甜蜜與幸福的感覺，一抬頭突然就看到遠處出現了一道熟悉的身影——姚佳仁。

絕對沒看錯，姚佳仁與程心一樣，都屬於性格比較張揚的那一類，只不過姚佳仁的打扮更加成熟，按照孔浩的話來講，就是更加性感一些。除此之外，兩人都有一副天使般的面容以及魔鬼般的身材，氣質與容貌均是上等姿色，當年肩並肩走在學校裡面，常引得無數男生眼珠與腳步並隨，騷擾訊息和電話以及鮮花禮物更是收到手軟。

神奇的是，這樣一對姐妹花，卻摒棄一切暗送秋波的好意和明贈春水的好心，紛紛選擇了同是哥們的鄭乾和孔浩。程心選擇鄭乾倒好理解，雖然外表不比孔浩時尚，但勝在文質彬彬，書生氣息滿懷，鄭乾學習成績突出，為人正直，又是學生會主席，大家都覺得程心有眼光；但姚佳仁選擇孔浩，就真讓人扼腕感嘆一句：怎麼爸媽當初就沒生給我們一個好面孔呢？

鄭乾拿著一大束玫瑰，正準備從花叢裡起來，眼睛就瞥見了胖子給自己打手勢，這手勢不就是讓他遞花嗎？

鄭乾愣了愣，莫小寶轉過頭來，急切切道：「大哥，快給我花啊，我女神來了！」

呃，什麼？

……你的女神？！

第四章

不打不相識（四）

這一幕讓鄭乾差點反應不過來，孔浩來學校接姚佳仁，遇到了莫小寶求婚，自己和孔浩沒弄清楚狀況，本著助人為樂的想法幫人求婚，但沒想到，求婚物件居然是姚佳仁！

這什麼跟什麼啊！

鄭乾一把將玫瑰扔在草叢裡，以迅雷不及掩耳之勢衝出去，立刻橫擋在莫小寶與姚佳仁之間，心裡著急地想，可千萬別讓孔浩看到，否則一產生誤會，說不定他會衝動做出什麼事來。

莫小寶卻一愣，扯著鄭乾的衣服哭喊：「大哥，劇本不是這麼演的啊！你怎麼跳出來了？我的玫瑰花呢？」

「大寶哥，你先告訴我，你認識姚佳仁多久了？」

「嗯？你怎麼知道姚佳仁？一個月了吧。到底怎麼了？」莫小寶用指頭算了算，不明所以。

「那你和她……是什麼關係？」鄭乾最擔心的莫過於出現三角戀的情況，而自家好兄弟孔浩被蒙在鼓裡不知情，因此連語氣也有些逼問的味道。

莫小寶更覺奇怪：「我說兄弟，你告訴我到底怎麼了？我追我看上的女神，你怎麼這麼激動呢？」

鄭乾見他不說，直接開口道：「他是我兄弟的女朋友。」

「啊？」莫小寶張了張嘴巴，旋即滿不在乎道，「不對啊，追求幸福是每個人的權利，就算她是你兄弟的女朋友，身上又沒貼標籤。」

這話說得好，至少說明莫小寶和姚佳仁之間暫時還停留在普通同學的關係上，鄭乾心上的石頭也落了下來。

說話間，姚佳仁也早已經走到了兩人身旁，果真是大美女，長髮過肩，波浪翻動，只是簡簡單單一身吊帶裙，就將凹凸有致、曲線玲瓏的身材完美展現了出來，青春氣息洋溢的同時，也給人清清爽爽的感覺。抬手就跟鄭乾打招呼：「鄭乾，不好意思啊，我來晚了。」聲音也異常的甜，看得莫小寶雙眼發直，像丟了魂似的。

鄭乾連忙笑了笑：「沒事沒事，我跟孔浩一起來接你。」

一陣飽含深情卻怎麼聽都不和諧的聲音突然出現，「親愛的佳仁同學，不——女神，這束花，是我對你深深的思念，是我對你愛的表達，如果你覺得我們可以坐下好好聊聊的話，就收下吧！」

我靠！鄭乾心裡簡直有一萬頭斑紋色羊駝馬奔騰而過，踩得心裡那叫一個酸爽。

這傢伙當真是腦袋有問題？明明告訴他了，這是孔浩的女朋友，他還在這裡湊什麼熱鬧？而且最讓人無奈的是，他竟然還人模狗樣的手捧玫瑰單膝跪地，擺了個西方式的求婚動作，再加上周圍那些蠟燭，女生宿舍不知何時漸漸出現的起哄聲，現場像極了真正的求婚儀式。

自己站在中間反倒成了四不像，走也不是，站也不是。

姚佳仁先是茫然，不過也許是見識過不少這樣的場面，沒一會兒便甜甜一笑：「不好意思，我有男朋友了。」不等莫小寶說話，又看向鄭乾，彷彿什麼都沒發生過似的，「孔浩呢？」

咳咳……鄭乾想了想，決定長話短說，可實際生活中，很多事情根本容不得你認真解釋，也許有人說電視劇和小說裡那些劇情都太狗血，生活中根本不會發生，可某些時候，這些事情卻還就真的發生了。

遠遠看去，那裡熱鬧得很呢！起哄的人群，白色的桃心蠟燭圈，一大束酒紅色的鮮豔玫瑰，以及手捧玫瑰想以真情感動女神的一坨肥肉，溫馨浪漫又不失甜蜜。

嘿，看不出來，這傢伙滿不錯的！

孔浩手搭著保安大叔肩膀閒聊當年的光輝事蹟，正從遠處走過，遠遠就看到了這邊的情況，於是又連忙將手裡一包煙塞了過去，笑著擠擠眼兒，保安大叔做完心理鬥爭後勉強接受，撇過頭當做沒看見。

「咦——不對啊？」孔浩不久前才檢測過眼力，是在一點五和二點零之間的千里眼，對於一個經過四年電腦輻射無情傷害的大學生來說，可謂是相當難得。

「掙錢的怎麼站人家中間擋著呢？好像還在說些什麼。」孔浩越看越覺得不對，兩隻眼睛快瞇成了一條縫，「而且那女的，怎麼那麼像佳仁……靠！」

沒錯，直覺以及視覺都告訴他，那就是姚佳仁！女朋友的輪廓他再熟悉不過了。

這還了得？！

死胖子膽大包天敢挖老子的牆角，活膩了是吧？

孔浩幾乎是以百米衝刺的速度一路殺氣飛揚到了這裡，一過來就一把將姚佳仁拉到身後，轉而惡狠狠瞪著莫小寶，殺氣騰騰。

「你他媽不厚道啊！」

莫小寶連忙從地面爬起身來，肥碩的臉顫抖著：「我說兩位，我莫小寶在追求人生幸福，今晚到底哪裡招惹你們了？」

相比鄭乾的穩重，孔浩毫無疑問是個急脾氣，本來就心裡不爽，自己居然幫著別人追求自己的女朋友，還什麼都不知道，屁顛屁顛的幫忙，此時此刻又聽到胖子這番話，頓時就竄起一肚子火。

媽的！你還有理了！

「這是我女朋友，你，最好走遠一點。」

「沒事啦，我們走吧。」姚佳仁在一旁勸說。

鄭乾見事態有進一步惡化的趨勢，一陣頭大，也趕忙拉住怒氣沖天的孔浩：「好了好了，空號，這就是個誤會，說清楚就好了。今晚是我和程心約好的日子，既然佳仁來了，我們就趕快過去吧，不然她得等急了。」

姚佳仁知道輕重，扯了扯孔浩的衣服：「今晚是程心和鄭乾相識第一千零一夜紀念日，程心已經打電話給我了，我們還是走吧，別惹事。」

見兩人、尤其是佳仁也這麼說，孔浩心頭怒火才一下子平息下來，要是換做平時，依他的個性，一定會和人家你一拳我一腳幹起來，照他的話說，就是畢業證都領了，還怕個鳥！

「你給我記清楚了，姚佳仁是我的女朋友！」臨走前，孔浩瞪了莫小寶一眼，一腳將腳下蠟燭踢飛。

這下子，莫小寶不樂意了，「憑什麼是你女朋友我就不能追了？人人都有追求幸福的權利，懂不懂？」又是面對鄭乾時候一樣的說辭。

「我說你腦子有病吧？」孔浩折回走近莫小寶，「聽不懂話還是怎樣？」

「我爸說了，不准別人說我腦子有病。」

「你就是腦子有病！」

「你再說一句試試？」

「我今天就說了！你腦子有病，病的不輕！」

「我……我跟你拼了！」

碰——

拳頭打在肉上的聲音。

鼻子突然有點涼，孔浩伸手摸了摸，濕濕熱熱的，拿到眼前一看，鮮豔的紅色就像早已經散落在地上的玫瑰。

第五章

不打不相識（五）

這一拳打得紮實，不只聲音悶重，連號稱鐵骨精鋼的孔浩也被打得鼻子鮮血直流。

鄭乾呆了呆，沒想到會發生這種情況，立即湊到孔浩身前，豎起三根指頭在他眼前搖了搖：「這是幾？」

「三……三你妹呀，掙錢的，兄弟挨打了你還站著看笑話？」

孔浩一把將血抹掉，不由分說推開鄭乾，一個鞭腿就往莫小寶身上掃去。

莫小寶除了一身蠻力之外，要論打架是怎麼也比不上從小打到大的孔浩，剛剛出於偷襲才能一拳得手，可是接下來孔浩還回來的這一腿，卻是怎麼也躲不住了。

碰——

還是同樣的聲音，只不過這次的聽起來要更加厚實一些，而且彈力似乎要好得多，孔浩一腳踢去，莫小寶沒倒，自己倒反被彈了一個踉蹌。

好傢伙！

一腿不行再來一腿！

這次從鞭腿換了直衝，直接一腳踢向莫小寶肚皮，毫無章法，但氣勢力道兩者皆足。

蹬蹬蹬！

胖子肥大的身軀被這一腳踢了直往後退，乍看之下，有點拍武打片的感覺，能在大學校園裡看到如此精彩的比鬥，說實話相當難得，一些開放點或者遭過胖子騷擾的女生們，早就趴在窗子前加油助威，幾位舍監阿姨伸出頭來，見是送狗糧的好心小帥哥和人打架，連忙跑過來，撿起一旁的掃帚劈頭蓋臉就往胖子身上招呼，打是打了，可其實只是為了嚇唬嚇唬他，沒用多少力氣。

即便如此，莫小寶也不敢還手，唯有抱頭逃竄，一邊躲一邊喊：「狗糧是我買的！」

竟然還說謊！這可就不行了！舍監阿姨又是一掃帚往莫小寶身上招呼，這胖子經常惹事，隔三差五總要來女生宿舍下面溜達溜達，怪的是每次一來準沒好事，經常就有女生跟她們投訴這胖子如何如何，反正沒一句好話。

真該打！

這時候，保安大叔也過來了，操著一口本地腔的普通話大聲質問：「誰在惹事？」

所有人毫無例外全部指向了莫小寶，這傢伙人品也夠差的，怎麼在大學混了六年，還這麼邋邋遢遢沒混出個人樣來？

保安大叔左右看了兩眼，慧眼如炬，一看其中一個傢伙給自己送過煙，而且鼻子流血，明顯是受害人；另一個身形肥胖，哭哭啼啼裝可憐，顯然不是好人，一細想，立刻就明辨了是非。

「說，哪個學院、哪個專業、哪個年級、哪個班的？叫什麼名字？」保安大叔連珠炮似的質問莫小寶。

莫小寶哼哼兩聲，掏出了剛領不久的畢業證：「大叔——我畢業了！」

但凡牽扯到畢業生的事都不好處理，剛才聊天的時候，那叫空號的小子好像也是畢業生，這下子可麻煩了。

就在這時，鄭乾偷偷給保安大叔遞了個眼色：「我們來搬東西，還趕著回去，您看……」

還是這孩子懂事，保安大叔輕吸口煙：「都回去吧，都回去吧，都畢業的人了，還跑回學校惹事生非。」

莫小寶根本就是個腦子不會轉彎的人，除了在生意方面有些小心思，其他方面都有待加強，這時候他沒有離開，反而像苦行詩人一樣，抵不過現實還非得強行表現：「我要追求我的幸福！」說著，又拿起玫瑰花向姚佳仁求婚，不達目的死不甘休。

「哼！」孔浩瞪了眼莫小寶。

好了，原本已經結束的戰鬥又燃起烽火狼煙，這一次比之前燒得更旺，莫小寶乾脆利用自身肥胖的優勢，與孔浩扭打在一起，而一旁的鄭乾當然不能坐視不管，雖然沒有直接出手，但也扯住了莫小寶一隻手臂，間接幫到了孔浩。

晚上天色昏暗，打起架來誰管你誰是誰，尤其莫小寶靠身體吃飯，直接一肘擊往鄭乾身上打了過去，坦克般的氣勢力道。

碰一聲，「啊——」鄭乾捂著鼻子，放手一看，流血了。

又打鼻子！鄭乾乾脆死死抓住莫小寶的腿，用力一拉，胖子整個人就這樣滑倒在地上，這次好收拾了，騎到胖子身上，你一拳我一掌，不過在力氣方面仍然吃虧，沒壓制多久，莫小寶就翻身坐了起來，咿呀嗚哇亂叫著，閉著眼睛胡亂揮拳。

碰碰碰！

「啊！」

「啊！」

「啊！」

也不知道是誰被打到了，站在一旁焦急無比的姚佳仁看到保安大叔嘴上挨了一巴掌——痛啊！

姚佳仁掏出手機，直接撥了程心的號碼：「喂——程心，我們……他們……」畢竟是女生，遇到這種事一下子也亂了分寸，只能打電話求救。

「怎麼了？你們到了沒？鄭乾呢，怎麼沒人接電話？」

結巴了一陣，姚佳仁才組織好語言：「他們在和別人打架，你快來幫忙！」

「打架？誰和誰打？」

「孔浩、鄭乾和一個胖子，好像叫莫小寶，快來啊！」

「敢打本小姐未來老公，簡直不想見明天太陽了！」

遠在月牙塘公寓的程心立刻換掉特意為第一千零一夜而穿的粉色長裙，長髮紮起，套上平時健身的運動裝，奔出住處，打開車門，打擋、踩油門，汽車轟一聲沒了影子，一連串動作如行雲流水，一氣呵成。

看了看手錶，現在已經十點多了，說好的第一千零一夜呢？程心心裡簡直想要暴打鄭乾一頓，為什麼去接個人都會和人打架，當年的學生會主席，文質彬彬的氣質，真難想像他打起架來會是什麼樣子……一方面責怪，一方面擔心，程心現在的心情五味雜陳，都說不清是什麼感覺了，但擔心的成分還是居多。

汽車速度很快，一下就開到了X大學門口，喇叭一按，橫杆一起，嗖一聲沒了影子，看的守門保安滿目光彩。

作為當年X大學名副其實的校花之一，還是富家千金，程心的名氣毫無疑問屬於頂尖行列，因此車一停，從裡面走出來的時候，所有人的目光幾乎都盯在她身上。沒辦法，人不僅漂亮身材好，而且家裡又有錢，男朋友還是X大學三屆學生會主席，想不引人注目都難啊！

略過所有目光，程心直接一把扶起彎腰喘氣的鄭乾，從頭到腳摸了摸，皺著眉頭：「誰打的？」

第六章
住多久都行

淡妝修飾修長的眉，光彩奪目的大眼，高挺的鼻粉光流轉，淡紅性感的薄唇，紮起的烏黑長髮，幹練的緊身衣服，如此完美又熟悉的模樣，除了程心，還會是誰？

鄭乾苦笑一聲，太丟臉了。但心頭還是一陣感動，笑著擺了擺手：「沒事沒事，你看我不是好好的嗎？」

程心翻了個白眼，風情萬種，語氣雖責怪卻更多透著股撒嬌的味道：「這還叫沒事？是不是要缺條手臂少條腿才叫有事？」驚掉一地眼球，什麼時候女漢子一般的程大女神，也會這樣子小鳥依人了？

「咳咳，不礙事，不礙事。」鄭乾一邊揉著手臂，一邊輕輕摸臉。

「孔浩呢？」

「呃……跑了。」

「跑了？」程大小姐聲音陡然提高三分，「你被人打，他倒還跑了？」

鄭乾連忙悄悄解釋：「我讓他跑的，不然被學校追究起來，怕這傢伙會有麻煩。」

「這麼說來，打人的也跑了？」

鄭乾點點頭，想起莫小寶鼻青臉腫的模樣，就覺得解氣。

「看不出來你還滿仗義的。」程心明顯一副嘲諷的樣子，讓鄭乾只能乾咳。

「姚佳仁也跑了？」

「是啊，我讓他們先走的。」

「那你怎麼不走？」

「等你來啊，我走了你找不到我怎麼辦。」

「這還差不多。」程心咬著唇幫鄭乾又檢查了一遍，還好都只是些外傷，不過在路燈下，傷口看起來比較嚴重，青一塊紫一塊，必須要儘快擦點藥才行。

「可以跟我說到底怎麼回事了嗎？」

這種事本身沒什麼好隱瞞的，鄭乾看著程心故意做出的凶巴巴的樣子，除了傻笑，也將事情原委一五一十說了出來。

聽完整個事件的經過，程心不知道還能說什麼，就因為這種事，害得原本的聚會泡湯，她偶爾才穿的粉色薄裙也得跟著繼續被壓在箱底……

程心像服侍傷殘病人一樣將鄭乾弄上了車：「鄭乾先生，請問我們現在去哪裡呢？」

「啊？不是去你住的那裡嗎？」

程心鄙夷地看了眼鄭乾：「我可是一個人住，你確定要去我家睡？反正你家裡是回不去了，你爸這幾天不是來找你？這要是讓你爸看到，非得揪著你的衣領打破砂鍋問到底。」

鄭乾想想，也是，爸爸是退伍軍人，十多年過去了，身上那股強悍的脾氣還跟當年一樣絲毫未減，避免回去讓老爸擔心，還是不讓他看到的好，否則大手一揮，嗓門一開……光想著就讓人心驚膽戰。

至於程心家，鄭乾想了想：「在沒有結婚之前，你那裡我還是不去住了吧……」

程大美女眼神一黯，旋即呵呵一笑：「你這傢伙，就知道你沒膽。」

沒膽嗎？鄭乾心底嘆了口氣，我答應過，要給你一場前所未有的婚禮，在沒有結婚之前，我不能做任何出格的事，這是作為一個男人應有的責任。除此之外，我也不能被人說成小白臉吃軟飯，我要靠自己的雙手，一滴心血一滴汗的打拼出屬於自己的事業。有了事業，家庭也才會完美，不是嗎？

鄭乾心裡的想法，程心在穿著婚紗向他求婚的那天，其實就已經知道了。好在鄭乾不是個木頭人，算是有情有義接受了她的愛，至於結婚……再等等也不是不可以。反正對於程心來說，她相信以鄭乾的能力，一定會在創業途中克服困難，取得成功。

兩個人相愛，最重要的莫過於相互信任。只要相互信任，風雨過後總能看見彩虹，何況兩人目前所遇到的一切，也根本算不上什麼困難，頂多只是愛情海洋中偶爾擊打出的一朵浪花罷了。

「我們去酒店吧，你先進去住著，我幫你上些藥後再回去。」

「住酒店？那我要住多久？」

「又在想你的淘寶店？你給我先把傷養好了再說，看看臉腫的都和豬頭差不多了。」

鄭乾忙搖頭：「我是說……我總不能放著家裡租的不住，花錢住酒店吧？那我還寧願回去被我爸訓一頓。」

程心一邊開車，一邊毫不留情地鄙視：「去我家酒店，愛住多久都行。」

「呃……那就好。」

車子穿過來往的人群，駛過G市一環匝道，經過人山人海的海岸商業街，在一家名為「旅途酒店」

的酒店門口停了下來，看到車牌，酒店前臺的值班經理眼神一亮，連忙小跑出來，滿臉笑容迎接程心。

旅途酒店，除去漢庭、如家等遍佈全國的大眾酒店外，一家佔據了G市將近百分之七十市場的酒店，這家酒店的全部股權都掌握在程心父親程建業手中，可以說是他的私人產業。

「給我間客房，大床單人房。」面對父親旗下產業的一個前臺經理，程心的語氣自然就沒有對鄭乾那麼友好了。

「是是，馬上為您打掃出來。」經理若有所思看了鄭乾一眼，將兩人迎了進去，抽出對講機，劈哩啪啦交代一堆後，笑盈盈地和程心報告：「小姐，房號是四〇二，我讓人帶您上去。」

「不用，我們自己去就好。有事我會叫你。」

「走啦，有什麼好看的。」白一眼左顧右看的鄭乾，程心先上了電梯。

「哎——等等我啊。」

誰知這親暱的一幕全被前臺經理看在眼裡，小平頭經理眼珠子一轉，瞬間恍然大悟，張了張嘴巴，一副難以置信的模樣。

「你幫我看著，我出去一趟。」跟前台服務生交代了幾句，這位經理便偷偷摸摸走了出去，掙扎思索了一會，還是掏出手機，撥出了一通電話……

「喂，老總您好，我是海岸商業街旅途酒店前臺經理……」

「什麼事？」電話那頭傳來威嚴的聲音。

「那個……剛剛您女兒來這開房，身邊還帶著、帶著一個男的……」

第七章
誤解和解釋

外面發生的一幕沒有人知道，大約過了三分鐘時間，前臺經理才抹著額頭汗水從外面進來，一顆心還撲通撲通亂跳。

剛才他只不過如實通報了一遍，卻怎麼也沒想到，程老總竟二話不說一聲震天怒吼，快將他耳膜給震破了，才喘幾聲粗氣，明顯憤怒地說道：「我馬上就到！」

小平頭經理壓下心頭的恐懼，忙吩咐人趕快擺出最好的服務模式來。心下卻難免著急，也不知道這個電話打得對不對，萬一程總認為他多管閒事，一腳將自己踢飛，那怎麼辦？又或者，程總想到自己忠心耿耿，會不會一高興就給自己加薪升職了？

小平頭經理此刻心裡頭簡直比相親還要緊張，聽程總的語氣，他總覺得下一刻不會發生什麼好事……

等待總是煎熬的，雖然只過了大概十多分鐘時間，酒店外就響起了刺耳的剎車聲，小平頭經理卻覺得快要有一個世紀那麼漫長。

不用想，這個時候開車開得那麼急切的，應該只有程總了。

程總座駕是一輛黑色賓士，市價昂貴，G市內不超過三輛。車門不緊不慢打開，有個黑衣墨鏡男上前伺候，車後座走出來了一人。

高大的身材威風凜凜，彷彿一座橫亙在眼前的山峰，剛正的面容不含一絲笑意，像極了諜戰片裡間諜頭目，西裝筆挺，一絲不苟的穿著，將眼前這個中年男人的氣質分毫不落全都展現了出來。

這就是程總，這就是威懾。

一個在軍隊裡見證了鐵血歲月、在商海裡橫衝直撞打拼了十餘年的男人，只單單一個照面，就能將身上那種氣勢完完整整釋放出來。不含一絲做作和摻假。

小平頭經理只覺得自己胸口像憋了一團氣，快被壓得喘不過氣來，當程總真正站到他面前的時候，這種感覺越發變得深刻，站在他眼前的彷彿不是一個人，而是一把鋒利的刀，危險、剛毅、不容置疑。

「哪個房間？」

聲音很平靜，不似在電話裡那樣充滿了憤怒，但中氣十足，根本不是一般人能夠相比。

前臺經理顫顫巍巍：「在……在四〇二。」低頭小跑進去，拿了房卡遞給程總身邊的司機，大氣也不敢喘一聲。

程總其實不老，五十歲的人，充其量也只是四十歲的模樣，或許程心的美就有一部分遺傳了他爸。程建業面容剛毅，五官端正，五十歲的人依然充滿了四十歲大叔一樣的魅力，不難看出，當他二十歲左右正值青春年少時，一定也是個難得一見的帥小子。

拿了房卡，小平頭經理親自領路，一行人風風火火搭乘電梯來到四樓，剛出電梯門，一轉頭就是四〇二房間。

程建業突然站定，過了片刻，才小聲問前臺經理：「你確定看清楚了，程心是和一個男的進去的？」

小平頭頭點得像非洲人跳舞，甚至撥出三個指頭作發誓的樣子：「程……程總，我、我保證自己看清楚了。」

司機是一名跟在程建業身邊多年的人，此時此刻一下子就看出了程建業沉默不動的原因，當下揮了揮手，見前臺經理識趣離開，才輕聲道：「大哥，程心她……應該懂得分寸的，您看呢？」

程建業眼眸閃了閃，一想到女兒，瞬間變得柔軟下來：「我知道程心這孩子一直和我過不去，真希望，她今天晚上這樣，不是故意為了做給我看。」

「大哥，您放心好了，程心是個好孩子。」

「好孩子？」程建業搖頭苦笑，旋即面色一正，「打開看看吧，要是她真敢隨便和男人廝混，看我不打斷她的腿！」

而此時此刻正趴在窗前托著下巴看星星發呆的程心，卻不知道自己的父親已經站在了房間外面，腦海裡還憧憬著以後和鄭乾兩個人的美好生活。

衛生間裡傳來淋浴的聲音，鄭乾一邊哼歌一邊沖洗，因為傷的地方比較多，只有洗個澡把汗沖掉，塗上藥物效果才會更好。

「好啦。」沒一會兒，鄭乾已經裹著浴巾站在了程心面前，微笑看著眼前可人兒。

因為兩人第一次獨處一室，此時面對面相望，難免覺得尷尬，就連平日裡常常佔據主動，似乎什麼都不放在眼裡的程心，此刻漂亮的臉蛋上也倏地升起了兩朵紅霞。

「你不洗嗎？」

程心一愣，看到鄭乾哈哈一笑，猛然反應過來，嬌斥一聲：「洗你個大頭鬼！」這唯唯諾諾的傢伙，此刻竟然還敢調戲她，真是不想見明天的太陽了！

正滿臉通紅吐槽著鄭乾的不是，門突然喀嚓響了一聲打開了。

「怎麼回事？」

兩人同時回頭看去，這一看不要緊，鄭乾看到一個不認識的男人站在門口，而程心卻張大嘴巴，驚訝地叫了一聲「爸」。

爸？鄭乾猛地轉頭看向程心，沒聽錯，程心剛才就是叫了這人一聲爸，莫非……他就是程心的父親——程建業？

腦子還沒轉過彎來，鄭乾突然感到一道目光落到了自己身上，向前看去，發現程建業正似笑非笑的往自己身上打量。

「浴巾、男人，很好。」程建業將目光看向程心，語氣毫無情感波動，「程心啊程心，你長大了。」

「爸，不是你想的那樣！」程心刷一聲站起身來，雙手比著動作努力解釋，無論神情還是動作，都看得出她害怕到了極點，「鄭乾剛剛受了傷，我帶他來這裡療傷的！」

鄭乾也跟著說明：「那……您好，程心確實是來幫我療傷的……哦哦，您看，我身上這些，喏——這裡腫了一塊，這裡成青色了，這裡破了一塊皮……」

不愧是當了三年學生會主席，只要一開口，鄭乾就總找得到話說，從一一介紹身上傷口，到簡單介紹自己，一共就花去了五分鐘時間。

剛要說到另一個階段，卻被程建業揮手打斷——揮手動作不止打斷了鄭乾的言辭語藻，而且也招來了幾名孔武有力的保安。

「丟出去！」

「爸！」程心連忙抱住鄭乾，眼睛銅鈴般瞪著一群保安，「我看你們誰敢！」

「丟出去！」程建業陡然加大了聲音力度，在這狹小的空間內，甚至都響起了回聲。

保安一個機靈，不敢耽誤，一個拉開程心，另幾個就架著鄭乾手臂，連推帶拖抬了出去。可憐的鄭乾白白浪費口水，卻連自己來這裡的目的都沒解釋清楚，就被人以暴力方式請了出去。

第八章
毀一世英名

「爸！你怎麼能這樣！」程心急紅了眼，幾乎是吼著一樣抗議程建業如此無禮的做法。鄭乾慘烈的呼聲從外面傳來，與聞者悲切，與見者哀，聽得程心心慌不已。不過很快進了電梯，喧騰吵鬧一陣後，聲音也很快消失不見了。

等整層樓都安靜下來，程建業才擺擺手讓司機和保安出去，而自己移了一把凳子坐下，和程心單獨留在了房間。

「說說吧，這個男的是誰？」面對自己唯一的一個女兒，程建業心裡縱然有萬般怒火在燃燒，此時此刻也只能心平氣和與之交談，虧欠女兒的太多，心裡依然有著深深的愧疚。

程心是個急性子，或許是因為缺乏母愛的緣故，從小到大一直是男孩子的性格。只要她看中的東西，就算程建業不管不理，她也會憑藉自己的本事去得到。只要她認定的事物，哪怕程建業不同意，她也會想方設法弄到手。

可就是這樣一個人，對於男朋友這件事，她卻對父親遮遮掩掩了將近三年時間。

每次程建業問到類似的問題，程心總是隨便找個理由搪塞過去。一來，是尊重鄭乾的意願，確定結婚之前，暫時不見父母；二來，程心也擔心自己的父親以勢取人，看不起一個剛剛創業的大學畢業生，第三，大概是父母的婚姻關係在她心裡留下了難以磨滅的陰影，程心只想好好經營自己的愛情，不想讓一份單純的愛摻雜太多外在的東西。

可是今晚不同，她只不過是想幫鄭乾療傷，順便讓他在自家酒店住上一晚而已，卻沒想到程建業竟然會氣勢洶洶闖進房間，將他們「捉姦」在內。

看程建業的意思，他根本不相信自己和鄭乾兩個人的解釋，既然不相信，那就將事情原委說清楚，再壞也不過如此！

「怎麼?不願意告訴我？」

程心平復心頭怒氣，直勾勾看著程建業，還算語氣平穩地說道：「他是鄭乾，我男朋友。」

出乎意料，程建業彷彿已經知道似的，不但沒有怒斥，反而饒有興趣看了眼脫在床上的一件外衣，指了指說：「那這個呢？」

又回到了最初的問題。

程心根本沒有考慮，依然重複了一遍從一開始就沒變過的回答：「他去洗澡，是因為我要幫他上藥療傷，我要說幾遍您才相信？」

程建業點點頭，看著已經長大成人，比起小時候越來越漂亮大方的程心，心裡覺得欣慰，「為什麼之前不讓我知道？」

程心撇過頭，不想回答這個問題。

「不說也就算了，跟我回家吧。」程建業起身，向門外走去，語氣不容置疑。

「他是我男朋友！」程心狠狠跺腳，特意加高音量強調了一遍。

意思很清楚，我今晚已經跟您說清楚了：鄭乾是我男朋友，以後我和他在一起做什麼都是天經地義的，您要麼同意，要麼還是同意，自己看著辦吧！

聽出了自家女兒意思的程建業駐足片刻，轉過身來威嚴而霸道地說：「不管他掙錢不掙錢，我都不同意。」

「為什麼？」

「沒有為什麼。」

「連個理由都沒有，就反對我和他在一起？」程心笑了，眼淚卻已經在眼眶裡打轉：「您究竟是不是我爸？」

程建業愣了愣。

「十歲那年，你和我媽離婚，十多年以來，你知道我有多想擁有一個完整的家嗎？你知道我有多想像小時候一樣，依偎在你們懷裡，傻呼呼的笑嗎？」

彷彿是觸到了某根弦，程建業皺緊了眉頭。

程心擦去眼角的淚，繼續道：「您以為，只要你不停賺錢，給我比別人富裕的生活，就能彌補對我的虧欠；您以為，只要能夠多為我的生活和學習努力，就能多拉近一點我和你的距離。可是，爸，您錯了！其實從十歲那年開始，我真正的心願就只有一個，那就是希望您能和我媽重新在一起，給我一個重新享受家庭溫暖的機會，只有這樣，我才是真正快樂和幸福的。」

「沒錯，我欺騙了您。我和鄭乾三年前就已經在一起了。而且畢業晚會上，是我穿著婚紗向他求婚，您不用這樣看著我，就是我主動求婚的……我在想，既然您不肯給我一個幸福美滿的家庭，那我自己去創造總可以了吧?更何況,鄭乾很優秀,我是真心愛他。既然愛,我就要去追逐,並且珍惜,我不會像您一樣,放著曾經的摯愛不顧,一心只為了追名逐利,到了最後,什麼也沒留下。」

程建業沉默著,這些話就如同尖刺一般,扎得人心口疼痛。

程心抹去眼淚,語氣變得柔弱,充滿懇求地說道:「女兒最後求您一次,和我媽……回到以前吧。」

時間像突然靜止了一樣,連空氣都變得沉重起來。

程建業沉默不語,過了許久,他才咬了咬牙,搖頭道:「不可能。」

這句話一出口,程心一顆心涼了一半。

交男朋友不同意,和母親復合不同意——這樣的父親,就算再有錢又怎樣?

「既然都不同意,那以後我的事情,您都不用管了。」程心直接掠過程建業身邊,打開門走了出去,「我會以我的方式,去追逐自己的幸福!」

砰——

門被狠狠甩開,程建業看著女兒離開的背影,神色一黯,不知道在想些什麼……

初次見未來老丈人,就被很不客氣「請」出來的鄭乾,正裹著一條浴巾在大馬路上向來來往往車輛招手。

中心商業區,即使晚上十點多了,卻依舊車水馬龍、人來人往,G市的生活節奏在全國來說屬於中等水準,與東部省份相比,有著極明顯的差距,這也是G市的民眾幸福指數很高的原因之一,人們對生活容易滿足,臉上時常笑容滿面。

但是鄭乾十分確定，此時從他身邊走過的人，他們臉上的笑容都來自於他身上裹著的一條浴巾，以及除了浴巾之外，腳上踩著的一雙來自於酒店裡的拋棄式拖鞋。

更糟糕的是，這拖鞋品質實在太差勁了，在剛才和保安拉扯的時候，就已經很不爭氣地破了兩個洞──沒錯，左腳右腳大拇指的地方各破了一個。

有過某些酒店經驗的大叔們早就開始你一言我一語、指指點點，弄得鄭乾只想找個地洞鑽進去。

A大叔碎嘴碎舌：「年輕人啊，經驗不行就別去了嘛，你看看被人整的，衣服褲子都來不及穿。」

B大叔噴了口煙：「年輕人有前途，但心急吃不了熱豆腐，以後還是注意些。」

……

都是些什麼人啊！

鄭乾臉上鮮紅欲滴，趕忙邁開腳步離開了這個是非之地。

剎──

一輛計程車看見了鄭乾，穩穩停下。

司機伸出個頭來：「去哪？」眼睛順便由上到下瞟了一眼，奇怪之餘不由搖頭，可惜是個男的……

鄭乾也不顧這傢伙那可憎的目光，可憐兮兮道：「師傅，我現在什麼也沒帶，可不可以先帶我到……」

「有病！」

好不容易攔到了一輛計程車，就因為裹一條浴巾外加沒有錢，司機油門一踩，轟一聲立刻消失了蹤影。

怎麼辦？

身上沒錢，手機在酒店裡。想聯繫誰都聯繫不上，想叫輛車也叫不著，難不成今晚要在外過夜了？看著周圍一群群跳著夜晚芭蕾，擇人而噬的蚊子，想想都一陣頭大。

「嘶——」

臉上腫的一塊先疼了起來，剛吸一口涼氣打算伸手去摸摸，卻又扯到了膀子上青色的那塊，疼痛又一次襲來……真是個屋漏偏逢連夜雨，船遲又遇打頭風啊！

目測了一下，這裡距離租屋處至少有五公里，而且就算回去，這身裝扮該怎麼解釋？好吧，離學校大概一公里左右的路程，如果走回去倒也不算太遠，反正宿舍還沒正式搬離……就這麼辦了！

想到就做，也不管周圍又投來怎樣的目光，鄭乾全當沒看到，大搖大擺穿過一條又一條熱鬧的街道，拖鞋掉了就撿起來再穿上，浴巾鬆了也當著別人的面緊緊再打幾個結，完全沒有違和感。

大概這樣重複了十次左右，終於遠遠看到X大，這一刻，鄭乾覺得除了家之外，這個世界上再沒有任何地方比學校更親切了！

學校就是希望啊！離希望越近，心情越發激動，原本屬於快步走，當發現學校就在眼前，乾脆忍住疼痛，往前衝了過去。

可惜想到了開頭，沒想到結尾。守門保安看到一個只裹條浴巾的人不要命往他這裡奔來，好像還很興奮的樣子，頓時開啟了三級警戒，抓起桌上軟棍喊道：「停下！給我停下！」

鄭乾立刻踩住剎車，尷尬笑道：「我是X大的學生，二〇一五年剛畢業的，今晚出了點狀況……」後面話還沒說完，保安就拋出一連串問題：「哪個學院哪個系哪個班的，叫什麼名字？班主任和輔導員是誰？說出來放你進去。」

呃……鄭乾老老實實回答，難得一個問題都沒出錯——要是這樣的問題也出錯，那他也真是活該睡大街了，鄭乾心裡剛想著，誰知保安竟然拿起了桌上電話，照著紙上列出的一連串電話號碼，看準一個就撥了出去——

「喂，王老師嗎？你好你好，我是西門這裡的保安，事情是這樣的，有個叫鄭乾的學生……哦哦，有這個人啊，那好，打擾您了——沒什麼事，就是他裹著一條浴巾進學校，想跟您確認一下，有沒有這個人……」

電話掛斷，保安微笑著示意可以進去了。

鄭乾目瞪口呆，心裡只有一個念頭——完了！四年以來……不，這一小半輩子所建立起來的英名全都徹底毀了！

第九章 麻煩的事

回到宿舍向舍監阿姨拿了鑰匙，鄭乾在她們關懷的眼神中上了樓，打開門，立刻隨手找了衣服褲子穿上。

也不知道是當初宿舍三蟲中誰留下的，雖然有一股黴味，穿起來卻已經是世界上最舒適的衣服了。顧不得床板堅硬睡得身體疼痛不已，急匆匆趕了一晚上路的鄭乾睜大眼睛看著天花板，腦袋裡仍舊在反覆回想剛才發生的事情。

恐怕不管是誰，第一次與未來老丈人在如此情況下見面，也不能做得比自己更好了吧？被人架著趕了出來，也叫好？咳咳，這時候還忘不了自戀，也真是難得。

儘管在程心手機上看過程建業的照片，而且在電視網路上也常能看到他的身影，但當這樣一個人出現在面前的時候，鄭乾內心的感覺還是大為不同。

遠遠看去，程建業給人的感覺像是一座山，一座深藏不露，撥開雲霧才見真容的立峭高山；一旦你走到這座山面前，他立刻變成了一把刀！這樣的說法可能有些誇大不真實，可當時那種情形下，沒有半點準備，他突然就出現在眼前，在鄭乾看來，這比一把刀更鋒利更恐怖，好像連眼神都能殺人……

第一次見面不歡而散，從沒有過深層的交流，甚至連招呼也來不及打上一個，現在想想也怪丟人的，早知道壯士臨行，就該大吼三聲以示勇猛。

我們不能輕易低頭不是?何況程心還在一旁看著呢！

懊悔地搖了搖頭，揮手打散嗡嗡嗡不停，從左、右、上三個方向一同夾擊而來的蚊子大軍，閉上眼睛試圖尋找周公，卻只得其思，難見其容。幾次都快睡著了，要麼被蚊子咬醒，要麼床板太硬被痛醒，睡眠時間都不過三分鐘。床板上已經鋪了浴巾，但根據鄭乾的初步估計，在這裡睡一晚估計得要付出骨骼肌顫慄的代價。

睡不著，那就數羊，黑白兩道的羊都數到了一個難以想像的天文數字，鄭乾打了個呵欠，才在夜晚的涼風中淺淺睡去。

兩人共同經歷了一個難以忘懷的夜晚，程心摔門而出，踩著油門一路開到了住處，像一隻發怒的獅子，路上見到不順眼的都恨不得一腳踹到九霄雲外。

拿出電話，找到鄭乾的頭像撥了出去，電話裡嘟嘟了好一會兒，沒人接。

「去哪裡了？」程心皺著眉頭想了一會兒，臉上越來越擔憂，「會不會出什麼事？」

就在這時，門鈴突然響了起來。

「誰？」程心匆匆跑過去，拿起話筒問。

「小姐，那個……您男朋友的衣服、手機、錢包，老總讓我送來給你。」

難怪打電話沒人接，倒把這些給忘了。

「送上來！」程心對這個告密的小平頭沒有任何好感。

在小平頭經理冷汗直流的手中接過衣物，程心陰沉沉道：「你今晚做得很好嘛！」

小平頭露出個比哭還難看的笑容，說一句哪裡哪裡，逃也似的離開。

拿起手機，打開通訊錄，看到自己的頭像和「親愛的」三個字，程心覺得很對不起鄭乾，真不知道那些保安都把他帶哪裡去了？

「會去哪裡呢？」想著想著，她急忙給孔浩打了電話。

來電答鈴鬧騰了一段時間，才有個慵懶的聲音響起：「喂，掙錢的，大半夜的有什麼事？」

「我是程心。嗯……我打電話給你，是想問問他有沒有和你在一起？」

「呃……沒有啊，他不是在學校裡等你嗎？不對！難不成是那死胖子找人報復他？他奶奶的！要是掙錢的出什麼事，我一定……」

後面巴拉巴拉說一堆沒用的廢話，程心越聽越煩躁，直接掛斷通話。

沒在孔浩那裡，他一個被人騙了還會幫人數錢的傢伙，還會去哪呢？

對了，學校！

這麼關鍵的一個地方怎麼忘了。

喝了口水潤潤嗓子，程心又一次起身下樓，踩著油門往學校奔去。

到了校門口，還是熟悉的保安，還是熟悉的滿目光彩的眼神。

「保安大叔，剛才是不是有個裹著浴巾的男生進去了？」程心一腳踩住剎車，搖下車窗問。

保安點了點頭：「有，一小時前有個裹浴巾的男生，他說叫……叫掙錢。」

程心眼神一亮，心想鄭乾沒事就好：「謝謝啊。」

橫杆抬起，汽車嗖一聲消失在茫茫夜色中。

保安嘖嘖讚嘆：「這小子，有那麼漂亮的女朋友還去外頭偷吃，被捉姦了吧？看著挺人模人樣，沒想到是個衣冠禽獸。對了，要不要通知一聲王老師……」

就在保安正看著電話糾結要不要通報一下，程心已經一路飆到了男生宿舍樓下。

十二點整，這時候宿舍已經關門了。一整棟樓烏漆抹黑的，根本沒辦法找人。

怎麼辦？

程心一咬牙，踩著平底鞋，故意跺出蹬蹬蹬的響聲，想故意吵醒舍監。

沒反應。

好吧，再跺！

地動山搖，響聲徹耳。

一樓終於有一間房亮起了燈，一位舍監阿姨伸出頭來，摸出老花鏡戴上，瞇了瞇眼問：「同學，這麼晚不回宿舍，有什麼事嗎？」

程心道：「找人，找鄭乾。」

「鄭乾？三更半夜你找他做什麼？這裡可是男生宿舍。」

「我就是要找他，您叫他出來吧，我接他回家。」

「這樣啊……我剛看他裹著一塊白布從外面回來，好像還赤著腳。同學你告訴阿姨，這小子是不是惹什麼禍了？」根本不顧程心回答，舍監阿姨自顧自做起了推斷，「聽說這孩子學習成績非常好，還是什麼學生會主席，按理來說不應該闖禍才對。」

程心仔細一想，還真闖禍了。只不過區別在於，這是由她引起的禍端，鄭乾頂多只是個恰好促成一場誤會的受害者而已。

想到這裡，心情難免又煩躁起來。

和鄭乾的事，別奢望靠程建業了。左想右想，周圍也沒什麼有威信力的人足以答應她和鄭乾間的婚事，難不成真的要暫時擱置下來了？

第十章

薑，還是老的辣

心事還沒想明白，舍監阿姨從樓上下來，指了指樓上說：「他睡著了，睡得死死的，我怕打擾到隔壁，就沒再叫了。」

「謝謝阿姨。」程心微笑道，睡著了也行，總之沒事就好。

累了一天，回到家後，程心趴在床上一動也不想動。桌子上還擺著她親手製作的第一千零一夜紀念蛋糕，蛋糕盒子上印著她和鄭乾最美的一張合照。

多好的一個夜晚啊！就因為打個架計畫全都泡湯了，打個架也就算了，去到酒店又扯出一堆誤會來，你說怎麼這麼倒楣呢？

不去想這些，程心硬撐著爬起身來，放熱水泡個澡，原本以為這樣會放鬆一些，沒想到倒洗得神清氣爽，躺在床上翻來覆去睡不著，心裡全想著酒店裡發生的事情。

到底要怎麼才能光明正大和鄭乾在一起呢？

越想，心裡就越煩躁，一看時間，已經是凌晨一點半了。時間總在不知不覺間流逝，倘若不能及時抓住，能填補這些空缺的，就只有後悔了。

數羊吧，先好好睡一覺，明天起來找到鄭乾再說。

就這樣數啊數，黑羊數完數白羊，數著數著夢就取代了羊……

G市的清晨塗了一層薄霧，夏天有霧確實少見。

鄭乾早早醒來，打了個呵欠，猛然間扯到嘴上腫起來那一塊紫薯高地，摀著嘴趕快用冷水冰了冰，順便也就洗漱完了。

「不知道程心怎麼樣了。」正這樣想著，樓下突然響起了一陣熟悉的聲音。

「鄭乾，快起床啦！」

程心？鄭乾往下一看，只見一道曼妙的身姿正站在下面仰著頭往上看，雙手在嘴巴上圈作小喇叭狀，正嗷嗷吼個不停。

「起來啦！」

烏黑的頭髮彎彎捲捲披散著，與一身白色衣裙形成了鮮明對比。確實是程心。

就這樣一聲吼，整棟男生宿舍全伸出頭來，目光紛紛集中到了樓下的程心身上，再一看與程心甜蜜對視的鄭乾，一個接一個就開始起哄，鬼吼著「在一起、在一起」，弄得一向以膽大豪氣聞名的程心也紅了臉。鄭乾抓著頭髮嘿嘿一笑，那模樣說不出的傻和憨厚。

「你怎麼知道我在這裡？」鄭乾坐在車上，將浴巾順手放在座位旁，看得程心直翻白眼。

「冰雪聰明你沒聽說過？那就是專門用來形容我的。」程心撅著小嘴，一臉高傲，彷彿鬥勝的蟋蟀。

鄭乾苦笑：「看起來你心情不錯，遇到什麼好事了？」

程心白他一眼：「沒好事就不能高興呀？跟你說個事，今天我媽叫我去跟他一起吃飯。」

鄭乾不明所以，撓撓頭說：「那，這……這和我有什麼關係？」

「喏，你看這個。」

「我的手機？嘿嘿，謝謝你啦。」

「我是誰？謝誰呀？」

「呃……謝謝親愛的。」

程心滿意一笑：「這還差不多！看看吧，你爸一大早發來的簡訊。」

「噢，OK。」鄭乾打開手機一看，見老爸鄭晟確實發了一則簡訊，語氣一如既往的接地氣：兒子，你這小子昨晚去哪裡了？老子打電話給你也不回，你等著看我怎麼收拾你！記住啦，今天中午十一點鐘，給我乖乖來恒福路福源餐廳，老子在這裡等你。

「咳咳，你都看了？」鄭乾尷尬道，老爸這語氣真是……真是該改改了。

程心似笑非笑：「當然看了，不然怎麼知道你爸發簡訊給你？」

「那個……我爸說話可能有點……」

程心又白鄭乾一眼，微微一笑：「這才是好父親。」

鄭乾想到昨晚見老丈人的那一幕，知道程心心裡很不爽，乾咳兩聲岔開話題：「對了，你說你媽也叫你去陪她吃飯，那你要去哪？」

「恒福路福源飯店啊。」

「一起？」

「廢話，不然我來找你幹嘛。」

「呃……怎麼會那麼巧？」鄭乾覺得事情好像發展的有點超乎尋常。程心嘟嘟嘴：「我也不知道是巧合還是……故意的，當然，如果是巧合也行，這樣我可以順便見見你爸，你也可以順便見見我媽。如果是故意的話，那就再好不過了。」

「再好不過？」鄭乾沒聽懂裡面的意思，「怎麼說？」

「你笨啊！如果是故意的，那是不是說明……我們之間有譜了？」

「啊——這樣啊。那我真該好好準備一下，要不然又像昨晚一樣……」

程心自嘲一笑：「放心吧，我媽可不是那種不通情達理的人，她對我很好。」說完，一邊開車一邊瞟了鄭乾一眼，「那個，昨晚的事情，對不起。」

「說什麼對不起，我們兩個是什麼關係？再說，如果不是因為我惹事，你爸也不會誤會了不是嗎？要說怪，還得怪我才對。」鄭乾笑道，抬手指了指臉上那塊烏青，「不過，我就這樣子去見我爸？」

「嗯……沒關係，我媽不嫌棄長得醜的人。」

兩人到了飯店，按著簡訊上給的位置走去，到了一個包廂，掀開簾子，一眼就看到了一男一女正面朝門外坐在裡面。男的臉上有一道淺淺的刀疤，但仍然不掩眉目威嚴，且面目剛正，言談舉止豪氣大方；女的穿著一襲白裙，模樣與程心相仿，只是多了幾分成熟貴氣，不難想像，他在年輕時候肯定也是一位出塵美人。

兩人時不時交頭接耳，有說有笑，看樣子不但聊得開心，而且相互間恐怕也已經非常熟悉了。

「媽。」

「爸。」

鄭乾和程心一同出聲，各喊各爸，各認各媽。

「女兒來了？」

「兒子來了？」

對面兩位同時看著自己的女兒和兒子，說不出的欣慰。

「別傻傻站在哪裡，快過來坐下。兒子，過來坐老子……你爸這裡。」鄭晟拍拍身邊的椅子，眼神示意，不容置疑。

鄭乾訕訕一笑：「好的，爸。」

旁邊的蔣潔也招了招手：「程心，過來和媽坐一起。」程心乖巧落座，與平日的驕橫判若兩人。

氣氛一時間有些尷尬，誰也不知道該開口說些什麼。鄭乾原本準備了說詞，打算在第一眼看到程心母親的時候，一字一句穩穩妥妥的說出來，卻沒想到關鍵時刻竟忘詞了，忘詞這種事，在他三年學生會主席生涯中從未出現過，真是不亂則已，一亂驚人！就連一向大大方方、天不怕地不怕的程心，不知為何在看到鄭乾父親滿意打量自己時，也突然間變得乖巧聽話，甚至扭扭捏捏起來，與平日裡相比，當真是相差了十萬八千里。

首先打破僵局的還是鄭晟，只見他用手肘頂了頂一臉發懵的鄭乾，故意放大聲音問道：「兒子，有女朋友了也不打算介紹給爸認識一下？」

「啊？」鄭乾剎那間沒有反應過來，等身上又遭了一拐子的時候，才傻傻一笑：「老爸，我給你介紹一下，這是我女朋友，也是大學同學，叫程心。路程的程，心情的心。」

對面那位也笑了笑，朝自家女兒使了個眼色，程心心領神會，頗有些不好意思地說道：「媽，這是我男朋友，叫鄭乾，鄭國的鄭，乾坤的乾。」

雙方相互介紹完畢，蔣潔和鄭晟忍不住笑了起來。

蔣潔道：「傻女兒，我早知道你們的關係了。而且，很早之前我就見過鄭乾。」

這時，鄭晟也附聲道：「沒錯，兒子啊，你偷偷摸摸半夜三更和程心聊天發訊息，以為我都不知道是吧？很早之前，我就已經知道了。臭小子，交了女朋友也不跟家裡說一聲，白疼你了！」

鄭乾下意識地閃過腦袋，如果沒記錯，一旦這種語氣出現，腦門上準要挨不輕不重的一巴掌。幸虧現場人多，當著別人的面，自家老爸還是懂得注意分寸的。

「說說吧，你們兩人是怎麼認識，怎麼在一起的？老頭子我對這個很感興趣。」鄭晟笑得一股老謀深算的味道。

聽到怎麼認識的這個問題，程心突然間臉就紅了起來，就連鄭乾也是一副想說不能說的樣子，頻頻看向程心，憋得臉頰通紅。

「嘿，你這小子，還有什麼事是老爸不能知道的？」

蔣潔也拉著程心的手，溫婉一笑：「程心，你給媽說說，和鄭乾怎麼認識的？」

程心支支吾吾：「就是……偶然認識的，偶然喜歡，偶然在一起的。」

鄭乾連忙表態：「對，就是偶然認識，偶然喜歡，偶然在一起的。」

「你看看，還沒結婚呢，兩個人就合在一起呼攏我們了？」蔣潔調侃似的說道。

「媽——」

「聽這語調，都撒起嬌來了。哈哈哈……」

程心的心噗通鋪通亂跳，臉紅得直想找個地洞鑽進去。但事實上，這時候程心心裡頭卻已經樂開了花，拋開這頓奇怪的聚餐不說，光看剛才的問話和談話，也能看出，老媽對她和鄭乾在一起的這件事已經是持認同的態度了，說不定，這頓飯的目的就是來商量婚事的……如果真是這樣，那三年來所做的一切也都值得了！

鄭乾此時也想到了程心所想的問題，顯然老爸這頓飯不是白請的，看他那老奸巨猾的笑容就知道事有蹊蹺。老頭子，難怪前幾天好說歹說不聽，非得從家裡跑來出租屋跟他擠著睡，美其名照顧兒子生活，原來那都是假像，真正打得是這麼一副牌！

總而言之，經歷了就業失敗和創業遇阻、自以為嘗遍了世間酸甜苦辣的鄭乾，不得不在心裡幽幽一嘆：薑，還是老的辣！

第十一章
三年前

想起三年前。

三年前的某天，空氣清新，太陽溫暖，一切都和往常一樣美好。

程心一下了課，捂著肚子急匆匆往廁所裡跑，女生嘛，每個月都有那麼幾天，只是這剛一進去，卻聽到廁所傳來一陣奇怪的聲音。

什麼聲音？程心湊上去聽了聽，聽不太清楚，又湊了上去，再聽——好像是一個男生在背單詞。

當下程大小姐就發怒了。

這裡可是女廁！到底哪個無良猥瑣的男人敢在女廁偷窺？正義感爆棚的程心一把拉開了廁所門，一看，果然一個男的正斜靠在裡面，手裡拿著一本口袋書，裝模作樣地在背著什麼。

「你……偷窺狂！還不給我滾出去！」

這一聲怒吼可謂驚天地泣鬼神，斜靠在裡面的男生緩緩抬頭，一臉茫然看著眼前的女生，呆愣三秒，一秒是因為疑惑為何男廁會出現女生，另外兩秒是對眼前女生的美貌加以記憶和欣賞，三秒過後，才猛然想起褲子還沒拉好，連忙手忙腳亂繫上皮帶，最後又抬起了頭。

「同學……」

「閉嘴！快老實交代，哪個學院哪個班的，叫什麼名字？」

「我……這……」男生支吾半天，愣著一句話沒說出來。

「不說是吧？要不是本小姐急著……急著有事，早就一個連環踢把你踢給保安！」

「呃——同學，你……你是不是搞錯了？這裡，這裡是男廁……」

「你這偷窺狂，還敢狡辯！」

暴怒的程大小姐不再廢話，幾乎是連抓帶推，十八般武藝齊齊上陣，手腳並用將剛拉好褲子的男生打了出去。

只是後來發生的一切，至今想起來也依然覺得臉紅。

程心上完廁所後，從廁所出去，抬頭卻看到外面圍滿了人。都是男生。

正疑惑間，忽然看到了一個熟悉的背影。

偷窺狂？竟然還敢站在這裡！

程心憤怒地上前理論，一把抓住偷窺男衣領，開口就是一頓臭罵。猥瑣男、變態狂、偷窺狂等等一系列貶低男生的詞語從她嘴裡蹦出，硬是將眼前這個男生形容成了一個萬惡不赦、專門跑到女廁偷窺的人。

罵完，男生再次呆滯，而周圍的人卻都用一種異樣的目光看向了她。

發生了什麼？她順著好心人指去的方向抬頭一看，頓時傻眼——廁所外頭上明明確確寫著「男廁」兩個字，一個沒穿裙子的示意圖案在兩個字上方靜靜站立，遺世而獨立，飄飄欲仙。

轟！

頓時間，程大小姐整個腦袋像被灌了漿糊一樣——懵了。

就算平日裡她的性格如何與男生相仿，此時遇到如此窘迫難堪的事，也讓她瞬間急紅了臉——或者是，羞紅了臉。

站在對面撓頭的偷窺男弱弱道：「那個，我幫你把上廁所的人都攔在外面了。剛才就告訴你，這裡是男廁啊……」

話還沒有說完，憤怒如獅子的程大小姐立刻一腳踩了上去，順便手也不聽使喚，一巴掌扇在了男生臉上，發出好大一清脆聲響。

這下子輪到好心幫忙的男生懵了，周圍的學生也懵了，知道男生身份的人紛紛不知該說些什麼好。

「女神啊！鄭乾鄭乾，我看你們滿有緣的。要不要趁這機會在一起算了！」

「對啊，你可是學生會主席，這種事……咳咳，只要隨便在校會上一提，嘿嘿，就有望了。」

男生伸手摸了摸臉上火辣辣的地方，轉而憤怒地瞪著起哄的傢伙：「閉嘴！」心裡卻在想，女孩子這麼暴力，真的好嗎？

第二天的朝會上，鄭乾並沒有提及這件事情，畢竟跑錯廁所雖然不常見，但平常注意一下也就好了，沒必要拿到檯面上來講。

就在這時，站在台下聽講的程心才恍然，隨後震驚地扯了扯身邊的人，難以置信地問道：「這……這個男生是我們學生會主席？」

「當然啦，不僅帥，據說成績超好，在年級裡屬於頂尖的那種。怎麼，我們程大美女看到才貌雙全的男神，有想法了？哈哈哈。」

「說什麼呢！」

「唉唷，居然還害羞了！太少見了！」

程心確實害羞了，倒不是因為閨蜜所理解的因為男女間的事情而害羞，而是想起昨天誤闖廁所，無緣無故誤會人家，不僅沒表示感激和道歉，最後臨走時還踩了人一腳，打了一個響亮的耳光……想起這些，臉上就火辣辣的，彷彿那一巴掌打在了自己身上。

程大小姐和鄭乾相識到相戀的故事自然沒有就此結束。

或許是看上了鄭乾的文質彬彬，又或許是心裡覺得愧疚，程大小姐某天穿了一件白色褶裝短裙，梳了兩條長辮子，整個人不但變得更加漂亮活潑，而且也充滿了濃厚的青春氣息，一眼看去，就像鄰家妹妹一樣，任誰看到了恐怕都會由衷地發出讚嘆！

「吸氣——呼氣。吸氣——呼氣——」如此折騰準備了五分鐘，在宿舍鏡子前左照右看，看得室友們齊齊調侃：「唷，我們程大美女什麼時候也對自己的美貌沒信心了？」才肯滿意一笑，優雅地漫步下樓。

「哼！鄭乾是吧，從今天起，你就是本小姐的人了！」

別誤會，鄭乾這時候還在上課，上面只是我們程大小姐在路上演練著即將到來的對話。沒錯，她思考了幾天，打扮準備了半天，為的就是接下來的半個小時內向鄭乾真心表白。

走到教學樓，鈴聲剛剛響起，程心已經把開口要說的話完整記在了心裡。

說不緊張那是自欺欺人，不過想到鄭乾誠實呆萌的樣子，就不由自主覺得好笑，如果自己突然表白，他肯定會更加緊張吧？想到這裡，緊張感頓時消失了大半。

就在這時，一道熟悉的身影出現在了樓梯口處，背著書包，戴著耳機，一副享受音樂的模樣。

終於來了！

程心一個閃身出現在正對面，將毫無準備的鄭乾嚇了一跳。

「你……怎麼是你？」

程心二話不說，一把將鄭乾拉到了旁邊，趾高氣揚問道：「如實招來，名花有主了沒？」

鄭乾愣了愣：「沒有。」

「那好，本小姐正式宣佈，你現在有了，以後都有了！」

第十二章
飯局真面目

就這樣，程心和鄭乾的大學三年戀情迎來了一個美好的開端。

在後來的相處中，鄭乾發現自己已經悄悄喜歡上了這個時而古靈精怪，時而霸氣昂揚，時而又小鳥依人的女孩，心裡有時也感激當初……呃，廁所的相遇，如果沒有那段奇葩的經歷，自己或許也難以遇到程心吧？

時間一晃過了三年，想到當初種種，心裡更是甜得發蜜。

如今兩個人一同拜見了各自父母，想到三年來彼此間的默默付出，霎時間就覺得什麼都值了。

從眼前的種種跡象來看，蔣潔和鄭晟都十分支持他們兩人在一起，說不定這頓飯就是為了敲定他們之間的婚事。

程心往蔣潔身上靠了靠，甜甜一笑，心裡想著：「還是老媽懂我。」

鄭乾卻想著創業成功再結婚的事情，一時之間卻也沒有了一開始的驚詫和激動，只是時不時撇頭看看鄭晟，投遞兩個「不開心」的表情過去。

鄭晟當作沒有看到，往鄭乾腦袋上敲了兩指頭。

「咳咳，既然大家都認識了，那麼我說一下今天約你們來的目的吧。」

氣氛頓時一緊，哪怕做好了心理準備，到了關鍵時候，作為主角的程心和鄭乾也難免緊張地將心都提到了喉頭，生怕鄭晟一句話說錯，會毀了整個世界一樣。

大概是為了尋求安慰和依託，程心挽著蔣潔的手臂，眼神卻偷偷看向了鄭乾，本以為他也會給自己一個放心的眼神，稍稍寬慰一下，結果那傢伙竟然一臉無所謂的模樣，心裡真想跳起來給他一巴掌。

彷彿是商量好了一般，聽到鄭晟說話，蔣潔也拍了拍程心手背，笑著道：「是啊，看你們兩個關係這麼好，以後一家子相處起來倒也方便，這樣一來，做媽的也就放心了。我和鄭乾他爸呢，我們也認識很久了，都說女隨父親兒隨母，現在看起來，我們兩家恰恰相反了。我倒是挺希望有一個像鄭乾一樣的兒子呢！」

鄭晟哈哈一笑：「做爸的，誰也都希望有一個像程心一樣的女兒。」

「就你嘴貧！」蔣潔竟然對鄭晟翻了個白眼，這不是……不是戀人間才有的動作嗎？

鄭乾和程心對視一眼，紛紛覺得不可思議。以程心對自己母親的瞭解，更是覺得這一句「就你嘴貧」充滿了無數可能性。不過好在兩人說的話都是與鄭乾和她有關的，這麼想來，心裡倒也想開了些。

程心笑笑，一副乖巧懂事的模樣：「伯伯，您就別誇我了。」

鄭乾反應過來，忙說道：「阿姨，您也別這麼誇我，程心她心地好，人又漂亮，能跟她在一起，是我的福氣。」

「你這小子說話的水準都快趕上那些高官！不過老子我喜歡，哈哈哈！」

程心在對面開心一笑，嘴裡嘀咕，以兩人間才能看懂的嘴型說道：「算你識相。」

氣氛又陷入了尷尬，蔣潔使勁朝鄭晟使眼色，鄭晟先是裝作沒看到，眼神左漂右移，後來鄭乾乾脆捏了老爸一把，才將他給拉回神來。

瞪了眼鄭乾，鄭晟清了清嗓子，有些難為情道：「兒子，爸問你個問題。」

這時候問什麼問題？

鄭乾看了眼程心，轉而說道：「什麼問題？」

「嗯……這麼說吧！」鄭晟少見地婆婆媽媽起來，「如果，你爸遇上了心上人，打算……打算結婚，為你找個媽，你覺得怎麼樣？」

呃……這種私人話題怎麼在飯桌上扯起來了？再說，這是不是太突然了，做兒子的什麼時候聽你說過，你看上什麼人了？

鄭乾一臉發懵，伸手在鄭晟眼前揮了揮：「爸，您沒事吧？」

「臭小子！」鄭晟一巴掌扇開面前的手，拉著臉問道，「一句話，怎麼樣？」

「你是問我……同不同意？」

「廢話！」

鄭乾越聽越覺得奇怪，倒是對面的程心隱隱猜到了什麼，看了眼坐在一旁的蔣潔，發現她握著自己的手竟然捏緊了起來……

「這個……倒也不是不可以，只是您想過您現在要組一個家庭，會帶來什麼影響嗎？」

「能有什麼影響？臭小子是不想讓你爸安享晚年是吧？」

鄭乾腦門上冒出三根黑線，我都還沒說完，您就扣一頂不孝的帽子給我，有這麼欺負人的嗎？邊在心底抗議，邊湊到了鄭晟耳邊，悄聲道：「爸，這種事，我們回家裡說行不行？況且您看上了誰，至少也讓我見見吧？萬一您找了個面善心惡的老巫婆，到時候我和人家合不來，您又不向著我這邊，我受了委屈只能躲在角落裡偷偷的哭，那不是慘了？」

「你小子，說什麼屁話呢！」鄭晟氣得一拍桌子，怒眼瞪著鄭乾。

「老鄭，老鄭你別生氣，孩子想見見，你讓他見不就得了？」蔣潔這時候連忙出來圓場。

這一幕卻看得程心張了張嘴巴，對視一眼鄭乾，兩人紛紛用不解的目光看向兩位長輩。

「也對。」鄭晟拍了一掌鄭乾，指著對面說道，「臭小子，你不是想看嗎？遠在天邊，近在眼前，給你看個夠！」

「看……看誰？」目光在程心和蔣潔之間流轉。

蔣潔見時機已到，適時地接過了話題：「鄭乾，你爸說的那個人，就是我。」

鄭乾驟然石化，木然看著蔣潔，彷彿時間都已經凝固。

程心更是像聽到了世界上最離譜的事情一樣，整個人直愣愣站了起來，看著蔣潔，不可思議問道：「媽，您剛剛說什麼？」

蔣潔拉了拉程心，示意她坐下。

「您先告訴我，這究竟怎麼回事兒？」

蔣潔責怪地看了眼程心，才緩緩道：「我和鄭乾他爸，打算在這個月底結婚。今天叫你們兩人來，就是為了跟你們說一下這件事。」

「您難道……難道不是為了我和鄭乾的婚事嗎？」程心簡直一萬個沒想到，「這麼說來，這頓飯局的目的，就只是為了向我們宣佈，您要結婚了？」

第十三章
混亂的關係

「程心，坐下，聽媽好好跟你說。」蔣潔覺得臉上掛不住，一向對她唯命是從的女兒，今天怎麼突然變得這麼激動？

「我不坐！您說清楚，到底是怎麼回事？」

蔣潔沒辦法，只好嘆口氣說道：「我和鄭乾的爸爸，打算結婚。今天叫你們來，就是為了告訴你們這件事。」

聽到蔣潔又一次親口訴說一遍，程心知道他們沒有開玩笑。

可……這難道不是開玩笑嗎？

原本好端端的聚餐，剛開始還以為父母替他們著想，叫兩人來一起吃飯，順便把婚事一同敲定。

卻沒想到，真正的目的原來是為了他們自己。

程心氣得胸口不停起伏，眼眶微紅，幾乎快要哭了出來。

鄭乾連忙起身安慰，卻沒想到被程心一拐子架了過來，差點沒打到鼻樑骨，「滾開！媽，我原本以為這世界上還有您對我好，但沒想到，您竟然為了一己之私，放著整個家庭不顧！您有想過女兒嗎？」

蔣潔也知道，想要讓女兒一下子接受這件事，一點也不現實，只好順著程心道：「心兒……」

程心不打算再聽下去，搖著頭，眼淚流了下來：「不管您說什麼，我都不相信了！我只想告訴您，我和鄭乾在一起三年了！三年！如果您和他爸結婚，我們怎麼辦？您告訴我，我和鄭乾該怎麼辦？」

「什麼？你們在一起……三年了？」問這句話的是鄭晟，憤怒轉身，盯著鄭乾，「真的在一起三年了？」

鄭乾本就覺得老爸和程心媽媽結婚是一件很荒唐的事，聽到鄭晟發問，沒好氣道：「是，三年了，我可不會剛見面就跟人論及婚嫁。」

話裡的意思充滿了嘲諷，鄭晟一怒，拾起巴掌就要往鄭乾臉上拍下，卻在這時，程心憤怒推開攔在身前的母親，摔門走了出去。

「這孩子！」蔣潔趕忙打開門，「我去找她，你們父子先聊著。」

好好的一頓飯瞬間人仰馬翻，滿桌菜餚上，香氣四溢，可離開的和坐在裡面的人都沒了食欲。

鄭乾耿耿於懷，覺得鄭晟想再婚當然沒問題，但就不能重找個對象嗎？為什麼非得看上程心她媽？扭著頭看向另一邊，不理會沉默拿起酒杯倒酒的鄭晟。

「臭小子，怎麼？翅膀硬了？不錯不錯，長大了。來來來，我們父子倆喝一杯！」

說著把滿滿一杯酒遞到鄭乾面前，手一劃，氣勢恢弘：「想當年，敢和老子這麼嘔氣的，早就一巴掌被我打飛了。念在你是我兒子的份上，我饒你一回。」

鄭乾知道老爸又在胡說八道了，兩人之間相互詆毀和相互不服早已經成了生活的一部分，鄭乾哪裡會在意老頭子說的話。

接了酒杯，一仰而盡，頓時忍不住一陣嗆咳，卻仍舊賭氣不肯轉身看一眼坐在一旁的鄭晟。

鄭晟無奈，酌了一口，悠悠道：「想不想聽聽你老爸我當年的事情？」

鄭晟很少對他提及當年在部隊上的生活，按照鄭晟的話說，那是一段美好的歲月，但往事不堪回首，好漢也不提當年勇，不說也罷。

看樣子這回是要說了。

鄭乾當然感興趣，不說話，談了個響指，意思是你說吧，我聽著。

鄭晟搖頭一笑，調侃似的語氣：「你小子，真是長大了翅膀就硬了，敢跟我玩彈響指了？」隨即正色道：「既然如此，我就和你說說，你爸當年的一些事，小子，可聽好了，只此一次，下不為例。」

「好啦！」

「當年，我和程建業同一年進入部隊，兩個人那時候關係真是好得沒話說，如果在戰場上，就是那種可以將後背交給對方的人。話說……」

話沒說，鄭乾立即打住了鄭晟，猛地轉身，驚訝地看著他：「你說，你和程建業是同一年進入部隊，並且關係還很好？」

鄭晟難得正經起來，點點頭道：「當年關係確實好，哪像現在，見面不像仇人一樣就算好的了。」

「那為什麼後來……」

鄭晟雙目微瞇，充滿回憶的模樣：「當時，大概是進入部隊的第二年，我們連隊分配來了一個負責宣傳的女兵。人家女孩子不但人長得漂亮，而且歌唱得好，工作能力也出色，當時就有很多人喜歡上她了。當然，這些人裡面也包括我，還有程建業。」

說到這裡，鄭晟滿臉自豪：「說實話，我們那時候雖然不是人見人愛，可隨便走到哪裡，也都是有回頭率的人物。嗯……部隊上光長得帥沒用，還得有本事，有本事才能受人尊敬。你爹我當年不僅相貌占優勢，而且就連年度標兵什麼的，也一個不落收在了手裡。要知道一個連隊可就那兩三號人，包括程建業那小子，也是第三年我因傷退出，他才有機會戴了朵大紅花。要不然……」

見鄭晟說著說著又泛起了個人英雄主義色彩，鄭乾趕忙打住：「爸，您還是挑重要的說吧，我怕您一說您部隊裡的光輝事蹟，就三天三夜都說不完，嘿嘿。」

原本被打斷了一陣惱火，但聽到後面那句，鄭晟也樂了，清了清嗓子，繼續說道：「所以，我們連隊裡最有競爭優勢的，就數我和程建業了。程建業家裡有錢，不過有錢沒錢在部隊裡都一是個鳥樣，照樣一起吃喝拉撒，沒什麼不同。所以呢，我和程建業就商量，我們公平競爭，看誰能得到人家女孩子的芳心。」

鄭晟又喝了口酒，瞇著眼道：「程建業爽快答應了，說就這麼辦。於是，為了得到心愛的女孩青睞，我和程建業兩個人可謂卯足了勁的表現自己，你想，那時候在部隊裡，又不像現在一樣，能隨便約去看個電影逛個公園，小手一牽，說句我喜歡你就成了。那可是部隊啊！就連平常休息見個面都難，只有在有文藝表演的時候，我們兩個自告奮勇去幫忙搬凳子扯簾幕什麼的，才能做賊似的，偷偷摸摸和她說上幾句話。」

「後來呢？」

「後來，這一來二去的就熟悉了。有次我們外出執行任務，而那女兵被歹徒給抓了做人質。」

鄭乾覺得像天方夜譚，或者像韓式狗血愛情劇，忍不住嘴角微抽：「您……還是說些真實的吧，這聽著也太假了。」

第十四章
青春不回頭

「臭小子！」一巴掌扇過去，鄭晟雙目圓睜，怒氣衝衝道，「你以為老子喜歡跟你講這些事情？你以為老子背上和大腿上那些傷口是用刀劃上去的？」

鄭乾猛地想到老爸身上那些從小都不讓他多看一眼的傷疤，那時候還覺得不以為意，現在想來，老爸當年一定是經歷了什麼，否則一個軍校畢業生，前途無量，怎麼會在中年之際就領了退伍金退伍回家了呢？

鄭晟一手倒空了酒瓶，接著說道：「那女兵被歹徒抓去做了人質，當時情況萬分危急，我不假思索，就跟長官請示，讓我過去代替女兵，讓我來做人質！可長官死活不同意，說人歹徒不是傻子，做人質男人哪有女人容易控制？想想也是，我當時急壞了，一時之間沒想到什麼好辦法，只能跟程建業商量，別看這小子平日裡正經八百的，其實肚子裡鬼點子多得是。結果，這一問還真問對了，這傢伙跟我商量，說讓我去側翼埋伏，假裝偷襲吸引歹徒，然後他抓準時機一槍爆頭。這聽著簡單，可結合當時的具體環境來看，能想出這辦法，我不得不佩服他。我照著做了，可誰也沒想到，那歹徒身上竟然還綁了炸藥。我去到側翼成功吸引歹徒的注意力，就看到歹徒拉了環。沒錯，歹徒瘋了，想和人質同歸於盡。」

說到這裡，鄭晟額頭上滲出了不少冷汗，看得出來，對於當年的驚魂一刻，即便過了十幾年，現在說起，他還心有餘悸。

「我當時不顧生命危險，幾乎是以這輩子最快的速度俯衝過去。可就在我打算一把抱住歹徒，解救人質的時候，槍聲一響，一顆子彈穩穩穿過防彈衣，射入了我背部。當時我只有一個念頭：哪個混蛋開的槍？隨後，一瞬間天昏地暗，腦袋一空，什麼都不知道了。」

說到這裡，鄭晟唏噓感嘆一番。

雖然從鄭晟嘴裡一字一句說出來，是那樣的波瀾不驚，可即便如此，也都聽得鄭乾熱血奔騰起來，沒想到自己老爸當年也是個英雄人物啊，想著這些，頓時連老爸講故事的目的都快忘了。

「對了，那後來呢？後來怎麼樣了？」

「後來？」鄭晟搖頭苦笑，「那歹徒他媽的扯的不是炸彈，是一個空殼！裡面沒有火藥，什麼都沒有，只有一層空殼！」

「呃……爸，你也太倒楣了吧？」

後面的事情不用說，鄭乾也能猜出個大概了。

「後來我才知道，那一槍是程建業打的，他原本想一槍擊斃歹徒，卻沒想到我突然發瘋似的沖了出來，差點就因此造成了不可想像的損失。」鄭晟嘆了口氣，「我沒受到嘉獎，反而在傷癒出院後被長官劈頭蓋臉罵了一頓，不遵守部隊紀律，不聽上級指揮，個人英雄主義情節嚴重……總之沒一個好聽的詞用在我身上。程建業那小子，因此就成為了人人敬仰的大英雄，我自然就被當成負面教材了。」

「所以，你在競爭當中就徹底輸給了他？」

鄭晟微微點頭：「我按約定，遠離了那個女孩，儘量把機會都讓給了他。」

「那女孩……就是蔣潔阿姨吧？」

「沒錯，就是她。我和她，還有程建業，我們一起度過了軍隊最輝煌的一段歲月。」

聽完這些故事，鄭乾心裡更多的是感慨和嚮往，至於同情……大概也有吧，人生機遇的問題，誰又說得清楚呢？

只是他仍然不理解，既然已經分開了那麼長時間，為什麼現在又突然想到要結婚了呢？先不說自己能不能接受女朋友的母親成為自己的繼母，單論早先去世的親生母親，老爸敢說對得起嗎？

當鄭乾拋出這個問題的時候，鄭晟明顯愣了愣，他不是那種無情無義的男人，讓他做出對不起去世妻子的事，無論從哪個角度來看都不可能。

可是……人一生當中不就是為了遇到那個對的人嗎？如果遇到了，卻又選擇錯過，這難道不是一種遺憾？再退一步講，如果鄭乾的母親在天有靈，看到是他常在她面前提起的蔣潔，也一定會支持他們在一起的吧？

鄭晟拍拍鄭乾肩膀，如同老友交流一般說道：「我和你蔣潔阿姨認識二十多年了，前些天偶然遇見，才突然想起那段過往，也才發現，放不下那段過往。我們很愉快的聊了一天，到那天我才知道，原來放不下對方的，不只是我，還有她。你蔣潔阿姨跟我說，她在程家過得並不開心，如果不是已經有了程心，她甚至在結婚那年就要提出離婚了。可世事難料，雖然當初沒離成，但最終也還是離了。」

事情說到這裡結束，鄭乾知道自己需要時間思考，鄭晟該說的也說了，自然也明白，這種事情並非一蹴可幾，讓孩子們好好考慮考慮也是應該的。

父子兩人聊了大概有一個小時的時間，而蔣潔追著程心也不知道去了哪裡。

鄭乾自掏腰包結了帳，和鄭晟一起走出了飯店。

對於老爸和蔣潔兩人之間的黃昏戀，鄭乾說不出什麼感覺，即便那些故事有多麼生動感人，想像著以後四人在一起相處，只覺得彆扭難受。

飯店門口，鄭乾撥了電話給程心，卻無人接聽。

想到程心那急性子，鄭乾心裡著急起來，乾脆商量道：「爸，你先回去等我，我找程心去。」

鄭晟當然不願意自己回去，擺擺手道：「不了，我和你一起去找吧。我先打電話給你蔣潔阿姨，問問她們在哪兒。」

電話撥通，傳來蔣潔親切的聲音：「沒事沒事，我和這丫頭在一起。你就先帶鄭乾回去吧，我們有時間再聊。」

鄭乾鬆了口氣，沒什麼事就好，就擔心那丫頭亂來一通，那才麻煩呢！

想著想著，撇頭突然看到鄭晟一臉嚴肅看著自己，語重心長道：「臭小子，看得出來你真心喜歡人家，那女孩不錯，挺漂亮，挺善良的。既然喜歡就好好對待人家，別像你爸我一樣，四五十歲才覺得後悔。」

第十五章 出謀劃策

昨天分開以後，程心就直接給回了家，蔣潔好說歹說半天，她的情緒才逐漸冷靜下來。

想想也是，作為子女的，不管是誰遇到這樣的事情，一時半刻也難以打從心底接受。

第二天一早，鄭乾剛睡醒，就接到了程心的電話。

「掙錢的，今天過來一趟，我們幾個聚一聚，商量一下。」

鄭乾一下子沒明白過來，糊裡糊塗問道：「商量什麼？」

「你爸和我媽的婚事。」

「呃……怎麼聽著那麼彆扭。」鄭乾打了個呵欠，「好吧，我馬上就來。」

說著已經起身穿好衣服，順便打開了淘寶，看著網路商店裡幾天以來賣出的稀稀疏疏的商品，新的一天才開始，心情又跌落到了谷底。

萬事起頭難，鄭乾只能這樣安慰自己，想當初在大學裡面他可以說是雄赳赳氣昂昂，想著到了社會上，憑藉自己在學校裡學到的知識，也應該夠混得風生水起了。

可沒想到，還沒大展雄風，就因為受不了公司裡面那些說的頭頭是道，暗地裡卻總做些不光彩的事情，一怒之下辭了職，三字辭職信至今風靡全校，曾經的學生會主席，不但學校裡頭的事情處理得頭頭是道，如今連辭職都帶起了一股風潮。

鄭乾這幾天除了應付各種感情問題，關於創業方面的事情當然也沒少打聽。

經歷過創業並成功的人都說，創業初期路都走不順，都一樣坎坎坷坷，想要走順，只有不停地砸錢，可我們創業不就是為了賺錢嗎？砸錢又算什麼？聽了不少前輩們的經驗，鄭乾心裡清楚，想要在自己選定的路上走下去，一是需要堅持，二是需要一顆聰明的頭腦。

如今網路四通八達，再沒有什麼比在網上做生意更能實現自身價值的事情了——當然，實現自身價值的意思無非就是賺一大筆錢，退一萬步來說，就算賺不了一大筆錢，至少也要憑藉自己的能力養活全家人才行。

至於老師當年照著課本苦口婆心教誨的，長大了要為社會做貢獻，做一個對國家、對人民有用的人，這些問題暫時就不去想了。才剛畢業，擺在眼前最重要的就是溫飽，然後盡力奔向小康。如果連這些都難以做到，不用說貢獻，就連保持平衡站在一條線上都有心無力。

回答了買家的一些問題，關掉電腦，清清爽爽沖了個澡，正要出門，鄭晟拉住了他。

「兒子，要去哪裡？」

「去……同學聚會。」總不能說去商量你們的婚事吧。

老爸一臉懷疑：「臭小子還敢說謊？我知道是程心那丫頭叫你過去商量我和你蔣潔阿姨的婚事，這有什麼好遮遮掩掩的？」

「我……」

「去吧去吧，跟人家心平氣和聊聊，別忘了多拉近拉近感情。」

鄭乾搖頭苦笑，以他對程心的瞭解，心平氣和聊聊是可以，兩人在一起三年了，相互之間瞭若指掌，幾乎沒有什麼問題是不能解決的。但即便如此，關於長輩的婚事，程心恐怕也不會輕易答應。

跟鄭晟做了個若有若無的保證，來到程心住的地方，才發現孔浩和姚佳仁竟然也在。

「掙錢的，你那天晚上去哪了？害人家程心半夜三更打電話，到處找你，我說你作為男朋友，也太廢了吧？」

屁股沒坐下，就聽到一陣不滿的聲音。孔浩這小子說話就這水準，不單愛開玩笑，而且還說得你沒辦法反駁。

鄭乾一巴掌扇過去，沒打到，「你別在這瞎說了，要不是因為你跟人家打架，後面怎麼會有那一堆事情？」

「好了好了，都別說了。程心你今天叫我們來，是要說什麼事？」姚佳仁扯了扯孔浩袖子，翻一個白眼，朝程心說道。

今天的程心看起來鬱鬱寡歡的樣子，兩道秀眉一會兒皺起一會兒鬆開，彷彿有著什麼解不開的心事一樣，俏麗的臉蛋上烏雲密佈。

鄭乾對她太瞭解了，知道一定是因為昨天的事情，一整晚沒睡好覺。人心就這麼窄，別看平日裡嘻嘻哈哈沒頭沒腦，可是一旦遇到問題不解開，心裡那疙瘩就會越來越大，到最後很有可能憋出憂鬱症來。

這可不行，鄭乾上去安慰：「你是要讓所有人幫想想辦法吧？放心啦，事情都是人來解決的，有我們一群人在，還有什麼辦法想不出來？」

程心嘟著嘴，看樣子心情稍微舒暢了，靠著鄭乾肩膀呢喃：「你說，要是我媽和你爸結婚了，我們該怎麼辦？」

孔浩一臉驚訝：「你說，你媽要和鄭乾他爸結婚？」

姚佳仁也是一副不可思議的樣子，挽著程心手臂搖晃：「快說說是怎麼回事？」

當下，程心就把昨天發生的事情，一五一十、一字不漏全告訴了這群好友，結果孔浩和姚佳仁聽完了，都一致覺得這好像不符合常理，一旦兩人的長輩結婚了，那晚輩該怎麼辦？

想到這個問題，姚佳仁眼睛一亮：「問問學法律的同學啊，看看如果遇到你們這種情況，雙方子女是否還可以照常結婚？」

「對啊對啊，我怎麼沒想到呢！」

程心爬起身來，拿起手機一股腦發了十多條訊息出去，都是當年在學生會認識的法律專業高材生。

沒過多長時間，就有一條署名為「小寶專業海鮮」的發了回信：「這種情況很少見，不過根據我國婚姻法規定，父輩結婚離婚，並不能影響子輩結婚離婚。其實道理很好理解，比如你一個人犯了錯，總不能像古時候一樣株連九族吧？」

這例子舉得沒頭沒腦，與現實情況毫無關聯，可聽起來就是莫名的覺得舒服，像一絲光線照亮了黑暗。

回過去一個「謝謝」的表情，程心突然滿是驚訝：「這不就是跟你們打架的那個人嗎？」

孔浩立刻湊過去看，鄭乾也瞄了一眼，只見帳號頭像是一個肥肥胖胖的傢伙，穿金戴銀一副小開的模樣，再一看用戶名，瞬間明瞭，這除了是那成天想要泡妞撩妹亂求婚的傢伙，還會有誰？

人。

「你怎麼會有他帳號？」拉住有打碎螢幕衝動的孔浩，鄭乾疑惑道，他在學生會裡可從沒見過這人。

「我也不清楚是什麼時候加過。」程心對這事心不在焉。

原本看到這樣的消息應該高興才對，既然父輩婚姻不影響子輩關係，她和鄭乾兩人的婚事自然可以完美保留。

可是不知道為什麼，原本還將希望寄託在老媽身上，自己還沒提結婚的事情，結果她倒是先跟女兒說，她要結婚了。

這件事想了整整一個晚上，程心依然沒有想通。

現在看來，擔心自己和鄭乾能否順利結婚是一回事，心裡頭彆扭才是疙瘩解不開的根本原因。

第十六章
各懷心思

鄭乾也猜到了程心的心思，只是他挖空了腦袋，也想不出什麼好辦法來。

這畢竟是他老爸的事，自己如果做出什麼不好的事情來，反倒會被扣上一頂不孝的帽子。

怎麼辦？兩人已經打算在月底結婚，現在是十八號，只有十多天時間供他們改變這件事情了。屋子裡陷入一片沉寂，話說家醜不可外揚，可既然人家都願意告訴自己，那是不是應該盡些綿薄之力呢？孔浩一臉賤笑。

做了多年的兄弟，不說手足情深，可他一翹屁股，總該知道他要放什麼屁了。

「說吧，有什麼餿主意了？」鄭乾滿臉笑意看著孔浩，程心和姚佳仁也盯著他。

孔浩瞪了一眼：「喂，掙錢的你就不能說句好話？什麼叫餿主意？我這麼風流倜儻、玉樹臨風，腦子隨便一轉，就有無數個方法躺著等我挑選的人，你居然說我想出來的是餿主意？」

面對無數個白眼，孔浩也毫不尷尬，繼續說道：「看在程心妹妹的份上，我大人不計小人過，就不怪罪你亂說話了。」

在座的三個人都對孔浩的性格知根知底，也不說話，除了翻白眼外，時不時也笑嘻嘻配合著說是。

「好啦，快說說有什麼辦法？畢竟是程心他們的事情，你別給我打馬虎眼。」還是姚佳仁拿得下這傢伙。

女朋友發話，不敢不從啊。

孔浩一副神秘兮兮的樣子，招了招手，讓所有人都湊近一些，才開口道：「我跟你們說，這樣……」

與此同時，鄭乾家中。

鄭父打開了鄭乾的電腦，津津有味盯著螢幕看，螢幕顯示出來一道身影。

風韻猶存、徐娘半老，這些字眼用在蔣潔身上絕對再貼切不過，想當年也是響噹噹的軍中一朵花，哪怕如今為生活打拼了許多年，增添更多的也只是經歷過生活之後的一種獨特魅力，至於歲月，並沒有在她身上留下太大的痕跡。

鄭晟哈哈一笑：「這電腦神奇，比我們當年軍隊裡的設備好用多了！」

蔣潔在那頭溫婉一笑：「鄭乾呢？沒在你旁邊吧？」

鄭晟一揮手，豪氣干雲：「那小子出去了，好像在和程心商量我們兩個的婚事。」

「那……你覺得鄭乾會同意嗎？」

鄭晟滿不在乎：「這小子我不擔心，畢竟我是他老爸，比別人瞭解他。」

蔣潔也點了點頭：「鄭乾比我們家程心懂事得多，我就怕到時候程心不同意……」

這問題難倒了鄭晟，他好像還沒想過，如果程心不同意該怎麼辦。

其實早在之前，鄭晟和蔣潔就已經商量好了，鄭晟搞定鄭乾，怎麼樣也得讓他點頭，蔣潔說服程心，哄著騙著也要讓她答應。這也才有了後來的那頓飯局，可是一開始兩人就低估了小倆口的反抗能力，不但讓程心丟了碗筷就走，就連鄭乾，好像也沒有預期中那樣開開心心答應。

鄭晟陷入沉思，過了一會，才說道：「這樣，我晚上和鄭乾那臭小子說說，讓他跟好好跟程心討論我們兩人的故事，你覺得呢？」

蔣潔嘆了口氣：「也就只能這樣了。對了——你戶口名簿和身份證有帶著吧？」

結婚需要戶口名簿和身份證登記，兩人在幾個月之前偶然相遇的時候就再次擦出了絢爛的愛情火花，當時試著相處了一個多月，終於發現相互之間都有揮之不去的眷戀，直到一個月前，兩人一同商定，一不做二不休，直接結婚！

不愧是從軍隊裡出來的人，做事總是雷厲風行，一點也不拖泥帶水。所以一個月前，鄭晟就已經把這些東西找齊了，這次來找兒子，當然也都帶著來了。

蔣潔又皺起了眉：「你說，我們告訴了他們兩人我們要結婚，這兩個孩子會不會……」

「會不會什麼？」

「算了……但願不會。」

鄭晟是個急性子：「你是擔心他們搶在我們之前先把婚結了？」

蔣潔默認。

「不可能，這小子最近就活在我眼皮子底下，他要是想結婚，怎麼可能不跟我說？」鄭晟自顧自下了論斷，「你放心吧，我們做我們的就好了，讓他們去鬧吧！」

這邊鄭晟和蔣潔才視訊聊天商量好，那邊孔浩的餿主意也得到了大家的一致同意。

「你能拖他幾天就幾天，只要能拖到你們結婚，那就再好不過了。」孔浩一臉奸詐的模樣，看著就想揍一拳。

鄭乾只能低著頭嘆氣道：「好吧，那就按你說的做。只是……總覺得對不起他們。」

程心不樂意了，朝鄭乾腰間一擰，轉過三百六十度：「那就對得起我了？」

「痛痛痛！放手放手，好好好，對不起對不起！」

「哼，算你識相！」

最大的問題暫時得到了解決，房間裡的氣氛突然間變得輕鬆起來。

聊到孔浩和姚佳仁的問題。

鄭乾拍拍孔浩肩膀：「怎麼樣？最近工作做得還順心吧？」

原想孔浩會一臉鄙夷說：「你別想拉我和你一起搞創業。」卻沒想到他說的是：「我都想和你一起創業了……」

「嗯？怎麼了？工作不順心，還是？」

孔浩還沒答話，姚佳仁就開口道：「他和我一樣，一個月就那幾千塊的工資，吃住玩之後，到頭來什麼都沒剩，你說要是一直這樣下去，接下來的生活要怎麼辦？」

大學畢業後，就業是個沉重的話題，無論何時何地聊到都是如此。照鄭乾來看，孔浩的工作其實已經算不錯了，符合專業，而且剛畢業實習期間一個月就拿五千塊的工資，更別提轉正職之後更好的待遇了。

「沒事，只要堅持做下去，說不定就一級一級往上升了呢？人生機遇，誰說得定？」鄭乾安慰道，其實比起他們來，這句話倒像是說給自己聽的。

姚佳仁瞥了一眼一臉無所謂的孔浩，氣道：「道理是這樣沒錯，可這天到底什麼時候才會到來呢？說不定……一輩子都不可能了。」

氣氛一下子變得沉重起來，畢業即失業，即使不曾失業，可也還是有需要考慮的問題存在，畢竟人生追求不同，最終走的路，當然也不盡相同。

第十七章

海鮮店意外事件

「算了，不說這些了，今天我請客，我們一起出去吃一頓。」

程心提議，立刻得到了孔浩回應。這傢伙可能就是這點好，無論遇到多大的悲傷，隨便轉移一下注意力，立刻就變得活蹦亂跳起來。

姚佳仁挽著程心的手臂下樓，不忘用穿著高跟鞋的腳，一腳踩在孔浩腳尖上，任憑慘叫響徹樓道。

「去哪吃？」程心邊開車邊問。

姚佳仁想了想，說道：「學校對面新開了一家海鮮店，去嘗嘗怎麼樣？」

「海鮮好，嘿嘿……不過會不會太貴了點？」孔浩一邊附和女友，一邊又不忘為程心的荷包考慮。

程心還未搭話，姚佳仁就已經先出了聲，瞪坐在後排的孔浩一眼：「程心那麼有錢，還怕一頓飯啊？」

「有錢也得節約啊……」孔浩嘀咕。

說到了錢的問題上，車內一下子安靜下來。

鄭乾咳嗽一聲，孔浩將頭瞥向窗外。

姚佳仁感受到了氣氛變化，連忙道：「程心……」

「沒事，我請客，放開吃就行。」

學校對面的那條街被X大學的學生們親切的稱為屌絲[1]街，說起屌絲街這名字的由來，又不得不扯到座落於X大旁邊的理工大學上面。

眾所周知，理工大學的不少男生們，都是出了名的智商高，情商低，不但平常不注意打理個人外表形象甚至衛生，而且與一旁X大男生相比，還少了一絲浪漫，不懂得如何討好女生，又夢想著與某某女生上演一段傾世絕戀，很自然就被慧眼如炬、明察秋毫的其他大學男女生們稱作屌絲。

這當然還沒完，除去這個原因之外，這些男生們還有一個獨特的癖好，就是喜歡穿著寬鬆短褲，踩一雙拖鞋往學校對面街上跑，邊吃邊喝邊聊，期望能遇見心儀女生，展現新式潮流，可惜畫虎不成反類犬，越看越是人生輸家，因此那條街就近墨者黑的被牽連，毫無意外被冠上了「屌絲」的新名稱。

鄭乾幾人來的這家新開的海鮮店，就位於屌絲街中央繁華地段處，「農家海鮮」四字招牌橫跨三間店鋪，長約十八米，引人注目。

雖然是新店，但店內熱鬧的樣子卻看不出新店的樣子。用手指數了數，光服務生就超過十人，就算如此，女服務生們也都忙得臉蛋通紅，時不時應客人一聲，端著盤子在人山人海中四處穿梭，真有點萬花叢中一隻蝶的感覺。

「幾位?需要什麼?」一個笑容甜甜的服務生問道。

鄭乾指了指周圍：「沒座位了嗎?」

1 屌絲，人生失敗者。

「要不我們去個安靜些的地方吧？」姚佳仁皺眉捂著耳朵說。

「幾位呢？我們上面有包廂，如果需要的話，我叫人幫忙整理出來。」

程心點頭道：「我們就在這裡吃吧，人多意味著味道不錯。服務生，我們要包廂。」

「好的，幾位請跟我來。」

不愧是屌絲街，一路走來不僅僅看到了屌絲街獨有的短褲配拖鞋的風景，也見到不少染著紅毛綠髮吊兒郎當的小混混，不過見到這些也不奇怪，畢竟以前城中村改造，遺留了不少問題沒有解決。

其實程心很少來這裡吃飯，即使大學四年就在對面度過，跟朋友出來時也極少接觸這裡。鄭乾知道她選這裡的原因，一來大概是緬懷一下匆匆而過的大學四年，順便稍微貼近貼近平民百姓。二來如果去高檔飯店的話，又怕使得姚佳仁心裡不平衡，女生嘛，在一起總愛比較，剛才在車上就已經看出來了。

在這方面鄭乾一直覺得程心做的不錯，很多時候她已經學會為別人考慮了。至於為什麼在反對黃昏戀這件事上如此堅定，或許只能用一個原因來解釋——她愛自己。

如果只是簡單的喜歡，一個女孩子不可能在畢業晚會上穿一襲婚紗開口求婚，如果不愛，一個男生性格的女孩子不會對他如此關心，好多次告訴他，我的就是你的，我們先結婚，創業的事以後再說……程心就是這樣的一個人，認定的事不會改變，但鄭乾覺得自己也是一個有原則的人，作為新時代的男性，如果沒有能力養活一個家，他根本不會考慮關於結婚的任何事情。原因之前已經說過，不吃軟飯的男人，才是真正的好男人。

來到樓上包廂，環境果真好了不少，沒了吵鬧的聲音，倒是可以安靜吃個飯。

「就這裡吧。」

「慢著——」

幾人正準備進去，突然就有個充滿酒氣的聲音從樓梯那邊傳來。

轉頭看去，原來不是一個，而是一群一看穿著就知道是混社會的小混混們，滿身酒氣走了過來。

鄭乾和孔浩下意識上前一步，將姚佳仁和程心擋在身後，給一個警告的眼神後，各自拉起女友的手：「走，我們進去。」

「嘿，小子，聽不懂話是吧？」帶頭的黃毛提著一瓶啤酒，歪歪斜斜的走到包廂前，攔住了幾人去路。

「你什麼意思？」對於這種人，鄭乾向來沒有好臉色，在學校學生會當了三年學生會主席，無論對自己還是對身邊的人要求都極高，猛然遇到這些人，心底自然說不出的厭惡。

黃毛灌了口啤酒，咧著嘴朝他身後的跟班狂笑：「他問我什麼意思？兄弟們，這小白臉問我什麼意思！哈哈哈！」

啪！

啤酒瓶碎了一地，服務生嚇得臉色蒼白，連忙躲到一邊悄悄拿出電話。

「這間包廂老子要了，你們都給我滾！」

嘿，這不是電影和小說中最常見的情節嗎？主角吃飯遇到流氓混混打擾，隨後就有救兵殺到，使得主角臉面大增……鄭乾微微一愣，掃一眼一臉橫肉的黃毛，心頭忍不住想，這狗血劇情，今天怎麼就讓他們遇到了？

「鄭乾、孔浩，我們走吧，別跟這些人一般見識。」姚佳仁膽子小，看到摔破的酒瓶，嚇得在後面緊緊抓住孔浩的手，還不忘小聲勸說。

程心皺了皺眉頭，一步跨出來，指著黃毛鼻子就罵：「你眼睛瞎了是不是？懂不懂先來後到的道理？染了一個土到不行的頭髮，摔個酒瓶就以為了不起了？瞪什麼瞪，說的就是你，人渣一個！」

這一罵，不光聽得對面怒火叢生，就連鄭乾也目瞪口呆，只能說又一次見識到了程心的厲害。不過……

「他媽的！你們還站著幹嘛？給我上啊！出了事老子負責！」

後面人一聽，反應過來，一群細皮嫩肉的學生居然敢這樣罵老大，那還得了！念頭剛落，就不要命似的整群往前衝來。

第十八章
巾幗不讓鬚眉

論打架，過慣了和平安逸生活的學生哪裡能和一群用拳頭過日子的混混比？

三五招過去，那些混混們氣勢就都上了一個檔次，提酒瓶、拿木棍，之前在這曾和鄰村來搶地盤的綠毛們打了幾次，每次都被人家打得哭爹喊娘、抱頭鼠竄。就這次，終於找了幾個好欺負的，光看那一副弱不禁風的模樣就知道他們撐不了幾下。

打起來還當真如此，完全就是潰不成軍嘛！也算是嘗個新鮮，打混混都打到麻木了，也該試試打讀書人的感覺。

那感覺，一個字——爽！兩個字——出氣！

壓抑了許久，正因為之前被鄰村仗錢欺人的綠毛欺負，心裡憋屈來借酒澆愁，沒想到遇到了一群不長眼的，不打你打誰？帶頭的黃毛一臉囂張得意，眼前鄭乾只能閃躲的身影三百六十度無死角和綠毛重合。

「打！給我打！」越打就越氣勁！

黃毛站一邊不動手，目光移到正按著他一個手下小胖弟揍的孔浩身上。唷，看不出來這傢伙滿能打的，還以為剛才那一拳就將他給打暈了，沒想到一個翻身起來，竟然以一打二還占了上風！

這還得了！

黃毛左看右看，見一旁包廂門口有張板凳，順手拿起，二話不說就要往孔浩身上招呼。

可惜他打錯了算盤，沒有注意到剛才跟在兩個男生後面的女生不見了，也怪他大意，壓根就沒把那兩個妞放在眼裡，拿著板凳一副天是老大我老二的樣子，就要砸下，身後卻閃出一個漂亮的身影，速度比他還快，模樣比他還猙獰，動作比他還粗野，一聲不吭，看準了後腦勺那撮夾在黃毛間的黑毛，使了吃奶的力氣劈哩啪啦一頓亂打。

板凳打了還不算完，趁黃毛被打趴時，乾脆踩著高跟鞋一腳一腳往腰上踹，踹到沒力氣了，又拿著板凳往他身上砸，砸到黃毛哭天喊地，抱著頭護著臉，生怕被打到毀容，直接跪在地上大聲求饒。

一聲不吭，程心越過黃毛，拿著板凳重複起了剛才的動作。

孔浩正拉開架勢，準備為躲在門背後瑟瑟發抖的姚佳仁表演一番真功夫，證明自己的男子氣概，突然就看到面前的混混眼睛冒星，搖搖晃晃倒了下去，還以為是自己的霸王之氣嚇到了人家，抬頭一看，卻發現程心一臉淡然拿著板凳從身邊走過。

「巾幗不讓鬚眉！古人誠不欺我也！」孔浩一臉寫滿敬佩，旋即就想到鄭乾，覺得自家哥們這是有多大的福分啊！有福還是無福消受？正壞壞地想像著鄭乾被實行家暴，就看到一臉淡然的程心又一次掄起凳子往下砸。

這木頭板凳光看著就知道有足夠分量，不知道這一下一下砸下去，會不會把人砸出什麼事情來？

五個混混，解決完畢花不到五分鐘時間。

這霸氣，這架勢，這實力，就問一句，還有誰？！

孔浩一臉崇拜，就差沒有五體投地，一邊小心翼翼看著板凳吞一口口水，一邊擠出笑容迎接女俠回歸。

鄭乾更是呆了呆，似乎又一次認識到了程心的不同。

「看啥看？被打傻了？」新一代女俠凱旋歸來，第一句話卻是帶著嬌嗔翻個白眼說出來的。

「沒……你真美。」

「……哼！真不要臉。」

驚掉一地眼球，撥完電話在一旁欣賞的服務生，以及好奇探出腦袋湊熱鬧的客人們，紛紛對一臉青腫的鄭乾報以最真切的同情，旋即又暗暗感嘆，有這樣一個女友也好，以後娶回家，至少走夜路不用擔心安全問題了……

黃毛從地上爬起，一眼一個在鄭乾等人身上流連，最後放了一句狠話，帶著一幫小弟狼狽逃離。

出門遇見個母老虎，真倒楣！

剛出農家海鮮，黃毛就掏出電話，喂喂幾聲，趕緊扯著青紫色的臉皮恭敬地露出笑臉道：「老大，是這樣的，今天……對對，那兩個小子和那兩個女人竟然敢公開侮辱您的智商，罵您是做事魯莽的小混混，罵得可凶了！是是，我等您過來，一起揍這些沒長眼的小子！」露出一臉猙獰的笑，看著二樓包廂，「你們給我等著，特別是剛剛那個女人！」

「還不快滾！」二樓上一間窗戶忽然打開，一身白衣的程心怒目橫視，充分展現女王氣勢。

看得黃毛呆了呆，也不知道是害怕還是怎樣，吞了口口水，灰溜溜的跑了。

初次征戰取得壓倒性勝利，程心恍惚將心中關於長輩打算黃昏戀的事情拋在身後，叫人提了箱啤酒就要開喝，猛然看到鄭乾一臉豬肝色，知道那不是打的，是氣出來的。只好乾咳一聲，又讓人把酒撤了。

「我不喝還不行嘛！別生氣別生氣。」程心一臉討好。

鄭乾別過頭去，說好了女生不能喝酒，就不信治不了你！縱你神威蓋世，也脫離不了是我女朋友的事實！

小問題如果不解決遲早釀成大事，一旦千里之堤被蟻穴佔領，想要拯救可就來不及了，我們必須把不好的事在萌芽前先消滅！

程心見鄭乾這個樣子，知道他是為自己著想，心底偷笑，臉上卻一副不在意的表情，嘟著嘴咬著吸管，吸一口果汁，悶悶道：「不喝就不喝嘛，這有什麼好生氣的？」

姚佳仁剛剛見識到了程心的好勝心比男生還勇猛，知道讓這樣一個女孩子主動認錯是一件多麼不容易的事，連忙出來打圓場：「我們今天都不喝酒，鄭乾，你可是男生，哪有男生這樣子對女朋友的？」使了個眼色給尚在回味戰鬥精彩場面的孔浩，示意他說兩句。

不愧是同甘苦共患難過的好兄弟，孔浩顯然知道鄭乾哪裡是在生氣，就鄭乾這脾氣，要讓他生氣可不是一件簡單的事，何況是跟自己的女朋友。這傢伙，無非就是在擔心剛才和那群混混打了一架，會不會出什麼問題罷了。

說不定現在正想辦法呢。

不過學校裡那套用在這地方可派不上用場，秀才遇到兵，有理說不清，也難為他了。

「掙錢的，你還真擔心有什麼問題不成？這裡可是二十一世紀的飯店，又不是在上世紀三十年代的上海灘。」

這話說得有水準，鄭乾微笑著轉過身，朝孔浩豎起了大拇指：「你說得對，說得……太好了。」

「怎麼了？掙錢的，我告訴你，你這可是諷刺我啊。」

鄭乾手扶額頭，順手指向窗戶：「自己看外面。」

孔浩一臉狐疑將身子湊了過去，旋即眼睛瞪得活像被狠狠爆了菊花，憋了半天，終於憋出兩個字。

「我靠！」

第十九章
活脱脱黑社會

窗子外來了黑壓壓一群人，拿著棍子拎著酒瓶，集體面向農家海鮮，大有一言不合就要衝進飯館殺人滅口的氣勢。

飯店前臺經理立刻上前調節，被帶頭大哥身邊一個滿身紋了青龍白虎的光頭一瞪！小經理嚇得捂住胸口跌跌宕宕後退好幾步，正想著該逃跑，還是盡忠守衛人類最後一片樂土，好巧不巧，腳後跟就踩到了正偷偷摸摸丟下飯碗逃跑的客人，腳底突然一滑，身子往後一仰，碰一聲，腦袋毫不客氣和柱子來了個熱情相擁。

抬頭一看滿天星星，腦袋一痛，伸手一摸，見紅了。

「媽呀！」怪叫一聲，乾脆順勢閉眼，安詳地昏倒了過去，心底一笑，打得昏天暗地也和我沒關係了……

親眼見到疑似黑社會的混混瞪一眼就解決了一個成年男性，戰鬥力爆棚簡直堪比當年對曹操眉飛色舞一吼的張飛，飯館裡客人們作鳥獸狀一哄而散，只留下幾個戰戰兢兢發誓哪怕冒著生命危險，也要為經理收屍的女服務生。

帶頭大哥一看自己威勢不減當年，露出一口老黃牙，向身邊的光頭投去一個目光。

光頭會意，上前一步，手指頭一伸，隨便指了一人，「你，剛才打架那幾個人在哪？」

膽都嚇破了，這時候正顧著準備拎起經理偷偷開溜，誰有時間管你是誰打架？小女孩們整齊劃一的搖頭，又覺得不妥，生怕這光頭脾氣急了也瞪自己一眼，那可不行，小心翼翼迎上對面散發窮酸惡霸氣息的一群人的目光，指了指躺在地上裝死還不忘給自己趕走臉上蒼蠅的經理，又指了指站最前面的那光頭。

「媽的！」光頭一怒，正要再次瞪眼，猛然想起黃毛，扯著嗓子叫，「黃毛，給老子出來！死哪去了？！」

這一聲帶著濃厚外地腔的獅吼立刻驚得正躲在街角，伺機尋找最佳出場時間的黃毛一下蹦了出來，跑到帶頭的人身邊賠了個笑臉，才將視線轉向光頭：「在這，在這。」

「打你的人呢？」

黃毛看了眼周圍，小心翼翼道：「會不會……有警察……」

「知道警察會來，就快點解決事情走人啊！愣著作什麼？」光頭直接一個巴掌甩了過來。

好像是這樣沒錯，黃毛瞬間就想通了，抬頭一看，面孔怎麼如此熟悉……「在那！小子，看你往哪跑！」

正從窗戶邊偷偷伸出半個頭的孔浩立刻縮回頭來，面色慌亂掃視一圈：「怎麼辦？」四個人，兩男兩女，程心戰鬥力不弱，可畢竟是女孩子，再怎麼樣也不該和這些流氓交手，自己對付一兩個不成問題，但鄭乾和姚佳仁能保命就算不錯了……

鄭乾摸出電話想撥出一一〇，卻被姚佳仁一句話潑了盆冷水：「我剛打了，系統繁忙……別一副抵制腐敗的樣子看我，學過網路系統的都知道，在平日時，報警遇到忙線是很常見的事情。」

「怕什麼怕，打啊！」

孔浩咽了口唾沫，朝程心豎起大拇指。不但人長得漂亮，危急時刻性格也一樣火爆啊！哪裡像姚佳仁……已經嚇得花容失色，躲到了所有人後面。不過這樣才讓人有保護慾，也才更像女孩子一點。各有千秋。孔浩還不忘對比著自己家女友和別人家女友的不同……

「不能打，打了我們吃虧。」鄭乾迅速分析出敵我雙方實力懸殊，應戰並非辦法，智取才是王道。

「那怎麼辦？」

還沒商量出結果，門就已經被敲得咚咚響，正猶豫開還是不開，對方已經硬闖進來了。

「就是他們！」黃毛看到程心時，仍然十分忌憚，生怕這女人又拿張板凳往自己頭上砸。

帶頭大哥親切的摟住黃毛：「你耍我？」就這幾個毛孩子，你帶那些人還打不過人家？光頭惡狠狠盯著黃毛，還以為是哪裡來的不長眼要混飯吃，沒想到竟然是幾個學生，丟臉丟到家了！

「大哥啊，我說的是實話啊！你看，就是那個……」黃毛也覺得自己委屈，來搶佔位置的時候他還不是和兩位一樣的想法，結果呢？結果被人拿著板凳一個一個把腦袋上砸，不費吹灰之力就把一幫人給解決了。

「哪個？」

「那女人，下手可狠了！」黃毛悲憤想著幾分鐘前發生的事情，這一輩子的英名都毀在這女的身上了。

帶頭大哥不耐煩地揮揮手：「也別管誰了，把該交的錢交了，我一起幫你收拾。」心裡直罵這群黑心王八蛋，就說剛才怎麼一個電話就給請來了，原來正缺錢用呢！

黃毛嘴上自然不敢說出來，只能唯唯諾諾道：「大哥啊，你看兄弟我最近……」

「虎，我們走。」大哥轉身就要離開。

黃毛一把拉住，心不甘情不願的掏出一疊皺巴巴的鈔票，塞到帶頭的人手裡，惡狠狠道：「我要狠狠地打！」既然被坑了錢，怒火理所應當發洩到罪魁禍首身上。

對面在玩黑吃黑，鄭乾四人這邊看得目瞪口呆……活脫脫黑社會啊！以前看電視總覺得太假，現在清清楚楚、明明白白展現在眼前，才覺得原來那些黑暗面離自己那麼近！

不知為何，不由得就想到創業的艱辛與當初學校裡的憧憬，一直到和程心的婚事，以及最近令人煩擾的老爸和程心她媽之間的黃昏戀，頓時覺得整個腦袋陷入了一片混沌……

反正現在肯定是打不過他們，鄭乾又偷偷拿出電話，結果被眼尖的黃毛看見，衝過來順手就搶了過去，「報警？你當我吃素的？」心裡想起剛才這幾個人裡面，除了另一個高挑美女，就屬這傢伙最好欺負，剛剛自己盯著他，果真沒錯！

黃毛心裡為自己的決定感到滿意，想著待會打起來，一定要挑這傢伙下手，也好讓這些黑心王八蛋知道，自己黃毛還是有那麼幾分戰鬥力，不是好欺負的！

第二十章
混戰

程心想要把手機搶回來，卻被姚佳仁拉了回來，用力的使眼色，「人家那麼多人，你別衝動啊！」

程心掃過一圈，人是滿多的，但不過就是些烏合之眾罷了，正要嘲諷幾句，卻看到對面帶頭的那人已經揮揮手走了出去。

下一秒，其他人就緩緩圍了過來，一個個臉上不懷好意，摩拳擦掌的樣子讓從未親眼見到過這種場面的姚佳仁當場尖叫起來。

「上啊！」推了一把還在沉思的鄭乾，孔浩已經率先衝了出去，沙包大的拳頭揍向走在最前面的混混，霎時間鼻血飛濺，慘叫頻頻。

這下，對峙的局面就被打破了。不是混混們對手的鄭乾和孔浩，一邊擋住對方的攻擊，一邊將程心和姚佳仁護在身後，往門的方向過去。

可是哪有那麼容易？

仗著人多，黃毛現在終於找到對付鄭乾的機會，拿起板凳，使盡全力就朝鄭乾身上砸去。

鄭乾對付著前面兩人，已經是處於下風，現在更是難以分心。如果砸了這一下，不知道會發生什麼危險。

程心又氣又急，不管三七二十一，拿起了地上的酒瓶，從鄭乾身後竄出來，快、狠、準，碰一聲把黃毛腦袋砸開了花。

這下子，混亂的包廂裡一秒安靜下來，似乎都在驚訝程心的戰鬥力——尤其在看到長得活脫脫女神樣的程心沒有絲毫停留，又撿起一個酒瓶往下砸的時候，許多人嘴巴已經合不上，石化了。

鄭乾也忍不住吞了口口水，看著黃毛腦袋上的血，真心覺得痛。

「看我幹嘛，動手啊！」程心女神瞪了眼鄭乾，將同樣處在石化狀態的鄭乾喊醒，又一酒瓶砸了下去。

「都給我抓住那個女人！」光頭大哥不打算動手，站在門口憤怒指揮。

小混混們聽到命令，冒著被鄭乾和孔浩偷襲的危險，一個個湧向了程心。

這樣一來，鄭乾和孔浩兩個人的壓力頓時減少，雖然臉上手上腳上不知道已經腫脹了多少塊，但至少能抽出時間還手了。

孔浩最為憋屈，他本來就比鄭乾強，結果就是因為強，人家三四個人圍了上來，拳打腳踢樣樣來，毫不留情。如今有了還手空間，心頭火氣就像七月份的火焰山，就像中心地帶的撒哈拉，就算不去惹，也已經在噴發著熊熊烈火了。

一拳！

一個小混混抹著鼻血逃跑。

肉砸肉的聲音，聽了都讓人覺得身體酥麻。

一腳！

另一個小混混瞪大了眼捂著下半身蹲下，暈過去前還不忘抬頭看著微微一笑的孔浩，霎時覺得天下帥的人都是魔鬼。

孔浩解決了對手，連忙過來三兩下幫鄭乾搞定，扶起鄭乾，看著那一雙熊貓眼，想笑又不能笑，憋著氣一腳踢在了圍攻程心的一個混混屁股上，小混混往前一撲，還沒反應過來，就看到一隻高跟鞋在眼前不停放大，等鞋子佔滿整個瞳孔時，突然間像被門撞了一樣，兩眼一黑飛了出去。

「好！」鄭乾鼓掌大笑，心裡忍不住想，難怪程心在跆拳道比賽能拿冠軍，這手腳功夫真不是蓋的！

只是畢竟是女生，一下子遭人圍攻也難以找到突破口，立刻就拳頭亂出抬腳亂踩，一圈下來，捂著眼睛捧著腳慘叫的人不計其數。

孔浩甚至都放棄過去幫忙的念頭，生怕我們程心女神敵我不分也給自己來一拳踹一腳，那可就不好玩了。不過來個偷襲倒是可以的。

朝鄭乾看一眼，兩人就相互明白了對方的想法。

「上！」一人勒一個，兩個小混混就被放倒在地，不過癮又踢上一腳。

習慣了和平相處的鄭乾先是道歉，隨後立刻想到這是替天行道的行為，腦海裡被熱血佔據，什麼倫理道德都被拋到九霄雲外，往混混身上又踢了一大腳，這才滿意地往下一個人去。

這樣的打法無疑讓守在門邊的光頭惱火，嘴上大罵一群飯桶，自己也捏了拳頭朝這邊走來。

看到大 boss 出場，鄭乾想要閃到另一邊，和孔浩一起並肩戰鬥，卻沒想到這人根本不給機會，話也不說直接一拳打來，就算十分吵鬧且又隔著兩個人的距離，鄭乾也能清晰聽到拳頭過處的呼呼風聲。

一個字——強！

兩個字——莽夫！

四個字——有勇無謀！

八個字——四肢發達，頭腦簡單！

看到孔浩那充滿內涵的笑容，鄭乾就知道這一拳打不到自己身上。

但這次他明顯計算錯誤。光頭碩大的拳頭速度奇快無比，幾乎來不及眨眼，就已經打了鄭乾滿臉。

第一個感覺是一片黑暗；第二個感覺是頭很暈；第三個感覺是很痛！

第四個感覺……鄭乾睜開眼睛往前看去，只見光頭不知道什麼時候已經躺在地上，抱著頭嗷嗷嚎叫。

再看向孔浩，手中還扯著地毯，原來是拉了一把這個。光頭也算倒楣，滑倒就滑倒，結果頭還好巧不巧就撞在了桌角上，那可是玻璃大轉桌……孔浩炫耀似的道：「別這樣看我，要是沒有我，他那拳全部落下去的話，你現在早就起不來了。」

好哥們間不用說謝，鄭乾比了個拇指當做誇讚，兩人相視一笑。

混戰還沒有結束，光頭不過是撞了下頭，一點屁事都沒有，爬起來拍拍屁股就咿咿呀呀衝了過來，一直拳直接往孔浩身上招呼。

頭一低，恰恰迎著拳風躲開。

拍拍胸口還來不及喘口氣，光頭一腳踢了過來，勢大力沉，腿風聽起來就像在拍武打電影。

鄭乾在一邊完全幫不上什麼忙，丈量了一下身板，看著青龍白虎麒麟臂，鄭乾後悔當初沒有好好鍛煉身體，只顧著學習。

力量不行智商來補，儘管光頭強大，但絕對不是無敵！

跑到窗子邊大喊：「流氓打人了！黑社會打人了！」聲音傳得很遠。

誰都沒想到這一招，混混們相顧一看，一群人皆茫然了，沒料到還有這一招。姚佳仁躲在桌子底下，眼睛一亮，也跟著朝窗子外猛喊，也不管平時在意的女神形象了。

很快，農家海鮮下面就圍攏了人指指點點，有人已經掏出手機報警。甚至某位剛好是警察的人，已經喊著：放下武器！並打電話往警局請救兵了。

第二十一章
小寶歸來

上面包廂在亂，下面門口也亂。

帶頭那人將所有指責他們打架的人攔在了門外，但仔細看，額頭上已經有大顆大顆汗珠流了下來。再怎麼混，也不敢和那麼多人對抗，心裡對光頭罵個不停，怎麼這點小事那麼長時間還沒有處理好？找了個小弟道：「去看看，讓光頭快點！」

沒一會兒，那人就匆匆跑下來覆命：「老大，白龍……被一個女的按著打……」

「啥？我耳朵不好，你說什麼？」

小混混訕笑：「白龍，被一個女的按著打……」他也不相信，可親眼看到了能不相信？

帶頭大哥驚詫、憤怒兩種情緒很快完成轉換，掃一眼外頭的人，陰沉著臉道：「先堵住他們，我解決了就走。」

都說巾幗不讓鬚眉，可這句話鄭乾從來沒有像今天一樣在心裡默念過那麼多遍。

這時候，他只想大聲問一句：「還有誰？！」激動得想要朝窗外喊，卻又覺得怕把人嚇跑，又給縮了回來。

縮回來不痛快，乾脆湊上去踹一腳，正好踢在光頭那印著高跟鞋印，豬腿一樣粗的小腿肚上。「別了！大哥大姐，饒了我吧！」類似的求饒在二十秒之前就已經開始，並且不厭其煩一直重複，聽得人耳朵生煩，心裡生厭，越聽那哀嚎就越想打人。

並不知情的光頭一遍一遍叫，叫得越大聲，就挨越多打，甚至就連躲在桌子底下，剛剛才敢起來喊叫兩聲的另一個妞，竟然也敢當著面給自己潑一杯酒……落毛的鳳凰不如雞，猛虎下山遭人欺啊！

以後要是說出去，在這屌絲街地段他還怎麼混？光頭越想越難過，最後想到的不是反抗，而是……哭。

一把鼻涕一把淚，堂堂大男人就坐在地上抱著頭大哭起來。

鄭乾、程心看得目瞪口呆，心想這傢伙心靈這麼脆弱，你的小弟們都知道嗎？姚佳仁像闖了大禍一樣，驚恐地拉住孔浩的手臂，抬起頭傻乎乎問：「是不是……我那杯酒，把他給潑哭了？」

孔浩打個哈哈，看著光頭從頭到腳的棕紅色葡萄酒，訕訕一笑：「很有可能。」

「啊？那……」

孔浩貼近姚佳仁耳邊：「再去潑一杯。」

姚佳仁一愣，反應過來：「潑你妹啊！」一把甩開孔浩的手，獨自一個人躲在程心背後去了。

小混混們當然還有戰鬥力，但鄭乾不愧是鄭乾，除了朝窗外一喊，還出了主意——擒賊先擒王，不管其他人，冒著生命危險也要把光頭給解決了！

三人商定，一個眼神就足以搞定。於是程心擺脫光頭手下的糾纏，一個箭步飛來，高跟鞋脫腳而出，正正飛到了光頭臉上，真正意義上的完美詮釋……打臉！

高跟鞋打得啪一聲響，也打懵了所有還想動手的小混混們。各個爬起身來，緊張而憤怒的盯著這一幕。，但老大沒有起來，他們也都不敢出手。

劇情的反轉從這裡開始。這一高跟鞋直接打停了戰鬥力爆表的光頭，程心沒有停手，接過孔浩扔過來的鞋，迅速穿上，又是一腳踢過去。

光頭一下爬起身來，看著程心那瘦手臂細腿的，一時間信心大增，以腳對腳踢了過去。

只是……這一腳雖然力道十足，可靈巧度卻比不過程心。剛踢過去，就看到程心抬起的右腿已經落下，壓住重心，左腳迅速起來，踢在了他的小腿肚上。

小腿肚肌肉滿滿，這一腳相比起來，沒有踢在骨頭上痛，不過卻恰到好處的把光頭腳上的力給洩了，一片酸麻。看準了時機，孔浩第一個衝過去壓住了光頭，鄭乾迅速做出反應，拿個椅子卡住了光頭的身體。於是幾人就開始你一拳我一腳，用最原始的方式解決問題。

小混混們見老大都被打成這樣，一時也心慌意亂，紛紛大叫著往外逃跑。

黃毛悠悠醒來，看到這一幕，求爺爺告奶奶求程心饒命。

「滾！」一個字，就是天底下最好聽的聲音了。

等混混裡帶頭的那人上樓的時候，就看到了這樣一幕：混混們爭先恐後的逃跑，見了老大也不叫，擦著肩膀就過了，還差點把他撞倒在地。

「怎麼回事？」黃毛最後一個逃出來，被逮了個正著。

我怎麼知道怎麼回事?黃毛渾身發抖：「我暈了過去……醒來就這樣了。」眼睛一亮，「那個女的，女的太強了，您手下的光頭被她給……打哭了……」

不僅是按著打，還打哭了?這他媽算怎麼一回事?帶頭老大覺得臉丟盡了，十多個男人搞不定一個小女生，簡直羞愧！一把將黃毛推開，嫌他擋路，一個人摸著腰間匕首進了包廂。

農家海鮮最近剛開張，這還是在莫小寶建議下，他爸深思熟慮後才答應的。為了綁住兒子的心，不讓他跟著社會上的人混，就給了個條件：屌絲街農家海鮮以後讓你來管理，但是盈虧都得自己負責。

就這樣，莫小寶成了這裡的負責人。

結果證明他眼光不錯，剛開張沒有幾天，海鮮店就已經高朋滿座。生意相當好，就算比起一些老字號的店也不差分毫。原本打算生意做起來，莫小寶就要跟老爸提找女朋友的事，都說有錢不用擔心，可想真正找到一個對自己在意而不是對錢在意的人……想到那天晚上好不容易決定求婚，卻更沒想到姚佳仁已經有男友了。直嘆一句：這件事比登天還難。

更令人煩心的是，今天竟然有小混混敢在海鮮店鬧事！照服務生的說法，好像已經手拿傢伙打了起來。

這還得了？敢在自家飯店鬧事，就等於是掐自己命脈，任誰也不答應的！

掛了電話，莫小寶立刻跨上座駕，一邊大踩油門，一邊打電話叫人，叫完人還順便撥了一一〇。這種事情報警最有用！

來到屌絲街，果然和電話裡聽到的一樣，還真的有混混把門面給佔據了。哼哼，這膽子不小啊！比我們當初躲小樹林偷親學妹更有膽量。

第二十二章 猴子派來的逗逼[2]

撥開人群，莫小寶一把提起門前裝死的前臺經理，連珠炮的問，到底怎麼回事。

經理聽見熟悉的聲音，倏地睜開眼睛，一把鼻子一把淚哭訴起來，說那群混混多沒人性，不但打了他，還把客人都嚇跑了。

「老闆，您看看我的頭。嗚嗚……」低頭給莫小寶看，血還粘著，雖然只破了點皮，頓時間忠誠守護酒店，不畏強權的形象也立刻出現了。

莫小寶將經理攬在懷裡安慰，說要給他加薪買補品，「走吧，前提是先跟我一起把那些強盜打趴。」

「啊？」經理一聽，想起光頭那充滿氣勢的一瞪，默然傻眼，「老闆，我們還是等警察來吧，您看要是您出了什麼事情，我……我怎麼活下去啊！」

這演技就誇張了。莫小寶提起經理衣領，肥臉一顫一顫，「那你就滾蛋！」於是揪著人直闖自家飯店，看到有混混要攔，將手裡經理丟了出去，打倒了幾個。

2 猴子派來的逗逼，出自於中國電視劇《西遊記》中紅孩兒的一句臺詞，紅孩兒用三味真火燒了孫悟空之後，豬八戒請來觀世音救唐僧，紅孩兒就對著觀世音說了這句話，指人犯傻，帶有貶意。

衝上去，拿起門後的木棍子，一棒打一個，一路上順勢無阻，殺氣凜然。

莫小寶一個人殺得氣勢滔天，沒跑的打，在跑的也打，也不管從樓上跑下來那些是誰，總之敢來這裡鬧事，就先打了再說。一棍一棍落下，沒有章法卻處處到位，砸到身上砰砰響，一響就是一聲求饒，比在學校被欺負爽多了！

下面打得痛快淋漓，上頭包廂裡卻一瞬間陷入了安靜。

帶頭老大一腳踹光頭身上，罵兩句丟人現眼，「你再哭一聲，老子把你趕出屌絲街！」這對於一個地方混混來說，算得上是最大的懲罰了，光頭立即停止哭泣，從地面爬起身來，躲到老大身後，一聲不吭盯著鄭乾等人，確切說是盯著程心，這女的給他心裡帶來了極大陰影，現在眼眶還是紅色的。

嗒！

彈簧刀出鞘的聲音。帶頭老大一邊把玩著巴掌大的刀，一邊昂頭踱步在鄭乾幾人面前徘徊。

「說說吧，怎麼賠償？」

這就好玩了，明明是一群混混來打擾他們吃飯，逞凶鬥狠的跑來要打人，打不過竟還要來討補償？連一向不願意惹事的鄭乾也搖頭一笑拍起手來，為這言論鼓掌，「你是猴子搬來的逗逼吧？」一句話問得異常響亮。

先是安靜，隨後是其他三個人熱烈的掌聲，夾雜著……狂笑聲。

帶頭老大何嘗受到過這種待遇？想當年在江湖上走跳的時候，這群小孩還得穿尿布呢。如今竟然敢嘲笑自己，真是不懂道上規矩！

「小子，你很有種啊！光頭，是誰打的你？是女的，還是這男的？」老大朝光頭使了個眼色，讓他說出是鄭乾，這樣也好拿鄭乾開刀，畢竟手裡就這麼一把小刀，得用好才行。

光頭會錯了意，憤怒指著程心，「就是她！」說完還不忘補了一句，「老大，您可以嗎？」

帶頭老大深呼吸，讓自己憤怒的情緒稍稍得到平息，咬牙切齒道：「你說呢？」

「老大……可以的。」光頭唯唯諾諾，趕緊拿桌子抹布幫老大擦汗，也不管髒不髒，禮數總要有。

「滾一邊去！」一坨油糊在老大嘴上，老大本想要把油親在光頭燈泡一樣亮的頭上，又覺得這樣做比嘴上沾一坨油更噁心，也就打消了念頭，轉而一腳將光頭踢飛。

小刀在手上轉個不停，孔浩看著眼前比光頭更龐大和壯碩的身軀笑了笑：「我們放下武器說話？」說著已經拿起了剝螃蟹的鉗子，一副一言不合就開打的架勢。

「賠償……我剛剛說賠償，是你小子罵我逗逼，對吧？」

沒想到這傢伙如此記仇，可四人又不是傻子，哪裡會順著他的話走？程心直接站了出來，拉住要開口的鄭乾，「其實你耳朵聽錯了，這句話是我說的。」笑著接過鉗子和叉子，「我說，你就是猴子請來的逗逼。」

「他有刀……」鄭乾的擔心程心很清楚，為了防止意外，能拖就跟他拖下去，等警察來了一切就好解決了，「我們先讓著他，順著他的意思走就行。」

「好吧，就按你說的辦。」沒有什麼比戀人間的眼神交流更默契的了，擠眼弄眉間就已經商量好了對策。

「呵呵，你們真行，在我面前耍小聰明。」帶頭老大覺得自己的智商受到了嚴重鄙視，其他好說，關乎智商的問題就事關顏面了，「這我就不喜歡了，所以……你們真當我是傻子嗎？」

還別說……真有點像！

這時老大突然間就已經手持彈簧刀，一副同歸於盡的架勢刺了過來，第一下手短，沒刺著。

「啊！」姚佳仁一聲驚叫，看到刀尖順著孔浩手臂滑了過去。一看，袖口被開了道口子，還好沒傷到皮膚。

「來真的啊？」被刀劃過的孔浩一臉不樂意，連個小混混頭頭都敢對人用刀，更何況現在還大白天的。

「你以為呢？我們現在可以談補償了吧？」帶頭老大掌握了主動權，證明他確實敢下手動刀。

「好，你說說看，什麼補償？」鄭乾將程心護在身後。

「很簡單，真的很簡單……」帶頭老大剛要說出自己的條件，就看到一個肥胖的影子壓住了他，緩緩轉過頭去，一個面生的胖子正在背後摩拳擦掌。

「簡單？你打壞了我多少桌椅，又把我的客人都嚇跑了，最重要的是對我農家海鮮造成了極大影響，你要賠多少錢才能賠我這些損失？」莫小寶非常不開心，覺得世間倒楣事都讓自己遇上了，「你說簡單，我就問你是猴子派來的逗逼嗎？」

「莫小寶？」鄭乾驚訝看著眼前的胖子，沒想到他會出現在這裡。

姚佳仁察覺到異樣，連忙拉住想要上去拼命的孔浩，混混的事情沒解決，又遇到了另一個敵人，孔浩覺得自己的人生簡直不能再精彩了。

帶頭老大看著這個沒自己高，但身材卻肥胖無比，足足有自己兩倍大的傢伙，下意識捂住胸口往後退了一步，「你要做什麼？」

第二十三章
肥肉的碾壓

「你說我要幹嘛？」莫小寶難得掛一副正經臉，「你在我家飯店鬧事，你說我要幹嘛？」

怪不得他剛才接過話說賠償的事，原來莫小寶就是老闆……鄭乾終於得出了莫小寶為什麼吃那麼胖的原因。

自己飯店，想不吃胖都難啊！

「他爸是海鮮老闆，和……和我爸有過某些方面的合作。」

程心一解釋，鄭乾明白了。難怪傳言都說莫小寶是個富二代，雖然是農村人，可家裡有錢，他爸又有生意頭腦，早在幾年前就已經佔領了G市的海鮮市場。如今把業務拓展到了海鮮飯店的領域，派自己兒子來管理，也是再正常不過了。

不過剛接手就能把飯店打理得井井有條，說明這莫小寶在大學裡六年是沒白學的，想來多出的兩年應該是比其他人學了更多的知識。

這邊在起底人家身世，那邊一胖一壯卻已經對上了。兩個這樣的人在一起幹架，說不上有多大的觀賞性，但地動山搖用來形容眼前景象卻是再貼切不過。

只見莫小寶一把奪過帶頭老大手裡的彈簧刀，將危機解除，嘿嘿一笑，手一揮將小刀甩進了垃圾桶，「這下子看你怎麼得意！」

這時候可就不僅僅是兩個男人間的戰爭了。

程心見時機已到，脫下高跟鞋扔了過去，正巧打中想要出手幫忙的光頭。光頭好不容易恢復了元氣，這下子又像洩了氣的皮球，整個人瞬間頹靡了下去，只能再繼續喊姑奶奶饒命。

孔浩在姚佳仁威逼下也暫時放下對莫小寶的仇恨，轉身加入了戰鬥。鄭乾想到剛才受到的屈辱，二話不說一把勒住了帶頭老大脖子。

這下子混戰升級，不過三打一的局面向來都是一邊倒。鄭乾、孔浩和莫小寶三個人有著共同的目標——將混混們的帶頭老大打趴，一切好說。

戰鬥過程精彩無限，盤子飯菜丟的滿天飛。最終以莫小寶用滿身肥肉將帶頭老大壓在身下結束了這一場混戰。

「怎麼樣？想好怎麼賠了沒？」莫小寶紅著臉，想著飯店有可能就此遭遇關門危機，心裡非常鬱悶。

帶頭老大嘴硬身子也硬，張口閉口就是不服氣，嚷嚷著讓莫小寶有本事單挑！

難不成還怕你了？莫小寶被激，想要放開身下硬漢，卻被鄭乾和孔浩聯手制止。

鄭乾看莫小寶不解的眼神，只能站出來解釋：「我們們等警察來解決吧，這群人搞不好是犯過什麼法的，還是交由執法單位處理吧。」

孔浩為顧全大局，強忍勒住胖子往死裡揍的衝動，也跟著解釋：「你本來還有理，抓住了又放開打，到時候就說不過去了。」

兩人提的建議讓莫小寶一下子反應過來，忍不住往身下傢伙腦袋上扇了一巴掌，嘴裡嚷嚷：「好在我聰明，不然還真得被你給騙了！給我好好趴著！」

「今天的警察到底怎麼回事？」程心皺著眉頭撥打服務電話，已經十多分鐘過去，卻半天不見一個人來。

「是有點奇怪。」鄭乾想到了什麼，抬起帶頭老大的下巴，灌他一口水，「說吧，你應該知道怎麼回事。」

老大粗氣喘個不停，摸摸喉嚨，指指坐在上面那堆肥肉，示意自己說不出話來。

鄭乾只好讓莫小寶調整姿勢，以便這傢伙能喘上氣，「老實說，仔仔細細、認認真真的說。」

其他幾個人也湊近耳朵，打算聽聽到底有什麼不為人知的事情。

「是……是一位大老闆出錢，讓我們這麼做的……」語氣斷斷續續，卻道出驚天秘密。

程心顯然想到了什麼，她知道自己的爸爸對鄭乾十分不滿意，背後的一切很有可能就是他在操縱。

「老闆還說了什麼？」

帶頭老大臉紅脖子粗，被壓得難受，「沒有，我們拿錢辦事，哪有多嘴的道理……」

果然有問題。難怪報警電話打半天才有反應，有了反應也沒有人來，竟然真有人在幕後指使。

幾人懷著不同的心思各自琢磨是誰敢做這種違法犯罪的事情，而鄭乾和程心卻一致想到了程建業。好像認識的人當中，只有程建業有這樣的能力以及……動機。

這就不好辦了。對於程心來說，這是她爸，對於鄭乾來說，雖然有過誤會，可畢竟是未來岳父……怎麼樣都不能得罪，也不該得罪，索性就把心思埋在心裡頭，彼此知道就行了，沒必要說出去。

莫小寶為人老實憨厚，腦子裡轉過一圈，實在想不通到底什麼人發了狂犬病來砸他招牌，乾脆將現實問題放上檯面：「那你怎麼賠償？你知不知道，這是我辛辛苦苦打下的基業！我含辛茹苦，夜以繼日地求人求情，終於把飯店開起來了，終於在那些嘲笑我的人面前勇敢地抬起了頭，可是現在……你們這群混混差點就把我打拼多年的基業毀了！你說要怎麼才能補償我？你說啊！」

莫小寶說得聲淚俱下，裡面成語亂用不說，也不知道話裡面有幾分真假，但至少感人肺腑，聽著讓人為之動容。

帶頭老大死咬著受人指使，不願鬆口，還說就算莫小寶告他，他也不怕，大不了坐牢就是，反正身上要錢沒有，要命一條！

這話聽起來多麼豪壯，可惜被壓得頭都抬不起來，再強的氣勢也沒多大作用。莫小寶突然想到一個問題，「那人給了你多少錢？」

帶頭老大把撇向另一邊，不願回答。

程心也對這個問題感興趣，一腳高跟鞋踩在地上，氣勢驚人，「說！給了你多少錢？」

別的不怕，但看到剛才那雙高跟鞋在空中飛舞狠樣，混混老大終於低垂下頭回答：「給了……三百塊錢。」

「多少？！」三百塊錢，就買通了你帶這麼一幫人來故意搗亂？鄭乾覺得這人真是猴子搬來的逗逼，程心卻在心裡自嘲一笑，爸啊爸，沒想到三百塊錢就有人幫你辦這種事，還真行。

莫小寶瞪圓了眼睛，扯住人衣領，「我給你三千，你告訴我老闆是誰？」

這可是斷後路的做法，傻瓜才會這麼選擇。混混老大想都沒想就拒絕，理由依然是拿錢做事不多問，他也不知道是誰指使的。

到最後沒問出個所以然來，直到將這些人都送上警車，莫小寶又想起來一件事，趕緊又把混混從車上扯下來，口袋一個挨一個的摸，摸出了三百塊錢，在混混們面前抖了抖三張錢，「這是賠我的第一筆，剩下的我們慢慢算。」

結果警察笑著將他手裡的錢接過，坐上警車，發動瞬間向他解釋：「目前來看，這是贓款，等到時候我們問出了結果，會告知你們。」警察擺擺手，「對了，你們也一起走，需要做筆錄。」

第二十四章
正事之前

做完筆錄，幾個人一路上沉默不語，畢竟誰也沒有想到吃一頓飯能惹出一堆麻煩事來。

雖然他們兩人父母的黃昏戀已經找到了解決的辦法，但事情還是擺在檯面上沒有處理，心情不由更加鬱悶。

不過讓人意外的是，莫小寶居然是農家海鮮的老闆。驚嘆於土豪兒子的良好待遇的同時，也不得不感嘆就算在學校裡呼風喚雨、能力極強，可到了社會上也相當於一切重新來過，想要攀上高峰除了天生有個好爸媽，其他就各憑本事了。

在這方面，所有人當中，鄭乾大概算得上是最有體會的了。學生會主席、模範學生等等一堆榮譽和頭銜象徵著他大學四年的完美，但創業者、或者說白了就是失業者及淘寶店主，相比之下，這樣的身份卻讓他失了當年的光環。

社會是一個大染缸，學校是最純淨的地方。從最純淨的地方出來的人，如果不試著主動將自己染上顏色，或者被動接受上色，就會顯得格格不入，時間越長，就越能感受到人生不如意，失敗和挫折也自然而然接踵而來。

說不羨慕莫小寶是假的，人家有一個被稱作海鮮老大的父親，簡直可以過上傳說中茶來伸手，飯來張口的生活，但即便如此，他讀了六年大學才畢業，也沒有忘記靠自己雙手賺錢，才用得安心這樣的道理。

要是我也有這樣一個飯店……鄭乾展開一陣想像，突然苦笑搖了搖頭，哪怕給自己一個這樣的飯店，也不見得能夠像莫小寶經營得這麼好吧？成績差、愛搗亂的人，在某些方面總會有超越非凡的成就。

鄭乾滿腦子是對莫小寶的羨慕和對自身規劃和反省，渾然沒有注意到下了車後，身後與莫小寶爭鋒相對，整路都在比看誰眼珠子大的孔浩。

要說鄭乾有一絲傷感，那孔浩可以說是滿腹怒火沒處發了，看著莫小寶對姚佳仁獻殷勤的樣子，真想往鼻子上給他一拳，卻又擔心出拳太重被套上恩將仇報的帽子，於是只好用充滿挑釁的眼神替代心中所有的壞想法。

剛才在派出所裡面，莫小寶積極說明，幾句話將這次的嚴重鬥毆事件與鄭乾幾人撇清，並成功轉移到了那群混混身上。警察指明需要證據的時候，他已經讓人打開了監視器，遠端操作給辦案警察觀看。上來第一幕就是黃毛歪歪扭扭挑釁的畫面，接下來四位年輕人進行了正當防衛，其中尤以那位怎麼看都是一個優雅大方的貴族女生最為厲害，一張板凳拯救了其他三個人。

莫小寶看程心的目光開始變得不同，似乎沒有想到世界上居然會有外表與身手如此極為不符的女生，看著人家的眼神，很多……說不清的意味在裡面。鄭乾深知這個傢伙的德行，上前一步擋住胖子視線，用行動捍衛本土領地。

莫胖子撇嘴，對著鄭乾偷偷豎了豎拇指，「這麼猛的妞，哥們你真行！」

不知道這是屬於誇讚還是什麼，不過聽著就是誇程心厲害，也不管嘲諷的意味有多少，鄭乾都一併接納，笑了笑開口：「莫老闆也不賴。」一想到肥胖身子全面壓制混混們的大哥，鄭乾就難免想到那天晚上發生的烏龍事件，不知道這傢伙當時是不是留手了？要是那天晚上他爆發出剛才的戰鬥力，現在估計孔浩和他兩個人都還躺在醫院裡。

「都是誤會，大家解釋清楚了就好，對吧？」程心會意，出來打圓場。

莫小寶憨厚但不傻，知道人家這是將樓梯送到了自己腳下，下不下就在一句話，下了大家都是好朋友，不下就一拍兩散。可好不容易有緣分遇到幾個不戴有色眼鏡看他的人，這點面子不但自己要，也必須得給他們才行。

「嘿嘿，那啥，空號兄弟，我真不知道姚佳仁是你女朋友啊……要早知道的話，我也不會去做那種事。俗話說，朋友妻不可戲，你就原諒我吧……我們腦袋有時候就是轉不過來。」

聽莫小寶已經把話說到這份上了，不原諒他也說不過去，只是想到那天晚上連自己都沒有想過的浪漫求婚儀式，被這傢伙給先對自己女朋友做了，心裡就好像有個疙瘩，腦海裡爆揍胖子一頓的想法揮之不去。冷著臉回了句：「知道就好……」

姚佳仁趕緊在他腰間掐了一把，朝莫小寶笑了笑：「別在意，他就這個脾氣，嘴上逞強，其實心裡早就想開了。」

姚佳仁這把玩的好啊，不但緩和了孔浩即將帶起的尷尬氣氛，親暱的語氣又在無形中秀了一把恩愛，一邊讓莫小寶死心，一邊也讓孔浩放心，一舉兩得，手段高明。鄭乾心裡讚嘆。

果然，莫小寶連連擺手說沒事沒事，跟孔浩一口一個兄弟，叫得更加親切了。

「走，我們不打不相識，今天我請客，以後想吃海鮮就到我店裡去，所有開銷免費！」果然是豪老闆，一高興就允諾讓四人免費吃到飽。

不過想想農家海鮮的火爆程度，就算鄭乾他們天天來吃，消耗的那點食量，比起淨利潤來說也微不足道。

酒足飯飽容易忘記正事，天都快黑了，看一眼時間，已經是七點半，新聞聯播早已結束，鄭乾和程心才想起正事沒有做。

只聽鄭晟說他和蔣潔的婚事將在月底進行，眼看沒多少時間了，今天一早想好的計畫得要早點實施才行，不然到時候夜長夢多，計畫沒完成，人就把婚結了，哭都來不及。

只是計畫中根本沒有莫小寶出現，看他正吃得興起，又不好起身說走，只能偶爾抬起酒杯乾一個，然後酌一小口意思意思。

鄭乾和程心心思不在飯桌上，兩人時不時對視一眼，除了無奈還有對孔浩的不滿，從上了酒桌，這傢伙好像什麼都忘記了似的，跟莫小寶談得興起，在那說了兩小時自己的大學風光史，引得姚佳仁怒目斜瞪，想脫下高跟鞋抽他兩大巴掌。

第二十五章
計畫開始

十多分鐘後，姚佳仁忍不下去了，她自然知道鄭乾和程心還有重要的事情要做，不能讓孔浩耽誤他們。考慮片刻，乾脆抬起腳來，毫不留情踩在了孔浩鞋面上。

「嗚——」嘴裡塞了一隻蟹腳的孔浩疼得眼淚直冒，冷不防瞥見姚佳仁仇視的目光，知道是她幹的，硬是將慘痛的喊叫扭轉成了對美味的享受。

趁莫小寶沒有注意，孔浩幽怨地看著姚佳仁，「幹嘛呀？」瞥了眼依舊熱情不減的胖子，「沒看到人家都還在吃飯嗎？有什麼事待會說。」

嘿，這傢伙還吃上癮了是吧？古人說喝酒誤事，果真有幾分道理。姚佳仁遞給鄭乾和程心一個抱歉的眼神，替孔浩向兩人表示歉意。再轉頭看向孔浩的時候，目光突然就變得凌厲起來，看來不給你點顏色看看，你就回憶不起當年的快樂時光！

鄭乾對孔浩表示同情，因為他清楚地看到姚佳仁的大拇指和食指已經呈彎勾狀，就像毒蛇般緩緩移動到了孔浩腰間。

腰上皮肉被兩個指頭扭過三百六十度的痛苦他再清楚不過了，忍不住看了身邊的程心一眼，卻引來一個白眼，「活該！」程心說著，想到當年手掐鄭乾的戰績，嘴角一彎，已經津津有味看向了毫不知情的孔浩，捕捉疼痛突然來襲的那一瞬間的痛苦表情，真是太美妙不過了。

「啊——」

設想中的劇情很快到來，只聽到一聲壓低了聲音都還穿破包廂的慘叫猛然出現，很快就將周圍萬物壓過，而且久久不散。

鄭乾想起了某些痛苦的經歷，蒙著眼睛不忍心去看，程心豪放一笑，和姚佳仁兩相對視，看得出來兩人對此頗有心得。

莫小寶剛要拿起啤酒瓶往嘴裡灌，這一聲慘叫嚇得他手一抖，差點扔了瓶子。舉目茫然看向四周，「剛剛……是怎麼了？」

姚佳仁牽著孔浩的手臂，手指在其腰間某處輕輕揉捏，朝莫小寶微微一笑：「沒事，他吃撐了。」

莫小寶茫然點頭，哈哈一笑：「既然都吃飽了，那我們就休息一下唄？」

孔浩終於反應過來自己遭受兩次重大襲擊的原因，說抱歉沒用，看樣子只能將功贖罪了。「小寶哥，我們今天還有點事。這樣吧，等下次見面，我請你！怎麼樣？」舉著酒杯一臉誠懇。

「什麼事？要不要我幫忙？有什麼不能解決的，說一聲就是，哥能做到就一定幫你們！」莫小寶豪氣干雲，言語間的真摯說得孔浩想立刻投靠門下，赴湯蹈火，在所不惜。

「不用不用，小寶哥你先忙。」孔浩先乾為敬，「事情很重要，真的必須走了。」

莫小寶看向鄭乾和程心，「你們也要走？」

鄭乾點頭：「我們出來一天了，飯也吃得差不多，該走了。」程心微微一笑施以援手。

「好吧，那……我也跟你們一起走。」莫小寶鬱悶的放下酒杯，「反正一個人待在這裡也無聊。」

呃……這件事可不能讓更多人知道了。鄭乾見程心微微皺了皺眉，心想人家都這麼說了，也不好拒絕，但還是不由開口道：「就不麻煩小寶哥了，你忙了一天也很辛苦，還有這麼大一間店需要打理，還是好好休息吧。」

莫小寶搖了搖肥碩的頭，神情落寞，「今天出了這件事，生意是不可能有多好了。你看看，半天都沒看到一個人來，這生意啊，想成功很難，要失敗就太簡單了。」說著又由落寞轉向興奮，「不過我們也算不打不相識，認識你們也足夠了。」

好吧，沒看出來他是個真性情，沒看到人為了交朋友連店都不要了嗎？鄭乾很欣賞莫小寶和孔浩這種灑脫的性格。自己是做不到，不過身邊有這樣的朋友也算是一種福氣，就算你某天掉入絕境，他們也能讓你快樂起來，重新擁有希望。

結果鄭乾和程心兩人的事在孔浩的大嘴廣播下，很快就被莫小寶知道。對於這樣的八卦他好像很感興趣，像個好奇寶寶一樣，一路上問這問那，終於將前因後果問了個清楚，轉而對鄭乾產生了由衷的佩服，「原來你這麼優秀也不是沒道理。」

鄭乾微愣：「怎麼講？」

莫小寶神情認真：「如果是我老爸要結婚，我只能表示服從，哪裡還敢這樣忤逆？」

咳咳，這話好像是拐著彎說自己忤逆？鄭乾看著莫小寶，一陣無語。要是讓他處在自己這種情況，說不定比自己還要更加極端。

莫小寶洞察鄭乾想法，搖頭道：「我可不是貶低你的意思，你想想，一個人比別人優秀，就是因為敢做別人不敢做的事情。」

小寶定律一出，立刻獲得孔浩同意，「說得好，要不是我每天敷面膜，怎麼會每天一大早被自己帥到自然醒呢？」毫無前後關係的說法引來眾人一陣吐槽。

程心及孔浩、姚佳仁、莫小寶為預防突發狀況，鄭乾充當任務執行者前往租住的城中村家中。

回到家時，鄭晟還沒有回來，屋裡黑壓壓一片。看來老爸又出去約會了，鄭乾高興的想，這樣一來盜取戶口名簿就算手到擒來了。

沒錯，今天早上孔浩最後給出的建議就是盜取戶口名簿。只要鄭晟沒有戶口名簿，那麼按照相關規定就不能結婚，如此一來，一切事情就能夠順利解決了。這個辦法得到大家一致認同，雖然隱隱覺得不妥，可耐不住程心摧殘，鄭乾也只好遵命。

印象中老爸好像把這些證件都帶來了。當時還以為是聞到了鄭乾和程心在一起的風聲，老爸帶來專門給兒子結婚用的，沒想到卻是早早就為自己準備好了。不愧是在部隊上待過，對自身秘密的守護還真不是一般的牢靠。

鄭乾去到臥室，翻開鄭晟的隨身包，從小包到大包裡裡外外仔仔細細翻了一遍，卻什麼也沒有找到。又趴到床底下四處找了找，依然沒有。眼看這麼點大的地方都快被掀過來了，怎麼找也找不到，鄭乾難免焦急起來。

對了！靈光一動，鄭乾突然想到了。

第二十六章
任務失敗

也虧得爺倆相互間熟悉，心裡頭打的算盤基本都知道一些，否則鄭乾也不會想到電腦桌下面會藏有東西。

打開一看，果然，裡面確實有一包證件什麼的，用一個軍用袋裝著，一看就是老爸出品。

嘿嘿，這就好辦了。鄭乾一把抓起，生怕裡面證件會突然間消失一樣，迫不及待打開，一本一本翻看了起來。

小學學生證和畢業證書、初中學生證和畢業證書、高中學生證和畢業證書、市長親頒的模範生獎狀……一本一本看完，旁邊已經快要堆起了一座小山。

想不到老爸竟然幫自己把曾經的記憶都收集了起來。這些可都是滿滿的回憶和榮譽啊！心裡頓時有些感激。

只不過……戶口名簿呢？軍用袋子已經翻了個底朝天，該看的本子都一本一本看了，好像這裡面都是和自己有關的，唯一涉及到老爸的，還只是一張泛黃的父子合照。

不由得拿起照片仔細觀看，這張照片應該是小學時候，老頭子去學校開家長會的時候，一起照的吧？轉眼間十多年過去了，想想也是慚愧，自從上了初中，學校開始實行住校，自己和老頭子兩人間相處的時間就變少了許多。初中還好一些，畢竟離家不遠，可上了高中、大學之後，這種感覺就更加強烈，每當想起老頭子的時候，心裡總是暗暗決定，這次回家一定要多陪陪老爸。

可惜每次回家，熱情不過三天，瞬間就被手機和網路沖淡。每個假期回到家裡，與自己陪伴最多的不是吃苦耐勞供養兒子的老爸，而是一部隔著螢幕可以開啟遠端聊天、看盡世界萬象的手機。

而老頭子一個人悶得慌，總會適時地在自己耳邊插幾句嘴，囑咐注意保護眼睛，別老一天盯著手機。那些關心的話都一應而過，當時點頭，可純粹是左耳進右耳出，根本就沒有當一回事，也沒想到老頭子找自己說話的時候，是真想和自己聊聊天。

原本奢望著，等大學畢業了，一定將老爸接來城裡和自己住，不再讓他一天到晚忙個沒完，人歲數上去了，也應該像其他城裡人一樣，健健身、到處走走玩玩，總不能一天想著把兒子養大了，還得幫他賺錢買車。

想著這些，鄭乾覺得眼眶有些熱，鼻子也有點發酸，手裡拿著的那些本子，這時候好像變得有千斤重了。

咦？燈什麼時候開了？

鄭乾記得進來的時候，自己偷偷摸摸，做賊似的，連燈都不敢開，就是怕老頭子突然出現，發現他的企圖。

將散落在眼睛裡的淚花擦去，鄭乾轉過頭，待看到不知什麼時候已經站在身後的鄭晟時，一臉茫然，雙手不自覺的將本子偷偷塞進軍用袋，試圖掩蓋這不法行為。

可鄭晟是誰？好歹也上過軍事院校，當過幾年士官不是？要是連這點小動作都發現不了，還怎麼扛槍跟敵人幹？

老頭子雖說五十多了，可身手卻不減當年，一個箭步向前，右手就鐵鉗似的握住鄭乾手腕，再伸出左手將軍用袋扯了過來。

鄭乾目瞪口呆看著一切發生，不敢反抗，也沒有解釋。

「怎麼？你小子偷偷摸摸的就為了翻我軍用包？我告訴你，要是在戰爭時期，就你這點本事，早就被敵人給突襲了。」鄭晟沒有多想，打開軍用包看看，發現沒少什麼東西，給了鄭乾一個警告的眼神，順手從大衣口袋裡掏出個紅本子塞了進去。

戶口名簿？

鄭乾的眼神一下子就被吸引了。紅本子上明晃晃的寫著「居民戶口名簿」六個字，不是日思夜想的戶口名簿是什麼？

可惜薑確實是老的更辣，鄭乾那小眼神才落在戶口名簿上，鄭晟就警覺起來，發現兒子翻軍用包這件事好像沒那麼簡單。

「老實交代，你翻這個做什麼？」鄭晟審犯人似的，「臭小子，坦白從寬，抗拒從嚴！」

鄭乾可不是被嚇大的，老頭子那點伎倆他小時候就已經領教過無數次了，故伎重演也不會玩點新花樣，真夠沒創意的。翻個白眼，朝老頭子努努嘴：「想起小時候的一些事情，找些東西看看。」

「喲呵，你小子什麼時候這麼煽情了？你還知道我包裡有這些個東西？」

鄭乾為了完成任務，不得不鞏固住這個話題，雖然這有些……怎麼說，總之覺得有欺騙老爸的感覺，可這也是為了他們著想，也是為了自己和程心的婚事考慮，所以撒起謊來也一套一套的：「我早就知道你裡邊那些東西了。爸，謝謝你。」

謝謝這兩個字看著簡單，可從兒子嘴裡說出來好像是頭一次聽到，鄭晟一愣，旋即送給鄭乾一個爆栗，故作不在意地說道：「別扯那些沒用的，跟你老子有啥好謝的？最好的謝謝就是趕快給我找個兒媳婦回來！」

兒媳婦？鄭乾暗自苦笑一聲，您和蔣潔阿姨再這麼玩下去，您兒媳婦都要被玩沒了！這話當然是不能說出口的，否則還不知道老頭子會爆發出怎樣的洪荒之力。

目前來看，任務已經失敗，反正今晚是不可能拿到戶口名簿了。好消息是，剛才親眼看到老頭子將戶口名簿放進了軍用袋，只要在他們結婚前拿到就行，今晚明晚沒有多大關係。

不對！鄭乾突然想到一個問題——老頭子剛才幹嘛去了？怎麼還隨身攜帶著戶口名簿？難不成……難不成兩個人已經提前領了結婚證，跟他們討論、徵求意見，只不過是走走過場？如果真是這樣，那現在該怎麼辦？

首先，畢竟不確定老頭子剛才是幹嘛去了，如果現在開口問他的話，未免顯得突兀；其次，自己剛剛才從偷偷摸摸翻軍用包的話題中巧妙解脫出來，恐怕再探究下去，又要回到剛才的問題了。

問也不是，不問也不是，兩害取其輕，不問了。

打定主意，轉身就要回房間，卻聽到老頭子一聲警告：「我戶口名簿就在軍用袋裡，臭小子，我跟你說，要是它敢長翅膀飛了，我就找你的麻煩！」

鄭乾愕然。

第二十七章
女漢子的內心

老頭子是怎麼知道自己要找戶口名簿的？轉頭看去，鄭晟有些彎曲的背影隱入房門，絮絮叨叨的聲音也傳入了鄭乾耳朵：「這小子，就那點小伎倆，還想騙過老子的眼睛，再吃幾年稀飯去！」

老頭子罵人從來都是拐著彎，罵了你都讓你找不到頭緒的那種。再吃幾年稀飯，不就是說我鄭乾是吃飯長大的嗎？真是的，哪有自家老爹這樣說兒子的。

不知為何，雖然沒有順利拿到戶口名簿，可是鄭乾內心卻沒有想像中的失望和難過，反倒隱隱間有一絲高興和許多的感動。

翻看軍用包的時候，他確實想到了當年的很多事情。情緒這東西，一旦起來，就很難再壓制下去了。

他甚至產生了一個念頭，老頭子好不容易將自己養這麼大，真挺不容易的。母親去得早，老頭子又當爸又當媽，賺錢養家糊口，同時還供他上學，這其中經歷的辛苦，常人肯定是難以理解的。但是作為父親的他，每次給人的印象都是嘻嘻哈哈、醜話連篇，五六十歲的人都沒個正經。可誰又知道在這背後，是老頭子每天晚上拿著老媽的照片一個人喃喃自語呢？

鄭乾有一次沒睡著，半夜起床上廁所的時候就剛好看到這一幕，當時眼淚就忍不住流了下來。也許自己不在老頭子身邊的時候，他每天晚上也是這樣過去的吧？

轉念想來，人老了總要尋個依靠，眼看自己的創業目標依然遙遙無期，甚至不知道中途會不會出現什麼問題，從而導致身無分文，心裡就有一種愧疚的情緒逐漸蔓延開來。要真是創業受阻，總不能讓老爸也陪著自己挨餓吧？

所以……現在讓他結婚是不是會好一些？

看得出來，蔣潔阿姨人也不錯，至少勤儉持家的基本能力還是有的。有她在，老爸的生活也能比以前更加豐富一些，而且兩人在同一部隊當過兵，彼此有感情基礎，也有著無數聊得來的話題，相信在一起之後，或多或少也能彌補自己由於創業而難有太多時間去陪老爸的缺憾。

這麼想來還真是不錯。

只不過程心那邊……程心的態度十分堅決，要麼她和鄭乾分手，要麼就讓蔣潔和鄭晟分手。

現在倒好了，鄭乾覺得自己真正變成了四不像，被夾在中間踢來踢去，說這邊也不是，勸那頭也不行。

該怎麼做？算了，還是先把今晚任務失敗的消息進行彙報吧，走一步看一步，車到山前必有路，船到橋頭自然直。既然是家事，就總會有辦法解決的。

悄悄出門往程心住的地方趕去，一路上都在計較著該如何表達，才能既不影響和程心之間的關係，又能巧妙避開關於戶口名簿、結婚等等一系列的問題。

想了又想，發現意義不大。畢竟這種事情不像學校裡做策劃活動那麼簡單，只要勾幾個流程，安排些人手完成就行。難怪說清官難斷家務事，如今看來，古人誠不欺我也。

遇到麻煩事的時候，時間總是過得很快，原先感覺要走很久的路，今晚卻轉眼間就到了。

一進門，程心第一個就衝過來，滿懷希望看著鄭乾，「怎麼樣？」

言下之意是拿到了沒有？這一問，所有人都站了起來，把鄭乾一個人堵在了門口，不知道的還以為是發生群毆事件了。

「各位，先……讓我進去說，行吧？」鄭乾往裡頭看去，突然發現了一個肥胖的身影。莫小寶還在啊？

「快快，進來說進來說。」一看孔浩那迫不及待的樣子，就知道是一個激進分子無疑，對於這種一聽起來就比較八卦、比較刺激的事情，他向來毫不含糊，準是第一個湊上前去。

鄭乾不滿的看他一眼，總覺得這傢伙不安好心。讓你遇到這種事試試？

在眾人期盼的目光中，鄭乾一本正經坐在沙發上，先若無其事喝了一口水，才在程心又一次催促中蹦出一句話：「沒拿到。」

「為什麼？發生了什麼事？」這不是程心一個人的疑問，所有人也都等待著鄭乾的回答。按理來說，鄭乾家裡就兩個人而已，找個戶口名簿，揣著拿來就好了，怎麼會沒拿到？

「沒拿到還是沒有找到？」這是一個關鍵問題。沒拿到說明鄭晟在一旁盯著，沒找到可能是因為被老頭子識破他們的軌跡，從而故意藏起來了。

鄭乾想了想：「先是沒找到，後來是沒拿到。」

呃……這話什麼意思？

鄭乾咳嗽兩聲，接著解釋：「我剛去的時候，家裡沒人，裝戶口名簿的東西是找到了，但裡面沒有。後來，不知道什麼時候我爸回來了，我看到他把戶口名簿從身上掏出來放進了放證件的地方。」

那這麼說，還真是先沒找到，後沒拿到了？程心覺得這個解釋勉強過關，可是為什麼後來不等著鄭晟睡了，再帶著戶口名簿出來？

鄭乾無奈搖搖頭：「我爸睡之前跟我說，他把戶口名簿放那了，如果戶口名簿敢莫名其妙飛了，他就找我麻煩。」

「這麼說，你爸……已經知道了？」

鄭乾點點頭，又搖搖頭：「我也不知道。」

「到底知不知道？」程心突然忍不住一聲吼了出來，一雙漂亮的大眼睛一瞬間變得黯淡無比，「為什麼找個戶口名簿都那麼難呢？如果你爸和我媽結婚了，你有想過我們怎麼辦嗎？是，法律上是允許這種情況出現，可是人言人語的，你受得了嗎？就算你受得了，可我畢竟是一個女孩子！」

就像很多時候所證實過的一樣，女漢子之所以被稱作女漢子，是因為她們有一個強勢的外表，可同時也不乏一顆脆弱的心。否則既外表強勢又內心強大，早就改名為男子漢，而不是女漢子了。

鄭乾知道程心的脾氣，她很少這樣生氣，一般來說，只有真正遇到讓她措手不及的事情時，她才會表現出需要依靠和關心的一面。

這大概就是女孩子表達需要關懷的獨特方式吧？鄭乾早已做好了應對這種局面的準備，剛想安慰安慰程心，告訴她有自己在，卻沒想到程心一反常態甩開他的手：「我去外面透透氣。」

第二十八章
跳樓事件

好吧，透透氣就透透氣吧，只要能把氣消了，心結一打開，就是好事情。

程心離開了房間，留下孔浩和姚佳仁，外加一個莫小寶。鄭乾覺得這個時候和他們沒有太多共同話題，也想和程心一樣去外面透透氣。

然而大八卦孔浩可不願意放過這個機會，一把就抓住鄭乾手臂，單手麒麟臂展現出肌肉男的獨特魅力，姿勢也曖昧至極，讓莫小寶看了一臉壞笑。

「去你的！」鄭乾甩了幾下，甩不開，乾脆一屁股坐下，一副任君採摘的模樣，連莫小寶看了都覺得心疼。

「嘿嘿，別這樣啊。」孔浩拿出哄女孩子的本事，「快跟兄弟說說，你那戶口名簿……是真拿不出來，還是不想拿出來？」

「你！」鄭乾瞪起眼睛，一副跟你拼命的表情，嚇得孔浩一個哆嗦。

姚佳仁也迅速反應過來，按理來說，拿個戶口名簿哪有那麼費事？而且，鄭乾所闡述的過程也太耐人尋味了吧？偷戶口名簿，沒有找到，鄭晟回來了，發現這一幕，並瞬間識破鄭乾意圖……怎麼會有那麼巧合的事情？

「鄭乾，不是我說你……你好好跟程心解釋一下，或許她還能想開一些，你這理由編的，也太沒水準了。」

「就是就是。」莫小寶不管對與不對都要先插上一句，顯現海鮮大王的存在感。

鄭乾覺得自己簡直是嗶了狗[3]，自己說真話居然沒有人信？一路上想了那麼多對策，就是沒有考慮到自己的女朋友和兄弟會選擇這麼一條邪門歪道，你擺弄個尋常的圍追堵截該多好，那樣我也能見招拆招，可這算怎麼回事？難不成離開了學校，不僅影響力下降為零，連公信力也拼新低了嗎？

都是這大嘴巴！鄭乾一個翻身就將孔浩壓在身下，兩手扣住孔浩腮幫，用力往外扯，也不管口水髒不髒了，總之先出了氣再解釋。

不過這番主動出擊的行為很自然就被解釋為惱羞成怒。姚佳仁趕緊上去勸架，莫小寶一手拉住一個，拼打了三分鐘，戰鬥結束，鄭乾張牙舞爪還想再上，孔浩連連哀求，驚嘆弱書生爆發的恐怖。

「你小子居然敢不信我！還是兄弟嗎？」兄弟間幹架就這點好，前一秒鐘你死我活，下一秒就回歸好友狀態了。

孔浩為鄭乾倒了杯水，一臉奸笑端到鄭乾面前，「做兄弟的，有什麼不能說的？你看看我，我有幾條什麼顏色的內褲你都知道，這可是……可是只有女朋友才清楚的事情。」前面大聲大氣在鄭乾前面邀功，後一句發現姚佳仁警告的眼神，立刻軟下，變成了耳鬢廝磨。

「你真是……」鄭乾一時間找不到確切的形容詞，只能咬著牙再次解釋：「我說的話句句屬實，不

---

3 網路用語，指運氣不佳或是遇到不可理喻情事時。

論你們信不信，反正就是這樣了。」

「我信我信！」孔浩站到了支持陣營，力挺好兄弟。姚佳仁立刻一個眼神投射過去，孔浩掙扎三秒鐘，終於敗下陣來，默默回到姚佳仁身邊。引來鄭乾一陣鄙夷，遜咖！

「鄭乾，你還是好好跟程心說說吧。」姚佳仁勸慰鄭乾，「我知道程心的脾氣，刀子口豆腐心，你說點好話，興許她就高興了。」

「咦，對啊，這程心怎麼出去了這麼久還沒有回來?不會出什麼事兒吧?」莫小寶語不出不驚人。

「出你個大頭鬼!」離開飯桌，孔浩可就沒那麼好的脾氣了。就連鄭乾也瞪了莫小寶一眼，這傢伙說話真不中聽！

「走吧，我們一起出去看看。」

這裡能透風的好像也只有樓頂了。莫小寶最積極，第一個衝在前面，一路上披荊斬棘，很快來到了樓頂。

「呀!」莫小寶剛要打開樓頂的門，突然一聲驚叫，「大妹子，她這是要幹什麼!」

鄭乾扒開莫小寶肥胖的身軀，急切的透過樓頂門的玻璃朝前方看去。只見此時的程心正蹲坐在牆頭上，將頭埋進了膝蓋，看上去楚楚可憐，惹得人忍不住想要將她呵護在懷裡。

可是這姿勢……不是打算跳樓是什麼?!

鄭乾急得眼紅，門怎麼都打不開，看樣子是朝外面鎖上了。也顧不上考慮，直接上腳就踹，砰砰作響，一腳比一腳狠，可這門就像焊死了一樣，聞風不動。

樓頂的程心顯然是察覺到了這邊的動靜，緩緩轉過頭來，看了一眼，輕聲說了句：「我想一個人坐會兒。」可她似乎忘記了，那麼細小的聲音根本不可能傳到鄭乾幾人耳朵裡。

莫小寶看到程心嘴唇略動，驚道：「這是……這是在告別嗎？」

「告別你妹啊！」孔浩推開莫小寶，「讓我來！」上來就扯住扶手往外拉，可一身肌肉此時卻沒了用武之地，就算孔浩再怎麼用力，也無濟於事。

姚佳仁也滿是著急，連忙掏出手機撥出一一〇，這時候只能求助警察了。

「喂——警察先生，您好您好，這裡是……有人要跳樓，對，跳樓啊！你們快來，謝謝謝謝！」

電話掛掉，姚佳仁拍拍胸脯，放下心來。

「我們現在先穩住程心的情緒，等警察到了，下面拉起救生墊就好了。」

「對對，先穩住情緒。可……可這說話都聽不見，怎麼穩住啊？」

「鄭乾，你不是有程心電話嗎？快打過去啊，快快！」姚佳仁想到了辦法，這時候能夠和程心說上話的，也就只有鄭乾了。

「先想好你要說什麼，千萬要順著她，不管她說什麼，你都要答應，千萬不能有一點忤逆！」

「她不就是想讓你爸和她媽不結婚嗎？你趕快答應她，就說你一定做到，快！」

「……」

鄭乾撥打電話的時候，姚佳仁、孔浩、莫小寶，把能想到的東西都一股腦兒告訴了鄭乾，也不管有用沒用，或者鄭乾有沒有真正聽了進去。

「響了響了！」

這邊，鄭乾手機裡傳來了熟悉的鈴聲，而透過厚厚的玻璃看去，手機正擺在程心腳跟前。只見那邊螢幕一閃，過了好一會兒，程心才抬起頭來，抓過手機，往鄭乾這邊看了一眼，伸手點了拒接，又把手機扔回了原處。

第二十九章
愛情轉角

這一幕說明什麼？說明程心已經生無可戀了！

莫小寶激動得大喊大叫，發誓要將鐵門一腳踹飛，可惜情急之下試了幾次也沒有成功，急得嗷嗷大叫，孔浩一臉悔恨，自言自語，不該出偷戶口名簿這樣的餿主意，姚佳仁則手扶額頭，怪自己這個做閨蜜的沒有做好心靈溝通的工作……

可要說急，沒人能比鄭乾更急了。他現在覺得整個腦袋都處在停滯狀態，什麼事情都好像突然間想不起來了，也好像什麼事情都突然間失去了意義。

他不知道為什麼程心會做出這樣的選擇，不管是從平常來看，還是從她的性格來說，這樣的舉動都是超乎尋常的，唯一的一個解釋就是，這次的事情對她打擊真的很大。

一方面，自己一直堅持先創業成功，再考慮結婚；另一方面，創業這件事還沒個頭緒，長輩們突然冒出來，說他們要結婚，要在一起了……再加上與父親糟糕的關係，綜合來看，程心應該是受不了接踵而來的刺激才產生了輕生的念頭。

所以，現在應該怎麼辦？

「砸門啊！」莫小寶剛吼了一聲，鄭乾就已經百米衝刺去到樓下，抱了一個腦袋大的石頭上來，使出渾身力氣，往玻璃窗上砸。

砰砰！

就兩下，厚重的玻璃終於被砸裂，也顧不得手被玻璃劃傷，鄭乾扔下石頭，伸手就往外面的門柄抓去。

咔嚓！

門開了！

還等什麼？立刻一個箭步衝出去，可是還沒邁開步子，一團肥肉忽然就越過了自己身邊，哇哇叫著朝程心撲去。

莫小寶？鄭乾剛要喊站住，卻已經來不及了。

只見莫小寶奔跑過去的時候，程心顯然是被嚇了一跳，想要起身，可扶住欄杆的手卻滑了一下。

就這樣，手上沒有了著力點，腳下也隨之打了個滑，人就這樣莫名其妙地離開了樓層，輕飄飄往下落去。

「程心！！！」鄭乾滿眼充血，奮不顧身一躍而起，試圖抓住下落的程心的手，可是明顯已經來不及了。

「鄭乾！」

「鄭乾！」

鄭乾恍惚覺得耳邊風聲越來越大，刮得人臉皮生疼，睜不開眼睛。過了一會兒才發現，自己竟然在空中飄零。

「喂喂！這……這……」鄭乾突然想起了程心，「程心！程心你在哪兒？！」可惜剛張口就被風灌了進去，變成了嗚哇亂叫。

過了片刻，他不得不接受這個事實，自己非但沒有救得了程心，反而連小命也搭進去了。不能說值不值，為了救自己愛的人而死，怎麼能說不值？可是就這樣拋下老爸，還沒來得及兌現諾言，讓他過上好日子，又覺得這輩子真他媽的不值。

想著想著，鄭乾覺得眼角有些濕潤。現在他腦海裡只有兩個身影，一個程心，一個老頭子，他彷彿看到他們在對自己微笑，程心一如既往體貼備至，老頭子一如往日威嚴慈祥。得了，臨死前的畫面都出現了，看來自己離死也不遠了。

程心，我鄭乾說過，創業成功就娶你回家，我一直以為自己是個說話算數的人，沒想到這次要食言了，對不起！老爸，我說過大學畢業後就讓你跟著我過好日子，您辛辛苦苦把我扶養長大，做兒子的承受了您太多恩情，原本就無以為報，但這一次……是徹底無以為報了。

人之將死，其言也善。鄭乾深切地覺得，此時的自己就是處在這樣的狀態裡。沒有人比他更愛程心，可是他救不了她……如果可以，他會毫不猶豫用自己死，換程心活。人與人之間，最奇妙的就是感情了。好多人認為，愛，是當你能夠心甘情願為對方付出生命時，才配說出的話。那麼我是不是可以對你說一聲：我愛你？鄭乾眼角流淚，想起無論在什麼時候，他都沒有對程心說過這三個字——不是不好意思，而是覺得不配。

但是現在，他可以義無反顧地大聲說出來了。

「程心——我愛你！」

砰砰！

「你」字的尾音剛剛結束，鄭乾就覺得自己的身體彷彿衝進了一潭深水，而且是有彈力的水。剛剛接觸到柔軟，整個人的身子又被彈了起來。就這樣一落一彈，整整三個來回，他眩暈的腦袋才稍稍反應過來。

「我沒死？」

朝周圍看去，只見身邊站滿了身穿警服的警察和白衣大褂的醫務人員，警鈴在不遠處響個不停，與就在一旁的救護車兩相呼應。

摸摸，軟軟的。再往身下一看，鄭乾發現了柔軟以及彈性的來源——救生墊。

意思是現在的自己正趴在救生墊上？程心呢？程心去哪了？等等，怎麼腦袋有點轉不過彎，怎麼還有點暈暈的感覺……暈暈的……

在醫護人員驚訝的目光中呼喚了幾聲程心，鄭乾才在一片掌聲中歪歪扭扭倒下，引來一片稱讚，真是個癡情漢！這男人，值得嫁！

第二天一大早，G市日報立刻爆出消息「G市某社區昨晚發生跳樓事件，一男一女疑因情感問題相約自殺」，諸如此類的報導一篇接連一篇，看得正躺在醫院裡做身體檢查的鄭乾尷尬症都犯了。

這都什麼跟什麼啊？現在的媒體怎麼連事實依據都沒有就胡亂瞎說呢？鄭乾覺得有必要出面澄清一下，但隨即想到程心和自己跳樓的時候，因為是深夜，也沒有人知道，所以也就打消了這個念頭。

程心因為下落的時候觸碰到了頭部，現在還處於昏迷狀態，不過好消息是，做過一系列檢查後，醫生說病人身體沒有什麼問題，只是普通的暈了過去，醒來後休息幾天就可以康復了。

還好沒有什麼問題。鄭乾心頭松了口氣，同時也覺得慶幸。慶幸姚佳仁撥了一一〇，慶幸警察和醫務人員及時趕到，慶幸程心和自己都沒什麼大礙。

不經歷一些風雨，就不知道彩虹的美麗；不經歷這次跳樓事件，或許連鄭乾也不清楚，自己原來有那麼愛程心。

愛到可以為她付出生命，愛到臨死之前想著的念著的，都是她。

第三十章
烏龍

這就是所謂愛的力量吧？過程雖不美，但結局卻很好。

門被推開，一眼就看到了莫小寶猥瑣的腦袋和偷偷摸摸的眼神。

「進去啊！」得了，一看就知道是孔浩在後面給了一腳。

莫小寶踉踉蹌蹌進來，回頭給了孔浩一個白眼。孔浩身後，姚佳仁也跟著一起來了。

「嘿嘿，兄弟，身體沒事了吧？」莫小寶一臉諂媚，像犯了錯誤前來負荊請罪。

「沒事。」

「真沒事了？」孔浩難得表現出關心來，「以後可不能那麼做了。」

鄭乾輕輕點頭。

幾人寒暄了幾句，問起程心的情況來。「程心沒事，醒來休息一會兒就好了。」

「我剛剛問了醫生，醫生也說沒什麼問題。」姚佳仁特意從外面買了水果、親自熬了粥帶來醫院。

「那我們一起過去看看吧？」孔浩拉著姚佳仁的手，有些感慨，「說實話，要是我，我也會毫不猶豫往下跳。」

「呿——」

引來莫小寶的噓聲和姚佳仁滿滿的白眼。

「怎麼？不相信啊？」孔浩一副躍躍欲試的樣子，「要不就試試看？」

「腦子有問題才跟你試！」對於孔浩的提議，姚佳仁顯然沒有興趣。

「行了，別鬥嘴了。一起過去看看。」

程心的病房離鄭乾不遠，出門左拐就是。來到病房前，發現護士正好給程心打了點滴。

「護士，沒事了吧？」

「沒事，你們是病人家屬吧？聲音小點，別吵醒病人就好。」

專業護士服務水準就是不一樣，那微笑和體貼的細微動作，看得莫小寶是神采飛揚，如果不是深知其脾性的孔浩一把將他拉住，說不好這傢伙就該湊上前去，恬不知恥叫人兩聲妹妹了。

「一邊兒去。」莫小寶對於阻礙自己撩妹大計的行為表示反對，提起拳頭就要跟孔浩對幹。

「你們兩個做什麼？」

「沒，沒事。」莫小寶嘿嘿一笑，「這傢伙看到人家漂亮就不老實了，我幫你管管。」

「你！」孔浩覺得酒肉朋友果真不可信，「佳仁，不用理他。」

姚佳仁當然知道孔浩的性格，雖然自家男朋友平日裡習慣嘻嘻哈哈，但是對她的真心卻十分堅定從未改變。倒是這個莫小寶，一看就是一副花心臉，花心的男人說話都不可信。

姚佳仁沒有說話，乾脆用行動表示支援。伸手牽著孔浩，驅散一切流言蜚語。

呃……好吧，單身狗莫小寶只能莫名其妙被秀了一臉恩愛，還得乖乖啃上一口狗糧。

這邊的一小段感情戲看得鄭乾微微一笑，兄弟間就這點值得懷念了。往後日子久了回想起來，也算得上一段難忘的回憶。

「程心，傻女孩……以後可不能再做傻事了。你知道我有多麼擔心嗎？」鄭乾輕輕撫摸著程心的手，眼睛裡充滿了柔情，「從我們在一起以來，我還沒真正地說過一句我愛你，不過這次，我說了。」

看到人小倆口在這裡甜言蜜語，莫小寶感動得稀裡嘩啦的，堅持要留下來親自見證這一感人時刻。卻沒料到孔浩譏笑一番：「怎麼，狗糧還沒吃夠？」

一句話嗆得莫小寶差點被自己口水淹死。

幾人離開了病房，輕輕帶上門。裡面瞬間變得空曠安靜起來，很多話，這時候說再適合不過了。

鄭乾情感突來，洋洋灑灑說了一堆，越說越帶勁兒，到了最後總結出來三個字：我愛你。卻沒注意到程心的眉頭輕輕皺了一下。

「我……我知道。」

「程心……程心，你醒了？」

柔柔軟軟的聲音突然在耳邊出現，鄭乾激動得一把握住程心的手，同時也不忘擦去眼淚掩蓋痕跡。

程心緩緩點頭，「別擋了，我看到你哭了。」

「傻瓜，醒來就好，醒來就好。」鄭乾當真覺得昨晚那一跳值了，沒有什麼比現在的感覺更好了。

「我想再聽一次。」程心嘴角微彎，寧靜而美好。

「聽什麼？」鄭乾東張西望，裝作沒聽懂的樣子，逗得程心咯咯一笑。

笑完了立刻小嘴一嘟：「不說是吧？那我可不開心囉。」

很久沒有見過程心調皮的一面了，鄭乾看得神情恍惚，一時半會兒就真情流露了，「你真美。」

「美嗎？」程心露出個小酒窩，臉蛋微紅，「有多美？」

「在我心中最美。」

唷，這話說的，真可甜到心坎裡去了。

「答應我，以後不可以做傻事了。」見時機已到，鄭乾打算把話題重心放到阻止程心行為上。

程心一臉茫然：「我那是不小心滑下去的，你覺得我有那麼脆弱啊？」

「不小心滑下去的？」鄭乾覺得自己的世界觀被顛倒了，哪有不小心滑下去的，卻那麼像跳樓？這事情有蹊蹺。

「我看到莫小寶不要命的衝過來，以為發生了什麼事，就想起來問問，但是一不小心……手和腳就滑了。」說著說著，程心聲音也越來越小，她知道這件事是自己不對，害那麼多人為她擔心。

「莫小寶……」鄭乾咬牙切齒，「以後不許去那麼危險的地方了，還好姚佳仁叫了一一〇，不然的話，現在我們兩就不是坐在這裡說話了。」

「我錯了。」

砰！

「原來是你這個傢伙！」

門突然被大力撞開，莫小寶肥胖的身子在空中劃過一條弧線飛了進來，孔浩在後面追打。

「媽的！你能再不靠譜點嗎？」孔浩越來越看莫小寶不順眼，只要一有這傢伙在，事情好像都要變得複雜起來。

先是去學校裡接姚佳仁的時候，打了起來；後來是去吃飯的時候，又莫名其妙和混混幹了起來；這次更絕，人家明明只是去樓頂透風，卻被這傢伙攪合得硬生生演變成了跳樓鬧劇。真是不知道該說什麼好了。

莫小寶一把眼淚一把鼻涕，坦白承認錯誤，請求組織寬大處理。

好在程心和鄭乾都沒有什麼事，幾個人心裡倒也沒有多少責怪的意思，更多的還是對於這次事件的感慨。

鄭乾在想，這回程心應該會減輕一些對於長輩黃昏戀的看法了，這是好事……其實在他看來，兩個五六十歲的人還能相愛並且決定守護在一起，只能說明他們之間確實是真愛。

這段暗戀能給老頭子帶來幸福，也能讓一個家顯得更加圓滿一些，何樂不為？

雖然最初認為鄭晟和蔣潔結婚，會影響到自己和程心的關係，可是往好處一想，為什麼不能理解為是親上加親的舉動呢？鄭晟和蔣潔結婚，自己和程心在一起，多美好的兩段姻緣。

程心第二天又做了一次複檢，徹底排除身體潛在危險後，才放心出院。

第三十一章
老年人的愛情觀

跳樓事件既然能夠上得了頭條，自然會引起許多人的關注。不過這些人中大多掃一眼就過去了，唯獨看到報紙上熟悉身影的鄭晟卻是急得嘩地站起身來。

「鄭乾?!」黑色休閒服，外加熟悉的輪廓，要是連這都認不出是自家兒子，這父親也白當了。

鄭晟看到報紙的一刻，立即就掏出手機撥通了電話。

而此時的鄭乾在送程心回去的路上，到了家門口，才發現手機落在了醫院。

「你看我這記性。」

「去吧，不用擔心我啦。我身體好好的，倒是你，以後不許那麼傻了。」

鄭乾微微一笑，輕輕捏了捏程心鼻子，小傢伙，才從醫院出來就調戲起自己來了。

「好好休息。」跟程心告別，鄭乾攔了一輛車往醫院趕去。

另一邊，鄭晟撥了一次又一次電話，可是鈴聲響過之後，就是嘟嘟地忙音，顯示是無人接聽。

這還得了?!鄭晟急得雙眼通紅，可是乾著急也沒用，報紙上只說有人跳樓，卻沒有指明具體地點，也沒有說明跳樓的人後來怎樣了，去了哪裡等等。這怎麼辦?

對了，蔣潔！她應該會有辦法。

鄭晟慌慌張張撥通蔣潔電話，這時候終於體現出了當兵的素養，一口氣就將事情來龍去脈說得清清楚楚，沒有半點含糊。

蔣潔聽罷，既然是為情自殺……那會不會，會不會跟程心有關？這麼一想，得了，一個為自家女兒急，一個為兒子急，湊在一起，更是急得像熱鍋上的螞蟻。

這時候什麼安慰的話也不會說了，鄭晟直接就問：「程心住在哪裡？」

「你是說……對對對，報紙上那地方，就是程心一個人住的社區。」蔣潔立刻反應過來，和鄭晟約好見面的地點，兩人一塊往跳樓事件案發地點趕去。

「你說……你說他們會不會……」老人總是喜歡往不好的方面想，想著想著情緒就越加悲觀，蔣潔更是輕輕啜泣起來。

鄭晟只好強裝鎮定，在一旁安慰：「沒事的沒事的，我家那臭小子沒那麼笨，他要是連個女孩子都保護不了，我看他也沒臉見人了！」

「老天保佑！老天保佑！」蔣潔忍住眼淚，一邊祈禱一邊責怪，「你說這孩子怎麼就那麼傻呢！昨天不是還好好的嗎？怎麼今天就想不開了。」

「你有沒有打過電話給程心了？」鄭晟突然想到關鍵問題。

急匆匆就出來了，誰還記得起打電話什麼的。現在想想，應該先打電話問問才對啊！

蔣潔趕緊拿出電話撥了出去，依然是好聽的來電鈴聲，緊接著傳來嘟——一聲，有人接聽了。

「媽……有什麼事嗎？」

程心看到電話號碼，嚇了一跳，以為是老媽知道了跳樓的事情，現在打電話來問罪了，正想著該怎麼樣解釋才好，卻突然想起，她沒理由知道這件事吧？心裡也就放下心來。

「程心，程心是你嗎？」蔣潔語氣焦急。

「是我，是我，媽，怎麼了？」程心察覺到了一絲不祥。

「你在就好，在就好。沒發生什麼事吧？」

「沒有，您放心吧，我能有什麼事呀。」程心笑了笑，心裡卻打鼓，難不成老媽已經知道了？

「女兒，鄭乾呢？他爸打電話給他，怎麼不接？」蔣潔看到鄭晟在一旁不停示意，想起了鄭乾安危猶未可知。

程心心想糟了，聽這口氣，顯然是知道他們跳樓的事情了。好吧，既然都已經知道了，還能怎麼說？「媽，鄭乾去醫院了……」

「啥？」那邊聽到聲音的鄭晟還沒等程心把話說完，就一把搶過了蔣潔的手機，「ㄚ頭，你說鄭乾他怎麼了？」

「呃……叔叔您聽我說完，鄭乾他沒事，剛才手機忘在了醫院，現在回醫院去拿手機了。」程心一口氣說完了事情始末，卻沒想到怎麼回答為什麼去醫院……

鄭晟的下一個問題果然如此，「ㄚ頭，他……這臭小子去醫院幹嘛？」

「他……總之鄭乾沒事，叔，您放心就是了，有我在，他能出什麼事。」程心拍著胸脯，心想先搞定倆老再說，剩下的等鄭乾回來再作具體解釋，「您放心吧，我向您保證。」

聽到這話，焦急了一路的鄭晟終於大大的鬆了口氣。程心的話已經說得十分明瞭，鄭乾沒事，說不定去醫院只是看個病什麼的。

「臭小子，都怪那報紙新聞！」鄭晟認為報紙給了人太大誤導，否則像他這麼機警的人怎麼可能亂了分寸？

蔣潔臉上也浮現了微笑：「行了，露出尾巴了吧？誰不知道你是個面冷心熱的傢伙，擔心兒子，有什麼不好意思的？還非要在這裡打腫臉充胖子。」說完不忘翻個白眼。

蔣潔雖然已五十左右，可對於年輕時候就已經對她產生愛慕之情的鄭晟來說，這一顰一笑依然具有十足的魅力。

鄭晟看得有些呆了，靜靜地看著蔣潔，彷彿回到了年輕時候，「你還是和以前一樣的美。」

這樣的話從鄭晟口中說出，本身就是一件令人驚詫的事，更何況此時的他，還含情脈脈看著蔣潔，使得蔣潔一時間竟如少女般紅透了臉。

「幾十歲的人了，還這麼愛耍嘴皮子？」蔣潔「不滿」地瞪了一眼鄭晟，「越老越不正經了。」

鄭晟哈哈一笑：「你知不知道，現在的年輕人談戀愛都喜歡講究個浪漫什麼的？老了又怎樣了？難不成連誇你漂亮也不行？」

這話說得連蔣潔都不知道該怎麼反駁，不過想想也是，人老了，難道連基本的愛情自由都要被侷限了嗎？年輕人可以做的事，我們當然也可以做。

時代在發展，老年人的愛情觀也要跟著進步嘛。更何況，這不才五十歲嗎？說老不老，說年輕又是裝嫩，就卡在那個縫裡，進退都一樣。

這種情況下，更應該加大力度行使介於年輕人與老年人之間的特殊權利，認認真真地談一場戀愛，挽回上半輩子難以彌補的遺憾。

第三十二章
改變世界

確定了鄭乾沒事，鄭晟心裡還是有些放心不下，過了一會又打了電話過去。

這次接通了，電話裡頭傳來鄭乾親切的呼喊：「爸——」

一聲爸，叫得鄭晟渾身起了雞皮疙瘩，我兒子啥時候這麼友好了？還以為電話打錯了，忙問了兩遍你是誰，電話那頭的鄭乾被問的無奈，只能將小時候糗事講了一個又一個，最終才得以獲取老頭子信任。

其實那一聲飽含深情的「爸」，是鄭乾在經歷過一次真正的生離死別之後，內心積壓多年的情緒爆發。可以說，二十多年來，對於父親的愛和感動，全部包含在了這一聲稱呼上面。

可惜老頭子不解風情，堅定地認為是有專業騙子模仿聲音，想要對他進行沒有道德底線的詐騙。

不過鄭乾卻輕輕笑了起來，對於他來說，再沒有什麼比聽到老爸熟悉的高亢嗓音更美好的了。

在昨晚跳下樓的一瞬間，他心裡前所未有的產生了對於鄭晟深深的愧疚，他也想明白了一個道理，老爸二十多年來含辛茹苦地教養自己，不管什麼，他都盡全力來答應和滿足自己。

很多時候，父愛的偉大不是隻言片語就能概括的，它就像黃河，洶湧澎湃、滔滔不絕，它也像長江，溫潤凝聚、源遠流長……鄭乾已經不想考慮這些詞語用得是否恰當，總之在他看來，父親對孩子傾注的愛，作為兒子的就應當無條件去報答，不求多少，只憑道德和良心。

這也是為什麼他心裡產生了支持鄭晟和蔣潔在一起的念頭的原因，這種想法並非一時激動，因此在聽到鄭晟聲音的這一刻開始，更加堅定了起來。

「臭小子！你昨晚去哪了？」知道鄭乾確實沒有什麼事，鄭晟終於恢復了往常的脾氣，一開口就是連環炮，和當年在軍隊上簡直一般無二。

「我昨晚和孔浩他們在一起，爸，您別擔心，我這不是好好的嗎？」鄭乾忍不住笑了起來。只要老爸高興了，他和程心之間退讓一步，真的沒有太大關係。

「好了好了，沒事就好。」鄭晟不耐煩地交代了幾句，嘟一聲掛了電話。

※

本以為跳樓事件的影響風一吹也就過去了，但是沒想到這件事情的後遺症比想像中嚴重，兩天過去了，非但沒有削減，反倒鬧得沸沸揚揚起來。

許多所謂的知情人都將這一事件歸納為「殉情」，至於殉情為什麼會一男一女約在一起，卻沒有人說得出個所以然來。

熟悉的社區、熟悉的身影，鄭晟看報紙都看到了，作為程心的父親、G市有名的大老闆，程建業自然也得知了一些消息。

不過，他所知道的層面與其他人倒也一般無二，都以為是程心和鄭乾之間鬧了彆扭，一時間想不開跳了樓。

不過不管什麼原因，單單跳樓這一條，就足夠引起程建業的高度重視了。今天他推去了所有工作，專門開車來到了程心住的地方，想要親口問個究竟。

程心開門的時候，顯然沒有想到程建業會突然到來，剛想問為什麼，卻見程建業冷哼一聲，鐵青著臉走了進來。

這是什麼意思？還沒說話呢，一進來就給臉色看，就算是你的女兒，也不能這麼對待吧？

「說，前天晚上發生了什麼？」程建業問道。

原來是為了跳樓來的。程心心裡有了底，從老媽開始，後面就有人源源不斷地前來探望，同學、老師等等，接二連三，現在大概已經成為人家茶餘飯後談論的對象了吧？

可能是這幾天習慣了各種問候，程建業問這個問題，程心倒是覺得放鬆了些，只要不是為了拆散她和鄭乾就行。除了這事，其他都好說。

「前天晚上，不小心掉了下去。」程心如實回答。

程建業臉色更加鐵青了，跳樓還有不小心的？明顯忽悠人的說法，還有沒有把自己這個父親放在眼裡了？

「是不是那小子欺負你了？」

程心覺得有些古怪，「爸，我確實是不小心滑下去的，跟其他人沒關係。」

程心越堅持，程建業越發覺得蹊蹺，他有種想要將鄭乾拉到面前親自責問的衝動。

自打與蔣潔離了婚之後，他就發現程心不知不覺間疏遠了他。以前父女兩個還能坐一起吃個飯，遇到高興的事，程心也會嘰嘰喳喳和他分享，可是現在，哪怕是天掉下來，好像也和他這個父親沒什麼關係了。

比如現在。程建業第一次覺得眼前的程心已經不再是以前那個孩子了。如今的她已經長大，最終，扯斷了他手中那根牽扯的線。

也許和女兒的相處應該換個方式，總是整天擺著一張臉，任誰看了都覺得不舒服。

然而即便有這樣的想法，程建業多少年來已經養成了這樣的習慣，讓他一下子改過來，也不是一件簡單的事情。

對於一個在事業上已經成功的人來說，唯一的訴求大概就是能夠使得家庭圓滿、家人順順利利、平平安安吧。

程建業也嘗試著為此付出很多努力，因為各種原因，他不得不與蔣潔離婚，獲得撫養權的程建業不想看到程心受到家庭影響，於是他琢磨著，娶一個自己可以去愛的女人，重新給程心一個完美的家。

但沒有想到，正是這次婚姻，成為了程心開始疏離他的導火線。現在，他必須要盡力挽回父女關係，給程心幸福的同時，也讓自己這個做父親的能夠心安一些。

「好吧，我相信和其他人沒關係。」程建業聲音逐漸柔和，「今晚，我們一起吃飯吧。」

程心沒有想到程建業會主動邀請，這劇情似乎轉得有些快，她有點難以反應，「吃飯？」

「吃飯。」程建業試著露出笑容，卻不知道在程心眼裡，簡直比哭還難看，「就在家裡吃，我來做飯。」

程心張了張嘴巴，心裡高呼世界變了！

從自己跳樓之後，似乎全世界都開始變了。

第三十三章
撮合

經過一頓飯的交流，程心對程建業的態度隱隱間發生了改變，至少說話的語氣上不再那麼強烈了。而程建業卻也更加深刻的體會到了親情的得來不易，吃飯的時候，還多夾了些程心喜歡吃的菜給她，一頓飯，近乎完美地體現了一個父親該盡的責任和義務。

「女兒，以後如果有什麼事情的話，記得跟爸爸說，哪怕你多大，說到底也都還是我的女兒。」程建業囑咐道。

程心點了點頭：「放心吧，沒什麼事的。」

「那我先走了，等過些時間我再來看你。」

程心將程建業送下了樓，看著他開車離開，才又回到樓上。

「既然老爸主動送上門來了，那事情就好辦的多了。」那麼，是不是應該叫鄭乾過來，再好好商量一下？這樣想著，她已經撥通手機，打了電話過去。

鄭乾還沒來得及處理好跳樓的善後事宜，就接到了程心催促的電話，不得不放下手上的事情，又一次回到了跳樓的地方。

「什麼事？」如果沒有猜錯，應該還是和黃昏戀這件事有關，鄭乾也已經做好了兩面圓滑的準備……反正他一邊都不想得罪，走著瞧就是了。

程心笑嘻嘻道：「猜猜今天誰來了？」

鄭乾摸了摸腦袋：「我來了呀。」

程心嘟了嘟嘴：「那我還問你幹嘛。看著你就不像能猜出來的樣子，本小姐大發慈悲，就告訴你吧。」

這些天難得見程心這麼高興啊，鄭乾笑著點了點頭，示意程心說。

「我爸，今天一早就過來找我了。」

「啥？」鄭乾對程建業的印象還停留在那天晚上，酒店裡面第一次見面時的場景。

那場面太震撼，未曾有所準備就被女朋友的老爸捉姦在……是捉拿在屋，想想當時她爸那氣憤的臉龐和憤怒的眼神，鄭乾忍不住打了個寒顫。

「我爸呀，怎麼了？」

「沒、沒怎麼。」鄭乾眼神飄忽，「就是有點奇怪而已。」

「奇怪什麼？」程心狡黠一笑，「還在想那天晚上的事情啊？」

能不想嗎?現在想起來都恨不得找個洞鑽下去。「你爸給我的第一印象，真的真的很強勢！」

程心噗哧一笑，想起那天晚上鄭乾就穿著睡衣，踩著拖鞋，被酒店保安架著攆了出去，就不由得想笑。

「放心啦，今天我們沒有說你的事。」程心給鄭乾吃了顆定心丸，「我叫你來，是想跟你商量件事兒。」

「什麼事，說吧。」

「你看，我爸不是來找我嗎？」程心靠著鄭乾肩膀，輕輕柔柔，「所以，你知道這意味著什麼。」

意味著什麼？說實話，鄭乾還真不知道，他只能憑藉大概的想法，試著問道：「意味著，他和你的關係有了緩和？」

程心點點頭：「先不誇你聰明，但事情就是這樣的。所以我就在想，我能不能趁著和我爸關係緩和的時候，讓他考慮一下，和我媽復合。」

鄭乾沒有想到程心會有這樣的想法，不是說程建業再婚了嗎？就算讓他考慮和蔣潔複合，好像也是不可能的事情啊。

「但是，你爸會同意嗎？」

程心緩緩搖頭：「我不知道，不過不試試怎麼知道呢？」

鄭乾想了想，說道：「但是你有沒有想過，就算你爸願意重新和你媽在一起，他現在的妻子怎麼辦？」

啪！

程心煩惱的拍了鄭乾一巴掌，這傢伙就是不會順著自己，偏偏要提出一些莫名其妙的問題來。

鄭乾捂著肩膀裝疼，可憐兮兮道：「我這是在為你考慮實際情況啊，你不想面對的，未來總是需要去面對的。不過好在有我陪著你，所以不用擔心，不管遇到什麼問題，我相信我們都能解決。」

這還算說了幾句人話。程心努了努嘴：「要不，我先安排個機會，讓我爸和我媽先見一面，怎麼樣？」

不怎麼樣！鄭乾不願意看到老爸的愛情被拆散，一旦程建業對蔣潔來了感覺，那老爸怎麼辦？喜歡大半輩子了，好不容易有了機會在一起，如果再硬生生被拆散，就顯得太不道德了。

鄭乾試著說明其中利害：「現在我們分析一下，首先，如果你爸答應和你媽在一起，萬一你媽又不願意，怎麼辦？其次，如果你爸答應和你媽在一起，但是你發現他們只不過是為了答應你在一起而在一起的，他們過得並不開心，怎麼辦？最後，如果你爸答應和你媽在一起，你爸現在的另一半怎麼辦？」

三個問題拋出，思路又回到了剛才的問題上。

程心狠狠搥了兩下抱枕，幸虧那不是鄭乾的肩膀，否則還不知道會不會脫臼……

「我不管！反正我不要我媽和你爸在一起！」程心開始耍賴，「不管怎麼樣，只要不是他倆在一起就行！」

呃……說了這麼多等於白說啊！鄭乾搖搖頭，他心裡其實並不看好程心的想法，但是一時間，除了剛才那些可能出現的問題之外，他又沒有更好的說法，除了看程心發脾氣，什麼法子也沒有。

「好了，這件事就這麼決定了。你不用插手，交給我來完成就行。」

女漢子性格的女孩就是這樣，做事情從不拖逕，想到就做。

當天，程心就分別聯繫了程建業和蔣潔，讓他們一起去餐廳吃飯。

「女兒，遇到什麼開心事了？」在蔣潔看來，程心主動叫她一起吃飯，簡直是一件難以想像的事情。

程建業甚至接到程心電話，連和客戶見面的安排都臨時取消，專門騰出時間赴女兒的約。

下午五點鐘，一家三口人就齊聚在了餐廳包廂裡面。

蔣潔乾咳兩聲，眼神不住地往外面看，為了掩飾尷尬，趕忙牽過女兒的手，握在一起嘰嘰喳喳說起了話，而程建業更是不知所措，他沒有想到程心會以吃飯的名義約他和蔣潔見面，弄得他留也不是，走也不是，而且連一個說話的人都沒有，真是尷尬至極。

第三十四章
破裂

「好了，程心，今天叫我過來不只是為了吃飯吧？有什麼事直說。」

這時候的程建業展現出了軍人的一面，意思就是，有事就說，扭扭捏捏的成何體統！

見程建業已經挑開了話題，程心拉起蔣潔的手，又看向程建業，說道：「爸，媽，今天我叫你們來，首先是想和你們一起吃吃飯，感受一次家庭的溫暖。其次，女兒有件事想要拜託你們。」

話說到這個份上，再不明白就是思想有問題了。

蔣潔現在已經有了想要託付的人，和程建業之間，早在離婚的時候，就已經徹底割斷，何況兩人離婚之後再沒有任何形式上的往來，感情早已不復存在。就連此時的見面，起初還有些尷尬，可是後面想到這些年的經歷，立刻就變得淡然起來。

在這樣的情形下，讓她和程建業復合，完全是不可能的一件事，這件事別說程心懇求，哪怕是程建業親自求她，也同樣不能改變什麼。

而程建業的想法雖然細節上不一樣，但歸根究底也是三個字：不可能。

先不說他現在早已結婚，就論以後如何相處，也是一個大問題。所以讓他和蔣潔再婚，還不如讓他現在離婚。

程心說完了話，卻見蔣潔和程建業眉頭深鎖，各有所思的樣子，以為有戲，又乖巧一笑，盡情展現中國好女兒的風采。

「爸，媽。你們如今也都五六十歲了，人生還能再有幾個十年呢？女兒希望你們在未來的幾十年裡，都過得開開心心的。我們一家人，一起享受屬於我們的快樂。」程心說著，眼角泛起了淚花，「爸，媽，好不好？」

見到女兒如此煽情，作為母親的蔣潔難以抑制情緒，從小到大，程心所得到的母愛相比其他人就很少，小時候沒有媽媽在她身邊的日子，真不知道這孩子都是怎麼過來的。每每想到這些，滿心都是對程心的愧疚。有同樣想法的自然還有程建業，不過程建業在前些天的時候已經有所感悟，知道了親情的重要性，再成功的人生，如果沒有親情的滋潤，也會變得枯燥乏味，最後變為失敗。所以他正想方設法對程心進行彌補，哪怕程心想要天上的星星，他也要試著跳起來摘一摘。

面對女兒淚眼婆娑的懇求，真是答應也不行，不答應也不好，就這樣夾在中間，不知道該怎麼辦才行。

一家三口就這樣沉默著，靜坐著，一種微妙的氣氛逐漸佔據了整個餐桌。

先行說話的還是程心，撮合父親和母親兩人，是她體會到家庭破裂的困苦時，就已經開始計畫的事情。如今她長大了，終於有機會能夠讓父母正視這個問題，機會稍縱即逝，得要把握好每一次的交談。

「爸，媽。你們知道嗎？我從小在學校裡，每當看到其他同學們一放學，爸爸媽媽就一起來接他們的時候，心情是最難受的了。我那時候就想，要是我爸和我媽不離婚該多好，這樣我也可以像他們一樣，一邊拉一隻手，一起回家。」

這話說得就情感真摯，觸動了兩人的內心。

程建業再也聽不下去，一個在戰場上流血不流淚的男人，現在眼眶已經微微發紅，而程心旁邊的蔣潔，早已經流出了眼淚，緊緊地的將程心抱在懷裡，生怕下一秒鐘，自己的女兒就會消失不見。

「爸，媽，你們……結婚吧。」

程心發出了最後請求，她心裡知道，成敗就在此一舉了。如果他們點頭，那麼自己就將真正的擁有一個完美的家庭，如果搖頭……不但家庭破碎，就連和鄭乾的婚事，恐怕也得無限期推延了。

看著程心期待的目光，蔣潔真心不想說出反對的話，可是如果答應，又不是她心裡想要的結果……一邊是自己，一邊是女兒，作為一個母親，究竟該如何選擇？另一邊也同樣如此，一邊是自己的女兒，一邊是自己的需要，兩相比較，究竟選誰？

看到蔣潔和程建業猶豫不決的模樣，程心認識到，想要讓爸爸和媽媽重新回到過去，不是一朝一夕就能完成的事情。也許他們也需要時間來沉澱和考慮，而且今天自己說的這些話，份量也足夠了，剩下的事情，就看他們兩個怎麼想了。

今天過後，以後每隔幾天，就約出來一起吃個飯，幫他們培養培養感情，這樣一來，不但增加了程建業和蔣潔回到過去的機率，而且也間接延長甚至無形中阻止了蔣潔和鄭晟兩個人結婚的打算。

真是一石二鳥的辦法。

「爸，媽。你們不用一下子就答應我。女兒知道你們需要時間考慮，來，我們先吃飯，什麼事情，等吃晚飯了，回去再說。」程心給蔣潔夾了一塊肉，又給程建業倒了一杯酒。

看著女兒乖巧懂事的模樣，蔣潔心裡越發難受：「程心，小時候媽不在你身邊，都不知道你怎麼過的，都是媽的錯，媽對不起你。」

程心趕忙安慰又要掉眼淚的蔣潔：「媽，您別這樣。如果不是小時候那段經歷，或許我現在也沒那麼想和您在一起，也沒那麼堅強了。凡事有好有壞嘛。」

一頓飯吃出了酸甜苦辣之外的其他味道，這些味道是花再多錢也買不回來一分一毫的。

離開的時候，程心和蔣潔依依不捨，母親和女兒之間的話多到永遠也說不完，而程建業，則是守在一旁，等蔣潔離開了，才走過去跟程心告別。

父女倆之間的關係正在逐步緩和，經過今天的飯局，更是有了長足的進步，程建業相信，以後他和程心之間的關係一定會越來越好，並且最終恢復當年的模樣。

第三十五章
撮合

程心對於這次飯局的效果感到滿意，如果不出意外，那麼接下來的一段時間內，蔣潔和程建業兩人就能走上正軌，以後的事情就好辦了。

回到家的程建業滿懷心思，雖然說船到橋頭自然直，但是提前想到辦法，也不失為一件穩妥的事。

林曼還沒有回來，最近一段時間，她總是忙著工作，連家裡也不像以前那麼顧及了。也不知道這是好是壞。如果她在的話，這件事應該能夠和她商量一下，看看她有沒有什麼好的辦法。

叮咚——

正想著呢，門鈴就響了。

這時候前來家裡的人，除了林曼還會有誰？真是想誰誰就到啊，程建業威嚴的臉龐微微露出一抹笑容。

「回來了？」打開門一看，果然是林曼。

今天的林曼打扮得十分清爽，一身合身短裙將她完美的身材淋漓盡致地體現了出來，雖然沒有程心身上的青春氣息，但相比之下卻多了一絲成熟的魅力。可以說各有各的風格和長處。

「難得看到你回來的這麼早，我就這麼一按，沒想到還真有人給我開門了。」林曼一邊放下包，一邊調侃似的跟程建業說道。

程建業搖了搖頭，不打算在這個話題上糾纏下去，「今天去做什麼了？」

她不說還沒想起來，如果沒有記錯，今天林曼下班的時間應該很早才是，怎麼這麼晚才回來？

林曼伸了個懶腰，軀體畢現：「去跟朋友玩了一會兒，很長時間沒見了，陪人家逛逛街。」

程建業點點頭，沒有再繼續追問下去。

「對了，那你今天幹嘛去了？」林曼問道，「比我回來的早，這可不正常。」

「去見女兒了。」

「程心？」林曼有些驚訝，「她不是不理你了嗎？怎麼樣，去了怎麼說？」

「還能怎麼說，畢竟我是她爸，她是女兒，老爸和女兒之間，有什麼事是不能解決的？」程建業將煙頭按滅，微微嘆了口氣，「只是有一件事情，讓我不知道該怎麼辦才好？」

林曼笑道：「既然她認你這個父親，那還有什麼事讓你操心的？」

程建業看了眼林曼，相比之下，眼前這個女人給他的吸引力毫無疑問遠遠大於蔣潔，應當說，蔣潔對他，已經沒有什麼吸引力了。

「程心讓我給他一個家。」程建業說道：「和小時候一樣的家。」

「小時候一樣的家？」林曼咯咯一笑，「這麼說來，她是要讓你和你前妻再婚囉？」

程建業點了點頭。

林曼冷冷地笑了起來：「當初我就說，程心是永遠不可能接受我的，你偏不信，現在好了，人家讓你重新結婚呢。」

「你聽我說，我跟你說這件事的原因不是這個。」

「那是什麼？」

這些年，林曼對於程建業的嘴臉也已經逐漸看透，這就是一個為了事業可以不要家庭的男人。和他生活了這麼久，從未看到他在言語或者行動上主動關心過自己，一次可以忍受，兩次三次也可以接受，但是一直如此呢？林曼已經難以找到合適的詞語來形容自己的心情，總之已經習以為常，並且開始感覺到了厭倦。

程建業想了想，說道：「我想在不傷害程心的情況下，拒絕她的要求。」

一方面不想傷害程心，一方面又要維護自己的利益，生意人果然是一點虧都不吃，但是天下間哪有那麼好的事情？

「我想不出什麼好辦法來，也許你應該直接拒絕，或者乾脆答應，這樣受折磨的過程就要少一些。」

程建業嘆了口氣：「罷了，既然你也沒有好的辦法，那真的只能走一步看一步了。」

看著程建業瞬間蒼老的面孔，林曼突然又有些不忍：「不過，下次程心和你吃飯的時候，你應該試著說明你的想法，雖然不一定要一次說明白，但給點訊息總是好的。又或者你可以裝作和前妻不對盤的樣子，讓程心直接感受到這件事情是不可能的。當然，如果你對這件事持贊成態度的話，當我沒說。」

這邊程建業在苦惱該怎麼和程心交待，而作為母親的蔣潔，同樣也深陷思索之中。

她今天乾脆找到鄭晟，完完整整地說出了事情的來龍去脈。或許鄭晟會有什麼好的辦法吧。

鄭晟聽到之後也是一愣，這孩子是想要逼著她媽離開他啊！你們談你們的，我們愛我們的，哪裡礙著了？

鄭晟是個暴脾氣，但也知道面對這種事情得慢慢來，不能著急，否則說不定又得再跳一次樓！

「這樣，你和程建業再次見面的時候，就試著跟程心說出你想要表達的意思，不一定要一次性說明白，只要能夠讓她稍稍明白就行，多來幾次，她也就能夠理解了。另外，你還可以裝作同程建業不對盤的樣子，這樣一來，程心就更能體會你的用意了。」

蔣潔嘆了口氣：「現在看來，也只能這麼做了。」

程心對於父母再婚的事情可謂是費盡了心機，而且這幾天什麼事情都沒幹，一切以幫助父母結婚為重。

今天她又安排了一桌飯局，希望能夠借此再進一步促進蔣潔和程建業之間看似已經不可挽回的關係。

程心相信，只要她不停地努力，就一定會得到相應的回報。

「爸、媽，今天吃晚飯，你們陪我去學校搬東西吧，怎麼樣？」

見蔣潔猶豫不停，程建業也稍稍蹙了眉頭，程心又說道：「今天是最後的期限了，學校裡很多同學的父母也一定會陪他們去吧。」

程心這話說得太傷感。蔣潔和程建業立刻心就軟了，紛紛答應陪程心一起去學校。

然而兩人都沒有注意到，程心已經偷偷給鄭乾發了一則訊息過去，告訴他已經成功說服老爸老媽，現在就等他那邊了。

鄭乾心裡其實並不同意程心的做法，不過今天自己本來也要去學校辦理事情，去就去吧，就當是考驗一下老頭子和蔣潔之間的關係，如果兩人沒什麼問題，就證明他們之間確實可以幸福，如果老頭子吃醋了，那就說明鄭晟和蔣潔不適合在一起。

就這麼辦，鄭乾把鄭晟叫來，一起往學校而去。

第三十六章
不尋常的相遇

那邊，程心一家三口也愉快的吃完了飯，看著蔣潔和程建業逐漸緩和的關係，心頭不由得高興起來。

X學院今天是大一到大三學生放假的日子，同時也是大四畢業生們最後辦理手續的期限，很多在外面或實習或創業的人也都抽出了一天時間，不光為了辦理大大小小的事物，也為了能夠再多看幾眼生活了四年的地方。

人很擠，程心開著車在人潮中走走停停，從後視鏡看著蔣潔和程建業相安無事的模樣，頓時覺得連堵車都是一件美好的事情了。

「女兒，我們還有多久到？」

「快了，過了這片教學區，下一個地方就是宿舍大樓了。」程心開心的說，今天看到許多熟悉的面孔，她的心情也因此更加高興起來，「爸、媽，你們還沒有去過我宿舍吧？今天我帶你們去看看，我跟你們說，我宿舍可乾淨可漂亮了！」

程心在前面嘰嘰喳喳說個不停，另一邊的鄭乾卻和鄭晟在人潮中擠著往前面走。

「爸，我覺得您應該弄一輛車開著，這樣去哪都方便。」鄭乾體會到了通過腳步丈量偌大校園的痛苦，尤其是在如此龐大的人潮中。

鄭晟不滿地瞪了一眼鄭乾：「這麼點路就不行了？我跟你說，你老子我當年在部隊裡，哪怕是腳破了鞋子破了，也照樣要步行幾十里山路。你現在才走這麼點路就嫌累？」

對於鄭晟時不時就擺弄他在軍隊上的成就，鄭乾覺得很不公平。哪有一個當過兵鍛煉得身強體壯的人，一天到晚跟一個讀了十多年書的相比？

有本事我們就比比知識。鄭乾惡作劇般地想著。

「咦？那不是程心的車嗎？」鄭乾眼尖，一眼就看到了緩緩穿梭在人群中的一亮紅色小轎車。

「走，過去看看車牌。」鄭乾正要走，鄭晟拉著他胳裡啪啦就把車牌號一個個報了出來，鄭乾在一邊張了張嘴巴。

真是厲害！現在的他不戴眼鏡，而且視力很好，但是離這麼遠看車牌依然覺得有些模糊。倒是沒想到老頭子慧眼如炬啊！

這視力真是好的不要不要的。「爸，厲害！」鄭乾沖鄭晟豎了豎大拇指，毫不吝嗇誇讚。

「得了，既然是程心的車，趕快過去看看，我跟你後面。」鄭晟怕自己的存在影響到人小倆口的甜蜜時光，很是知趣地就主動往後面站。

嘿嘿，今天本來就是讓您老來看到那一幕的，怎能放過你呢？鄭乾心裡邪惡的想著，一把拉起鄭晟的手，向已經在宿舍樓停下的紅色小轎車走了過去。

「這合適嗎？」鄭晟還是覺得不妥。

「有什麼不合適的，我們不是都在一起吃過飯了嗎？」

程心從駕駛座上下來，本以為就她一個人，沒想到她竟然走向了後座，並且親自打開車門，將裡面的另外兩人迎了出來。

鄭乾裝作吃驚的樣子，前行的腳步微微停頓下來。

鄭晟顯然更早看到了其他兩人的樣子，一個程建業，一個蔣潔嘛！

這是故意做給自己看，還是人又重新在一起了？鄭晟一時半會兒沒有考慮過來，但畢竟是經歷過風風雨雨的人，三秒鐘之後，立即就做出了反應。

「走。」這次不光自己走，也拉著鄭乾一起走。

「爸，怎麼了？」鄭乾掙不開老頭子的手，「我們去哪呀？宿舍在那邊啊。」

鄭晟才不管宿舍在哪邊，直接把鄭乾拉到小樹蔭處，開口就問：「說，是不是你們倆搞的把戲？」

鄭乾茫然地搖了搖頭，反問道：「什麼把戲？」

「哼，臭小子，還學會裝模作樣了？」鄭晟不吃這一套，「難怪今天一大早來我面前獻殷勤，哭爹喊娘的讓我陪你到學校來幹嘛幹嘛，原來安的是這份心思。臭小子，你長大了，可以做自己想做的事情，我也管不了你了。」

鄭乾見「陰謀」被戳破，愧疚地低下頭：「爸，我承認是我安排的……我錯了。」

「錯哪裡了？」

「好吧，老爸，其實……」

「嗯？這不是鄭晟嗎？」

鄭乾還在想著怎麼逃避老頭子的追問，一道渾厚的聲音突然在身邊響起。

對於鄭乾來說，這聲音簡直太熟悉不過了，轉過身一看，果然是他——程建業，程心的父親。

「怎麼？陪兒子來學校？」

說不清程建業的口吻是什麼感覺，總之鄭乾覺得聽著不爽，而且他威嚴的面孔上，此時竟然有幾分陰狠的味道。

「哈哈，你不說我都快忘記還有你這麼一個人了。好久不見啊！」鄭晟的氣勢絲毫不落下風，聽得鄭乾那是一個神采飛揚。

程建業也不生氣，看了眼鄭乾又轉向鄭晟：「你這兒子有你當年的風範，不錯不錯！」

「好說好說！」

鄭晟不明所以，以為程建業是在誇讚鄭乾。但清楚其中緣由的鄭乾卻十分確定，這個死老頭在拐著彎罵他們父子兩人！

「哈哈，鄭晟啊鄭晟，你還是像以前一樣。還好當初蔣潔跟了我，否則現在的她，是不是得跟著你到處謀生呢？」

侮辱我可以，但是還敢拐著彎罵我爸，我就讓你老臉沒地方放！鄭乾原本沒有這麼生氣，但是想到那天晚上在酒店裡，不聽自己解釋就叫保安將自己扔了出去，一副高高在上看不起人的樣子。

想起明明是他害得老頭子被迫退伍、明明是他把蔣潔阿姨從老頭子手裡搶了過去，鄭乾心裡氣就不打一處來。

豁出去了！他走上前，將鄭晟攔在身後，對峙一臉笑容的程建業：「叔叔，我爸他至少讓我過得很快樂，至少對得起我媽，我相信就算蔣潔阿姨現在和我爸在一起，我爸也會給她幸福和快樂。幸福和快樂，可不是花錢就能買到的，更不是嘴上說說，就能給予別人的。您認為呢？」

程建業一聽就立刻明白鄭乾話裡的意思，這是在說他眼裡只有真金白銀，對於曾經許下的諾言絲毫不予理會，對於曾經愛過的人沒有負起半點責任。簡單來說，就是一個不守承諾、輕視感情的商人！

第三十七章 愛的體現

這些話說得程建業心跳驟然加劇，臉色潮紅。

但是他卻不能反對什麼，畢竟鄭乾說的話沒有任何越界的地方，而且句句以事實為根據，沒有任何可以反駁的餘地。

「哼！我和你爸說話呢，什麼時候輪到你來插嘴了？」想了半天沒有合適的話進行回擊，轉而把矛頭轉向了鄭乾。

鄭晟心裡那個開心啊！兒子長大了，不但和自己站在了同一陣線上，而且還在其中發揮了牽制和重創敵人的作用，顯現出了老鄭家的門風，不錯啊！

兒子任務圓滿完成，這時候輪到自己上場了。

鄭晟拉了拉兒子，示意他退後，自己站上前去，與程建業面對面。

「鄭乾他長大了，已經成長為了能夠獨當一面的男子漢。老頭子我可以退居二線，盡享天倫之樂了。你呢？」鄭晟看著程建業豬肝色的臉，決定火上澆油，「你什麼時候退休回家？女兒肯定也會好好照顧你吧？至少找個女婿，這樣家裡面也才完美嘛！」

父子兩人一唱一和，徹底使得程建業敗下陣來。

高傲的人一旦輸了不認為自己會輸的戰鬥，往往就會表現出某些出格的舉動。

程建業冷冷一笑：「我要找女婿也不會找像你兒子一樣的！」

鄭晟不開心了：「我兒子怎麼了？有時候我就覺得，這人就得看清現實，俗話說蛇鼠一窩，像你這樣的人，要找什麼樣的女婿才配呢？」

想不到老頭子說話也那麼狠毒啊，鄭乾今天可謂是開了眼界。不過這樣說真的好嗎？說不定以後還得和他成為親家呢……

程建業冷笑道：「我這樣的人？我這樣的人至少能讓我女兒畢業之後不用像其他人一樣累死累活出去找工作、受白眼！你呢？如果我沒記錯，你兒子現在應該還在創業階段吧？好像還開著個淘寶店什麼的？淘寶店啊，只要是個會玩電腦的人都能開的起來。要不來我這兒？放心，我一個月給你的工資絕對比你現在的高，要不要考慮考慮？」

這回，鄭晟被程建業問得啞口無言，鄭乾也不知道該怎麼回答，如果說一番「三十年河東三十年河西，莫欺少年窮……」，倒不如用實際行動進行回應。

程建業還想乘勝追擊，卻沒有注意到程心已經站在了身後。

「爸，您怎麼這樣啊？」

程心剛剛和蔣潔一起從宿舍拿了東西下來，一時半會兒沒看到程建業，想不到是在這裡鄭乾吵起架來！

程心知道鄭乾的脾氣，不到萬不得已他根本不會對別人說一句重話，加上第一眼就看到程建業咄咄逼人、炫耀的樣子，很清楚就知道事情始末了。

「叔叔，您別在意，我爸就這樣子，嘴上硬，但心裡其實不是那樣的。」程心微笑著同鄭晟解釋，至於鄭乾，她知道他能夠理解。

「哈哈，我知道，我知道，我們一起在部隊上共事那麼多年，誰還不知道誰的脾氣？」鄭晟笑著擺手，「不礙事不礙事。」

「程心，你爸也沒說什麼，別在意了。」鄭乾也出來說情。

但是這非但沒有起到積極作用，反而是火上澆油，將程心對程建業的看法加深，同時也無形間使得程建業的形象受到了折損。

尤其對於一個愛好面子的人來說，連自己的女兒也站出來反對自己，這讓他怎麼接受？

蔣潔也在這個時候趕到，但是第一個關心的問題卻是鄭晟怎麼也來學校了，對於程建業視若無見，這讓鄭晟心情變得舒適起來。

不過這一細小的行為，卻使得程心感到一絲不妙，為了事情不再擴大，只好跟鄭乾匆匆告別，帶著程建業和蔣潔離開。

今天事情的發展有些出乎意料，原本只是計畫為了讓鄭晟看到蔣潔和程建業一起出入的樣子，這樣也好雙管齊下，加快鄭晟和蔣潔分開的速度，但沒想到經過程建業一番攪合，事情又回歸到原點。

「爸，你怎麼能這麼說人家呢？至少、至少他是我男朋友啊！」

「男朋友？」程建業不屑道，「我可以給你介紹比他好上十倍的人！無論是家境還是什麼，只要你願意，爸都能幫你做到！」

「爸！」程心砰一聲關上車門，「你怎麼還不明白？錢不是萬能的！錢買不來我想要的東西！如果沒有家庭，沒有愛的人，要再多的錢，又有什麼用？什麼用都沒有！」

程心幾乎是吼著說出了這些話，程建業一時間找不到反駁的理由，一路上只能悶不作聲，直到回到家中，他也依然沒有想通，為什麼自己一心一意的付出，卻換不來女兒的愛？

程建業不能理解，以至於林曼的出現都沒有引起他的注意。

「你怎麼了？」林曼為程建業倒了一杯水。

「林曼，我問你一件事。你說……你感受到我給你的愛了嗎？」

林曼手頓了一下，看著程建業道：「你想聽真話還是假話？」

「真話。」

「好，那我告訴你——沒有。」

程建業期望的眼神緩緩變得黯淡下來，他直視著林曼問道：「為什麼？能告訴我嗎？」

「你難道不知道為什麼嗎？」林曼呵呵笑了起來，「當初遇到你的時候，我被你的魅力折服，我以為這樣一個在工作上一絲不苟的人，在生活中一定也會給他的妻子和孩子很多的幸福吧？後來我知道你離婚了，所以就試著去接近你，想要替你分擔一些痛苦。對於我的到來，你也十分歡迎……如果沒有猜錯的話，你當初那麼快接納我，除了看上我的美色，再者就是為了挽回和程心的關係吧？你天真的以為，只要再給程心一個完整的家，她就會像小時候一樣天天陪伴在你身邊。」

說到這裡，林曼頓了頓：「可惜你錯了，你根本不理解一個孩子和一個妻子真正想要的生活是什麼！我只不過是你的一個工具而已，工具，怎麼會感受到你的愛呢？愛不是刻意的，而是從生活中每一個地方體現出來的！你就是一個沒血沒肉的人，你根本體會不到人情冷暖。」

第三十八章
失去和擁有

林曼的爆發屬於經年累月積累之後的反應，從心理學上來看，是屬於一種情緒發洩的範疇。

在說出這些話之後，她深刻地感覺到心裡突然間敞亮了不少，全身上下莫名背負的壓力也頃刻間消失一空。

發洩有發洩的好處，但是兩個人獨立相處時，其中一個發洩，另外一個必然會成為發洩對象。

程建業原本就覺得心煩意亂，正為程心今天的所為感到不解，卻沒想到回到家來非但沒有得到一絲的放鬆，反而更加感到疲憊，說是火上澆油也不為過。

但是林曼的話也深深刺激到了他，回想起過去的點點滴滴，發現自己果真是林曼所說的那一類人。但是我這麼做不也是為了整個家嗎？如果沒有我，家裡的經濟來源怎麼辦？有誰能夠承擔一大家子的支出？

答案當然是沒有。除了他程建業能夠一人支撐起整個家庭外，再沒有誰能夠代替他的位置，為他分憂解難。

越想到這些事情，程建業內心就越覺得受了太多誤解和委屈。

作為女人，作為妻子，其中最重要的一條，應該是支援丈夫的工作和職業，而不是回到家中卻指手畫腳，盡說對方的不對！

這樣的妻子，不要也罷！

程建業的心思轉換極快，想法也同樣是一秒一換，連他自己都不知道現在真正需要什麼。現在的程建業只想一個人安靜地坐著思考一會兒，所以林曼後面說了什麼、說了多少，他都沒有去在意。

直到林曼提起包站在了他面前，說了一句話。

「我們離婚吧。」

他以為這只是幻覺，因為身心疲憊所以產生了幻覺。但是當他小心翼翼抬起頭去看站在面前的林曼時，才說服自己，這不是錯覺。

「我們離婚吧，我和你在一起，並沒有感受到快樂，我不想再生活在這樣沒有笑容的環境裡了。」

林曼問道：「你說呢？」

程建業手指抖了抖，似乎一下子沒有反應過來林曼這句話的真實意思。「你說什麼？」

「離婚，我們離婚吧。」林曼一邊說著，已經動手收拾起了衣服鞋子等等一切生活用品，「我們的追求不同，信仰不同，所以我沒辦法再和你繼續下去了。」

「這就是理由？」程建業沒有想到自己愛上的第二個女人會做出如此選擇。

「不夠是嗎？」林曼反問道，「你以為我剛才那些話都是白說的嗎？」

剛才說了什麼話？程建業努力回想，林曼說他利用了她，對她沒有愛，沒有關懷，沒有笑容……是啊，理由十分充足，足以構成林曼離開他的理由。

程建業突然間有些不捨，他想挽留，卻又發現不知道該如何挽留，不知道現在的自己應該做些什麼，才能挽回林曼飛遠的心。

何況，就算要做什麼也需要時間沉澱，現在才做，已經來不及了。

他只能坐在沙發上，獨自抽著煙，看著林曼迅速地收拾好所有行李，然後打開門，離去。

這一過程僅僅持續了不到十分鐘，僅僅十分鐘的時間，林曼就已經收拾好了所有屬於她的東西，這說明什麼？說明林曼離開的心思，已經不是一天兩天了，也許是昨天，也許是一週前，又或者，是去年？前年？甚至剛結婚的時候？

房間裡面變得空蕩，只留下程建業孤獨的身影和一圈一圈飄散的煙，安靜得有些詭異、空曠得有些寂寥。

想不到我程建業竟然也會有眾叛親離的一天……程建業抽了一根又一根煙，希望眼前的一切只是在夢境裡面，如果是夢，他醒來的第一件事就是給林曼充滿愛意的一天。

但是……

砰！

桌子邊上的一個茶杯摔碎在了地上，玻璃碎片濺得四處亂飛，差著一點，有一塊玻璃就要落在他的手掌，劃破他的皮膚。

這不是夢。

玻璃杯的破碎聲將程建業的思緒拉回，回到了眼前空曠無人的房間裡面。奮鬥了一生，本以為功成名就，等再過幾年就把大權交給自己的女婿或者一些信得過的人，從而深居簡出，縱享天倫之樂。

但是就現在來看，他已經徹底喪失了當初所有的奢望。如今偌大的空房裡面，只剩下他一個人默默承受。

這種痛苦旁人無法體會，只有經歷過和程建業一樣的生存軌跡，恐怕才能真正的有所感受吧？

「唉！」程建業嘆了口氣，又點起一支煙，但剛吸了兩口，卻發現煙已經從中間斷開——剛才拿出來的時候，不小心用力過大，折斷了。

一事不順，事事不順。只能說流年不利，連吸支煙也能碰到斷的。

搖了搖頭，又伸手掏出一支，剛想點上，卻聽到門鈴響了起來。

這時候，會是誰呢？林曼回心轉意？不可能，那只能是程心過來了。

程建業隨手收拾了一下淩亂的地面，起身披起衣服，過去打開了門。

果然是程心，這丫頭那靈動的大眼睛正不停往裡面瞟。

「爸，這是怎麼了？」程心看著像突然間衰老了十歲的程建業，心頭不知怎麼有些泛酸，「我剛才看到……林……林曼出去了。」

咬著牙想要叫一聲阿姨，但是人年齡比自己沒大幾歲，叫出來總覺得不倫不類，還是直接喊名字更加合適。

「她？她走了。」程建業苦澀地笑了笑，「可能再也不會回來了吧？」

程心有些吃驚：「爸，您是說，林曼和您……鬧彆扭了？」

「不止鬧彆扭，」程建業抬手指了指收拾東西時被弄得淩亂的屋子，「這是要鬧離婚了。你說我這麼大年紀了，以前離了一次，現在又得離一次，說出去得被多少人嘲笑。」

程心卻不這麼看，她甚至覺得機會真正來臨了。

「爸，我覺得愛一個人吧，只要能夠讓她幸福就好。我們不一定需要山盟海誓，也不需要富裕的物質生活，只要兩個人能夠彼此心與心相連，一切就都會好起來的。」程心拉著程建業的手，傳遞著屬於父女倆的獨特的溫暖，「您說是不是呢？」

第三十九章 聚會

理是這個理，但是想要做到又何嘗簡單？程建業嘆了口氣，重現點上了一支煙。

「來找我什麼事？」

平日裡，尤其是之前一段時間，如果沒有什麼重要的事情，程心根本不會主動過來這邊找他。如今既然來了，看起來是有什麼事情發生。

「爸，我是想問問，您對我媽……」說到這裡，程心搖搖頭，「算了，以後再說吧。」

看到程建業頹廢的樣子，程心不忍心再和他談論關於和蔣潔結婚的事情，如今林曼離開了，按說她應該感到高興才對，可是現在真到了面對這種結果的時候，程心卻怎麼也開心不起來。

「今天在學校確實是我的錯。」程建業吸了口煙，「如果當初不是我，也許和蔣潔結婚的就該是他了。也許就像那小子說的一樣，蔣潔和他在一起，能夠獲得更大的快樂。」

程心點了點頭，說道：「爸，其實這就是緣分吧。每個人追求的東西不同，我想如果您多想想我媽需要什麼，也許就能找到答案了。」

程心希望通過這次事件，能夠用另一種方法，使得老爸真正認識到關於愛情的真諦，也希望他能夠做出真正有利於每個人的選擇。

但是她顯然低估了程建業的理解能力，程心原本的打算是將話題引入到蔣潔上面，讓程建業回憶當年的時光，體會到蔣潔的好，但是沒想到他接下來的話，卻使得一切期望都化為了泡影。

「女兒，你說得對。也許真的是我平常不懂得照顧人，只知道照顧自己的生意。」才說著，程建業就掐熄了手裡的煙站起身來，彷彿瞬間找回了信心和希望，「我這就去把林曼叫回來！」

「林曼？」

「是啊，爸發現這些年對林曼確實虧欠太多，我不能做個無情無義的人。」程建業語氣更加堅定，「我一定要將她找回來，以後的日子裡，每一天都用真心去愛她。」

「那……那我媽呢？」程心顯然難以接受這個結果，也不理解程建業的想法，明明這些天已經開始有所緩和，為什麼突然之間又變得沒有關係了呢？

程建業緩緩搖頭：「經過那麼多年的回想，我發現我愛的是以前的蔣潔，而不是現在的這個。或許是我變了，說到底還是追求的問題。我和你媽想要的不是同一樣東西，所以……我們回不去的。」

「可是你們都想要一個完美的家啊！難道不是嗎？」

「女兒，你錯了。」程建業喃喃道，「如果我現在和蔣潔在一起，那麼我相信這個家的快樂也只是表面上的，因為我們已經不再愛對方了，就像你說過的，感情的東西強迫不來。」

經過這麼多天的努力，想要的結果沒有達到，反倒是誤打誤撞地促進了蔣潔和鄭晟、程建業和林曼各自相互間的關係，真是失敗啊！

程心此刻的心情就像眼前的桌面，雜亂而難受。

想到這些天來，自己為了這些事情到處奔波，處處想方設法，就是為了能夠使得和鄭乾安安穩穩的在一起，直到結婚。可是鄭乾呢？

眼看著他已經對所謂的反黃昏戀聯盟不在意了，自己做的再多，到頭來他一句「創業之後再結婚，豈不是白費力氣？現在該怎麼辦？程心不知道，暫時也不想去思考，總之先看看再說吧，已經沒必要再費太多心思了。

至少在促使程建業和蔣潔結婚這一點上，程心承認自己失敗了。恐怕一直以來，都是自己一廂情願，對於其他人來說，根本就沒有將這件事認真看待吧。

程建業急忙出了門，只留下程心一個人待在偌大的空房裡面。

本來是過來勸人的，沒想到人勸好了，自己反倒耽擱了下來，程心自嘲的笑笑，靠在沙發上睡了過去。

鑒於今天在學校的相遇，鄭乾更加堅定了支持鄭晟和蔣潔在一起的念頭。現在唯一需要克服的障礙就是程心。

只要能夠將程心說服，讓她心甘情願接受現實，一切就都完美了。其實對於鄭乾來說，鄭晟和蔣潔是否在他們前面結婚都無所謂，反正就目前來看，自己和程心暫時是沒有辦法結婚的。

既然如此，還不如開開心心為二老送上祝福。

「爸，今晚請蔣潔阿姨過來我們家吃飯。我下廚。」

鄭晟像是聽到了什麼不可思議的事情一樣，瞪大眼睛看向鄭乾：「兒子，你剛才說什麼？」

鄭乾笑笑：「蔣潔阿姨還沒來過我們家吧？爸你也別不好意思啊，今晚請她來，兒子親自下廚。」

「好啊好啊，臭小子你開竅了啊！」鄭晟高興得老淚縱橫，「那好，我今晚就把蔣潔叫來，按你們的說法叫什麼來著？約會是吧？對，就是約會！」

鄭乾點點頭：「我也把程心叫來，她也沒有來過我住的地方。今晚我們就好好吃一頓飯。」

鄭晟可不會想到這是鄭乾為了讓程心接受他們在一起的事實而準備的晚宴。

和鄭晟一樣，程心接到電話的時候，同樣沒有想到鄭乾的目的，還以為這是為了給他們兩個人創造機會。

不過有一點是相同的，鄭晟和程心都將這頓飯的高度提升到了商量婚事上面。

蔣潔和程心一起過來的，因為是城中村，這裡的環境設施與程心住的地方相差太大，而且相比於城裡其他地方，條件也不是太好。

不過看到這樣的環境，蔣潔和程心非但沒有覺得難以接受，反倒為鄭晟和鄭乾在這樣的地方生活感到難過。

「都說窮人家的孩子早當家，你看看鄭乾，從小學習好，現在畢業了也不像大多數人一樣沒頭沒腦的亂晃，多好啊。」

聽到蔣潔誇獎鄭乾，程心心裡甜絲絲的，但嘴上還是不依不饒道：「媽，你這是說我沒鄭乾聽話嗎？」

「好好好，都好。」蔣潔拉著女兒的手，親切地拍了兩下，「你和鄭乾一樣好。」

「鄭叔叔好。」程心親切的喊了一聲，在鄭晟面前，她經常刻意表現得乖巧一些，這樣也方便以後相處的時候好說話。

「好好好，快進來坐著。」

「蔣阿姨。」鄭乾抽空從廚房裡鑽了出來，對著程心擠擠眼睛，也朝蔣潔親切的叫了一聲。

來到家裡的時候，發現鄭乾和鄭晟兩個大男人住的地方，竟然沒有一絲髒亂，幾乎所有東西都收拾得整整齊齊，完全沒有想像中雜亂的模樣。

程心用讚賞的眼光打量周圍，蔣潔更是想著能夠幫上忙，但掃過一圈之後，發現沒什麼需要幫忙的地方之後，隨著鄭晟的迎接而坐了下來。

「真舒爽！」程心忍不住讚嘆了幾句，對這樣的生活環境感到滿意。腦海裡想到了當年學過的一個句子「出淤泥而不染，濯清漣而不妖」，這說的就是鄭乾嘛！

第四十章 超乎預期

「快快，過來坐著，」鄭晟將凳子圍著擺在了桌子前面，「今晚啊，給你們嚐嚐我們鄭乾的手藝！」

「唷，那我倒要多吃一點了！」蔣潔呵呵一笑，和鄭晟之間眉目傳情。

「我可還從來沒有品嘗過鄭乾的手藝呢，今晚我就看看，有沒有我的好。」程心不服氣地哼一聲，嘻嘻一笑，「叔叔，你們聊啊，我去看看鄭乾有沒有什麼需要幫忙的。」

「好好，去吧。」

程心歡呼一聲，其實此時她的心裡也開始接受了事實，在來的路上，程心也和蔣潔談起了和程建業說過的問題。

她直截了當地問蔣潔：「想不想和程建業再婚？」

蔣潔當然沒有預料到程心的問題竟然會如此直白，一時半會兒不知道該怎麼回答。

但是程心察言觀色，已經感受到了蔣潔深深地不願。所以她也就釋懷了，你沒辦法把兩個不相愛的人撮合在一起。尤其這兩個人當初還相愛過，這就更加不可能了。

不用等到蔣潔回答，程心就早早知道了答案。雖然不是特別接受，但是心裡確實已經產生了動搖。

尤其在進來的時候看到鄭晟和蔣潔之間互動的態度，程心明顯可以感受到兩人之間傳遞出的濃濃的深厚情感。

這是在過去幾天時間裡，他在程建業和蔣潔身上都沒有感受過的。

她去廚房幫鄭乾的忙，其實也不是一時衝動，更多原因是考慮到為了保持一頓飯的愉快氣氛，她夾在中間，有些話題反而不容易說，所以離開就是最好的選擇。

鄭乾在廚房裡面忙著做飯，擺滿了各式各樣的菜色，看得程心食指大動。

「喲，想不到我們鄭乾做飯也有一手啊。」程心伸著鼻子嗅了嗅，「不錯不錯，有股濃濃的香味，聞起來一定很好吃吧。」

「那當然，也不看看我是誰。」鄭乾哈哈一笑，「幫我把辣椒拿來，對，要辣椒才好吃，胡椒的話味道就太濃了。」

「看不出來呀，從哪學到的？」

砰！

菜倒了下去，噴出一圈火來，大廚啊！

這動作瀟灑，看著就有道！

鄭乾被嗆得咳嗽起來：「這就叫經驗，懂嗎?菜做多了才能有經驗。」

程心翻了個白眼兒，對鄭乾的自戀感到無語。

「好了，幫我把菜端出去，小心燙！」

鄭乾充當大廚，程心就做起了服務生，沒有多久，色香味俱全的飯菜就已經端上了飯桌。

程心迫不及待的拿起筷子，夾了一塊肉放進嘴裡，但是還沒有嘗到味道，就被燙得又吐了出來。

「好燙！」

「哈哈哈！誰叫你嘴饞！」鄭乾趕緊遞上一杯冰水，讓程心緩解一下，「這叫包漿肉，和包漿豆腐一個原理，外面沒什麼，裡面卻很燙，但是味道很好。」

「喔……這個好吃。」蔣潔也夾了一塊青菜一樣的東西放進嘴裡，「這叫什麼菜？我記得在哪家飯店裡吃過，當時就覺得好吃，沒想到來到這裡也能吃到，不錯不錯。」

「阿姨，這是銅芯菜，因為長在地裡的時候，它的顏色就像青銅一樣，所以叫銅芯菜。」鄭乾給鄭晟和程心夾了一些，順便解說起來，「雖然看著顏色不好，但味道很好。」

鄭晟大有面子，抬起筷子點了點桌上的紅燒肉，笑道：「看看，這是當年部隊裡最常做的肉，我教給這臭小子之後，被他改良了，沒想到吃起來味道還真好了不少。」

眾人你一言我一語，都在誇讚鄭乾的廚藝，當然，這頓飯吃得也十分舒服，沒有多久，桌上飯菜就掃蕩一光，就連這幾年少喝酒的鄭晟，也配著可口的飯菜讓鄭乾陪著喝了兩小杯。

好久沒有喝得那麼開心了。人一旦喝多了，也就容易說起當年的事情來。

趁著酒興，鄭晟說起了當年在部隊裡和蔣潔兩個人的往事。這次講述的故事和當初在飯桌上和鄭乾所說的差別不大，當時鄭乾就被感動的稀裡嘩啦的。

程心先前不知道他們之間有這麼一段過往，這時候聽到，才發現這完全就是一部現代言情劇啊！裡面充滿了虐、愛、恨等等一切言情劇的要素。

真沒有想到蔣潔和鄭晟竟然還有這麼一段過往，看來自己先前所做的事情，也一定對他們造成了很大的傷害吧？程心突然有些後悔，後悔自己在裡面不知實情卻到處搗亂，差點就真的拆散了一對真愛。

「老鄭，當年的事你還提它幹嘛？快別喝了，坐著休息一下。」蔣潔彷彿也被勾起了回憶，眼睛裡面濕濕的，眼淚再打個轉，差不多也快出來了。

「好好好，我們不提了、不提了。都是陳年往事了，你看看我喝了點酒就忍不住了。」鄭晟喝乾最後一口酒，將杯子放下，頗有感慨地說，「現在好了，既然鄭乾和程心都在，那我就厚著臉皮再提一次。」

程心和鄭乾已經做好了他們說將要結婚的準備，從程心的表情上，鄭乾也知道這頓飯達到了他想要的效果，接下來如果順順利利完成，那就超乎預期了。

想到這裡，鄭乾心裡也感到高興：「爸，你說吧。」

程心挽著鄭乾手臂，也點了點頭：「叔，你說吧，我們聽著。」

「我在想啊，我打算過幾天就和你阿姨、你媽辦個婚禮。」

即便平日裡大大咧咧，說到這種事情的時候，鄭晨依然顯得有些靦腆。

畢竟兒女已經這麼大了，說結婚的事情好像有著一種說不出的奇怪感覺。

蔣潔也站出來發聲：「對，我們打算過幾天就辦。」

「你們覺得呢？」

程心臉上的笑容微微凝固，她不是沒有想過兩人辦婚禮的事情，再者說，現在程心的內心已經變得坦然起來，但是過幾天……過幾天就辦，這是什麼意思？

就算你們是長輩，可無論如何也要顧及一下我們的感受吧？過幾天就辦婚禮，那不是明擺著要將婚禮放到我們前面嗎？

這種事情如果傳出去了，你們不在意，我還在意呢！

想到腳滑了跳個樓都能被刷爆朋友圈，程心有理由相信，一旦蔣潔和鄭晟結婚，那引起的轟動絕對不會比跳樓事件差多少。

這讓她以後怎麼面對其他人的詢問？退一步來說，就算不為了應付其他人，那一家人在一起相處的時候，很多問題又該怎麼處理？

程心心裡面越想越煩亂，到了最後已經忍無可忍，直接勾起鄭乾手臂：「那你們二位得答應我們一件事。」

第四十一章
矛盾升級

所有人都將目光看向程心，想聽聽她要說些什麼。

鄭乾感覺到了一絲不妙，拉了一下程心的手，示意她注意要說的話。

程心看了眼鄭乾，又將目光轉向鄭晟和蔣潔，說道：「你們得答應讓我們先結，然後你們再結。」

我們先結，你們再結?程心的話就像一盆冷水潑下，使得原本熱鬧的飯桌迅速安靜下來。

鄭晟和蔣潔對望一眼。

鄭晟沒有想到，蔣潔沒有想到，甚至就連鄭乾也愣住了，對於程心提出的要求感到難以理解。

「你是不是喝多了？」鄭乾將程心一把拉了坐下。

一個晚輩像這樣跟老人們說話，並且大咧咧提出這樣的要求，不管從哪個方面來說都不可取。

鄭乾對程心的話感到非常不滿。其實不止鄭乾，鄭晟雖然不好說話，蔣潔的臉色也變得不太好看。

「女兒，你跟我們說說為什麼？」蔣潔問道。

「理由很簡單。」程心不管鄭乾反對的表情，指著鄭乾說，「我們是晚輩，而且我和鄭乾相戀了一千多天，現在已經到了結婚的年紀，而且我們也打算結婚。如果你們先結婚的話，我們在後面就不好辦了。」

蔣潔沒有想到程心會給出這樣的理由，一時間難以反駁。倒是鄭晟歉意地笑了笑：「這是我們考慮不周，孩子你也別急，等我和你媽商量商量再說，你看行不行？」

鄭乾見一向火爆脾氣的鄭晟竟然變得低聲下氣起來，不知為什麼心裡就有些不好受。說白了，鄭乾完全支持二老的婚姻，尤其他也做過保證，不管如何一定不能再讓老頭子受委屈，在學校發生的那種事情，他不想再上演一次。

「好了，這件事先別討論了。大家先吃飯，吃完了我們們一起出去走走。雖然是城中村，但是旁邊公園裡，晚上可是有不少人的。」

「好，聽鄭乾的，都先吃飯。」說著，蔣潔親自為鄭晟倒了一杯。

話題雖然成功移開，但是程心卻悶悶不樂的，好像對什麼都沒有胃口了。想到這件事情不能快速解決，自己和鄭乾的婚事就得無限期延後，越想越覺得心裡不舒坦，於是不由自主的將所有矛頭都指向了鄭乾。

如果不是鄭乾在其中催化，估計鄭晟和蔣潔之間的關係發展也不會那麼迅速。背叛反黃昏戀聯盟也就算了，但是同時還促使黃昏戀走上正軌，這就是鄭乾的不對。

直到收拾完飯桌，程心鬱悶的心情也仍舊沒有釋懷。

「走，跟我出去一趟。」程心二話不說，拉著鄭乾就往外面走。

鄭乾跟著程心出去，還沒等程心說話，他卻已經顯得不耐煩起來。

「你知不知道，我今晚叫所有人一起吃飯，就是為了解決這件事情的？可是你這麼一說，你看看現在怎麼辦？」

鄭乾想到程心不成熟的表現就十分來氣，將她拉到樓下，壓低著聲音說道：「我說過，我要創業！我要有自己的事業之後，才會考慮結婚的事情！我不想讓我愛的人跟我一起過苦日子。你明白嗎？」

鄭乾的說法從她穿著婚紗向他求婚的時候，就已經掛在嘴邊了。但是程心不明白，不明白為什麼鄭乾不肯放下所謂的尊嚴跟她結婚！

「我什麼都有，結婚之後我的就是你的。可是我不明白，不明白為什麼你要一而再再而三的推託呢？」程心越說越激動，想到近三年來付出的真心，她第一次懷疑這一切究竟值不值得？

「我知道，你為了自己所謂的尊嚴，想要名正言順的在我爸面前說你愛我。可是我們是我們啊！只要我們結婚了，難道我爸還會對你冷嘲熱諷？他是我的父親，也是一個疼愛自己女兒的人。我不信他不肯接受他的女兒喜歡的人。」

「你不用再說了，不管怎麼樣我都不會改變我的想法。」鄭乾邊說邊朝樓上走去，儼然下定了決心，「總之你應該明白，我爸和你媽是真心相愛，而且他們或者我們先結婚都無所謂，只要相愛的人能夠幸福，我覺得就是最好不過的了。」

看著鄭乾上樓的身影，程心氣得直剁腳，「告訴你，不要以為我程心就非你不嫁！」

鄭乾頓了下身子，什麼也沒有再說。

似乎每次在一起吃飯，最後都會不歡而散。這次也不例外，鄭乾回到家的時候，鄭晟告訴他，蔣潔已經先回家去了。

看到鄭晟頭上多出的幾根白髮，鄭乾心下一軟，收拾起心情，笑著說道：「爸，兒子支持你。有愛就要去追，年輕時候你已經後悔了一次，不管怎麼說，這次你都不能再讓自己委屈了。」

「程心那邊……唉。」鄭晟拍拍鄭乾肩膀，若有所感地說，「爸看得出來，程心對你是真心的，你也不能姑辜負人家。至於我和你蔣潔阿姨的事情，你就不要煩惱了，先和程心緩和一下。」

「爸，沒事。」鄭乾笑了笑，「程心其實就是脾氣直，很多時候你只要和她把道理講明白了，她就能聽進去。所以沒關係的，您不用幫我們擔心。」

「這就好啊。」鄭晟看著外面漸晚的天色，又看了眼鄭乾單薄的身體，關心道：「今晚早點休息，就算創業也得知道，身體才是本錢，把身體養好了，才能更好的工作啊。」

鄭乾笑著點頭：「爸，您放心吧。你也早點去休息。」

結束了一天的安排，鄭乾也覺得有些疲憊。不僅身體上，現在就連心裡也產生了某些微妙的想法。要不要給程心發個訊息？鄭乾站在窗前看著昏暗的路燈，準備拿出手機，但想了想還是選擇放下。如果程心能夠用心考慮一下的話，她一定就能明白了。

搖了搖頭，將目光轉向電腦桌，如今過去了好幾天時間，他的淘寶店也逐漸步入了正軌，但還有許多問題依然處於摸索階段，比如收入與支出不成比例、貨源真假問題等等，想要解決這些困難，恐怕只有依靠不斷的學習和經歷一次次的失敗，才能夠有所收穫吧。

第四十二章
突然到來的喜帖

經歷過一輪又一輪的黃昏戀結婚衝擊，鄭乾的生活也終於回歸了正軌，他的淘寶店正有了進入良好發展狀態的趨勢。

不過對於鄭乾來說，開淘寶店也只是創業的第一步。只有把資金積累足夠了，他才會將淘寶店專案暫時放下，並向外尋求更大的發展商機。

令鄭乾感到開心的不光是自己的淘寶店受到了客戶的喜愛，還有最重要的一點就是，鄭晟這幾天心情變得好了不少，甚至比剛來到這裡見到他的時候，還要更好。

說不上來為什麼，總之鄭乾心裡覺得，鄭晟的心情變化一定是和蔣潔有關。

說不定人家已經在秘密籌辦婚禮了呢？想到這裡，鄭乾忍不住笑了起來。

自從那天晚上的晚飯過後，這些天以來，好像每件事情都在朝著正確的方向發展。

比如身邊的孔浩，這傢伙一整天吊兒郎當，這次終於肯浪子回頭，聽他爸媽的話，回家乖乖準備考公務員去了。

又比如莫小寶，他那土豪老爸好像又給了他一筆資金，聽說又看上了某個地方，把店面租了下來，打算放開手腳大幹一番。

而姚佳仁，據說實習期間表現不錯，現在已經快要轉正職了。

想著身邊的人都一個個從學生一步步蛻變，踏入社會走上了正軌，鄭乾心裡也覺著舒坦。

看著別人成功，總比盡聽到失敗好得多。

要說最近有什麼是讓鄭乾放心不下的，可能就只有程心了吧？

同樣也是從那天的晚飯開始，其他人都在往好的方面發展，只有他和程心的關係，在不知不覺中達到了冰點。

這其中當然有很多難以言明的誤會，不過最主要的還是程心不肯接受鄭晟和蔣潔就要結婚的事實，兩人關於這一點的爭論，使得他們之間的衝突不停升級，終於達到了頂點。

鄭乾毫不懷疑，現在只要發生一點不愉快的事，他和程心的關係就會像炸藥桶一樣砰一聲炸開。

至於結果將會如何，他不敢去想，也不想去想。

而且經過這幾天的沉澱，程心心裡的結說不定都已經打開了。如今只等著他先認錯，就能回到像平常一樣的生活。

不過也不急，俗話說心急吃不了熱豆腐，或許多給她一些時間考慮考慮，能夠得到些什麼驚喜也說不一定。

就這樣又過了幾天。

鄭乾在淘寶上的生意越來越好，許多買過之後的客戶紛紛給出好評，覺得淘寶店不但貨好，而且老闆也服務周到。

看著廣受好評的店鋪，鄭乾心裡自然是說不出的高興。更令人開心的事情是，按這幾天的業績來算，開淘寶店一個月的收入已經可以和一般大學生轉正職後的工資相媲美了。

這才多少天？看來當初選擇網路創業這條路，沒有走錯。

鄭乾將這幾天得到的收益一起提領了出來，他決定要把賺的第一筆錢交給老爸——其實也是考慮到既然是舉辦婚禮，那該花的還是得花。不管怎麼樣，盡到兒子該盡的孝心就好。

說來也奇怪，前幾天老頭子還偶爾回來幫襯著打理一下，在家裡面做做飯什麼的，這幾天整個就像消失了一樣，每次都要鄭乾打電話給他，老頭子才肯在電話裡罵罵咧咧地跟他說上幾句話。

鄭乾是想，只要人沒事就好，老頭子愛去哪玩都行。不過話說回來，老頭子肯定是和蔣潔一起到處玩去了，應該是這樣吧。

將錢放好，他又打了一個電話過去，但這次卻無人接聽。

大概是忙著在哪逛街，鄭乾想。

過了一會兒鄭乾又打過去，得了，電話嘟嘟響了幾聲，依然沒有人接。

怪了，會去哪呢？正這樣想著，電話突然響了起來，本以為是老爸回的，打開一看，卻是一個陌生號碼。

「喂，請問您找誰？」

「鄭乾先生嗎？這有您的一封信，還麻煩您下來拿一下。」

「哦，好的好的，稍等。」

鄭乾掛了電話，腦袋卻一陣迷糊——信？什麼信？這都什麼年代了，誰還會玩寫信這種東西？不過先去看看，說不定是某個傢伙的惡作劇。鄭乾換了衣服鞋子就往樓下跑去。來到樓下時，快遞小哥正守在下面，手裡拿著一個文件袋。

「我是鄭乾。」

「哦，你好。這是你的信件，請在這裡簽個字。」

照著快遞小哥的指示唰唰唰幾下完成手續，鄭乾迫不及待地打開了這個包裝略顯精緻的文件袋，從裡面拿出一個信封來。

信封鼓鼓的，很明顯裡面裝著什麼厚重的東西。

鄭乾打開一看，發現竟然是一張燙金喜帖！

唷，難道是哪個同學？不對啊，要是同學的話，肯定會打電話來提前告知的，怎麼會不打招呼，直接用快遞這種方式送來喜帖呢？

難不成是……鄭乾不知道怎麼形容自己的猜想，反正……應該是驚訝大於高興吧？忙不迭拆開一看，沒有意外，與想像中一樣。

新人上面署名鄭晟和蔣潔。說白了，這就是鄭晟和蔣潔結婚，送來給自己的喜帖。

鄭乾的目光從名字上劃過，落到了婚宴日期上：八月十五號。十五號，今天十四號，那不就是明天嗎？

得了，一看這安排就很符合老頭子的風格，無論是時間安排還是婚禮安排上，都給人以迅雷不及掩耳之勢的感覺。

而且讓人哭笑不得的是，老頭子還用他龍飛鳳舞的筆跡以及尤其明顯的口氣在最底部寫了一行字：

臭小子你明天要是敢不來，老子洞房之前一定先把你給揍一頓！

「還揍我？老頭子不仗義啊，結婚了居然提前一天才告訴你兒子，讓你兒子連點準備都沒有。」鄭乾「不滿意」地搖了搖頭，將喜帖放入文件袋，悠哉悠哉上樓。

人逢喜事精神爽，雖然婚禮倉促了些，不過畢竟是自家老爸的，不管怎麼說該準備的東西還是一樣都不能少。

不過應該帶些什麼呢？好吧，鄭乾相信許多人都沒有這種經歷，老爸結婚，兒子應該送些什麼？這個問題值得探討，不過目前最重要的還是先打個電話給程心，說不定她也已經收到了喜帖，如果她能想通的話，也許還可以徵詢一下她的意見。

第四十三章
錯與對

「鄭乾——」

遠遠地，一道清麗的聲音就從不遠處傳來，鄭乾轉頭，目光往前再向右，看到了身穿白色短裙的程心。

正想打電話呢，轉個身還沒上樓，程心就來了。

心有靈犀一點通啊。

鄭乾笑著過去，和平常一樣，熟練地摸了摸程心的頭，問道：「怎麼突然想起來找我了？」

前幾天的爭吵現在早已經忘記的一乾二淨，而且鄭乾也認為，情侶之間吵架屬於正常現象，雙方都是知情達理的人，許多事情，想通之後自然就能釋懷。

程心卻顯然沒有鄭乾那麼好的心情，她一把扒開鄭乾的手，直接問道：「你有沒有收到喜帖？」

喜帖？鄭乾舉了舉手裡的文件袋，問道：「是這個嗎？」

程心沒有回答，伸手接了過來，打開一看，臉色瞬間像抹了一層灰，「我也收到了。」

鄭乾從程心身上感受到了一絲不友好，收到就收到了啊，怎麼露出這種表情？

「你打算去嗎？」程心問。

「去啊，為什麼不去？」鄭乾想到程心可能心結還沒有打開，又放低了語氣，「畢竟是我爸、同時也是你媽的婚禮，如果不去，他們肯定會很傷心。」

「是嗎？那他們怎麼不為我們考慮一下？我是她的女兒啊！她為什麼就能為了自己的幸福而放棄她女兒的感受呢？」

程心說的話也不是不無道理，可是這個問題很早之前就在糾結，如今依然沒有一個結果，為什麼就不能乾乾淨淨地放下呢？

鄭乾不清楚程心在想著什麼，如今的她，好像一下子從學校裡那個有著一身正氣，像極了男孩子的女孩，轉身變為了一個剪不斷理還亂的矛盾糾結體。

這不是鄭乾想要看到的程心。

「那好，既然你這樣說，那我也告訴你，我們作為晚輩，本來最大的責任之一就是為了讓父母親開心心過好他們的日子。父母之恩，湧泉難報。孝順不是想到才做，而是要時時刻刻，在每一個地方都體現出來。」

面對鄭乾的說教，程心眼淚在眼眶裡打轉：「你從來沒對我吼過。我不管，我不去參加婚禮，你也不能去。」

鄭乾嘆了口氣，看到程心的眼淚快要飛流直下三千尺，他心裡某個地方突然間軟了下來，走過去拉起程心的手，說道：「我爸就我這麼一個兒子，從小到大，他省吃省穿，就為了能夠讓我上個大學，然後找個好的工作，成立屬於自己的家庭。如今他的任務完成了，不管是為了感恩，還是為了我自己的良心，我都必須要去參加我爸的婚禮。程心，你理解我的想法嗎？」

程心忍住要哭的衝動：「可是我們怎麼辦？」

又回到了以前解決不了的問題，鄭乾卻依舊堅持自己的原則，「我向你保證，只要我的創業有了起色，就一定會娶你回家。不管未來如何，我說過的話不會改變。」

程心搖了搖頭，眼眶更加紅了起來：「我們不要再談論這個話題了，總之你不要去好不好？我真的難以想像我們結婚以後，人家會怎麼看？我原本就不希望看到這場婚姻出現，但是現在我們阻止不了，那還躲不了嗎？你當初也答應過我的，說陪我一起反對黃昏戀，可是你現在怎麼變了？」

鄭乾說道：「我並沒有變，變的是你，程心。你一點也不像以前那個天真快樂的女孩子，一點也不像以前我所認識的那個程心。」

夏天的熱氣從地面掀起，隨著熱風撲面而來。

幾片去年留下的枯葉被卷上天空，隨風亂舞。

風將程心的裙角微微卷起，她的情緒徹底控制不住，眼淚順著眼眶緩緩流出：「我知道，你被你爸和我媽蠱惑了，為了能去參加他們的結婚，你難道連我們三年的感情都可以不顧了嗎？」

鄭乾沒有說話，他知道這個時候沉默是最好的選擇，一旦開口，說不定會使得程心的情緒更加激動難控。

這件事情說不清楚誰對誰錯，如果硬要說，也許都有錯。

鄭晟對蔣潔的愛有目共睹，否則不會冒著被兒女看不起的危險選擇和蔣潔結婚。

蔣潔對鄭晟的愛大家也都看得出來，不然不會在程心多次撮合之後，還死心塌地地守在鄭晟身邊。

如果要說錯，大概就是錯在他們沒有考慮兒女的感受吧。這件事情當中，鄭晟和蔣潔都把自己的愛情放在了第一位，似乎完全沒有在意鄭乾和程心的想法。

又或者從另一個角度考慮，是不是可以說，這也是他們堅定愛情的象徵？

不過毫無疑問，這件事受到傷害最大的當屬鄭乾和程心。他們為了阻止這場婚禮，可謂是費勁了心機，尤其是程心，更是把所有能夠想到的方法都想了，也都確實地做了。

可是結果令人失望，鄭晟和蔣潔依然堅持他們的約定，對於程心和鄭乾的懇求視若無睹。

因此，從程心的角度看，這無疑使得她更加感到不滿，為什麼他們已經結過一次婚的人，會在這種問題上步步搶在兒女前面？

世間老人，不都應該希望自己的孩子順利找到他們的另一半，然後結婚生子，幸福快樂的生活嗎？

可是為什麼這個問題落到蔣潔和鄭晟身上的時候，就顯得不是那麼具有說服力了呢？

這說明什麼？說明蔣潔愛的不是程心，鄭晟愛的不是鄭乾！他們所傾心的對象，只不過是藏在內心多年的私欲！

人性本能的私欲促使著他們不得不去這麼做，因為如果與心裡想要達到的目標相反，他們就會變得煩躁，甚至覺得整個世界都對不起他們……

這大概就是所有問題的本質了吧？

但是這些本來都是可以通過程心的方法解決的事情，可是鄭乾沒有盡到他在這件事情當中應該盡到的一切責任。

他偷偷的站到了鄭晟一方，徹底背叛了自己，為了鄭晟和蔣潔所謂的愛情，徹底背叛了他愛過三年的女孩。

第四十四章 再起波瀾

程心極為堅定地表達了她對這場婚姻的反對意見，這也讓鄭乾原本爽朗的心情蒙上了一層烏雲。

然而開心和悲哀本來就是每個人生活中不可或缺的一部分，很多時候，如果我們能夠化悲痛為力量，選擇正確的、勇敢的、積極的態度去面對生活，堅持不懈朝自己的目標前進，那麼到最後，生活必然也會對我們的努力作出回報。

得到生活回報的時候，也就是每個人都渴望的成功的時候。

鄭乾渴望成功，所以即便程心說的每一句話都像是一把把刀子，一刀又一刀刻在他的心坎上，作為男朋友的他，也不得不在心裡原諒程心，然後朝著既定的目標，一直往下走。

他相信程心最終一定會理解他的做法，並且和他站在一起。

雖然程心已經決定不去婚禮，鄭乾還是需要張羅明天需要的東西。為了能夠讓鄭晟和蔣潔度過一個完整且美好的婚禮，鄭乾決定要給他們一些驚喜。

程心沒走多久，鄭乾收拾好了心情就向附近的鮮花店出發。

沒錯，他打算買一束一共九十九朵的百合花送給鄭晟和蔣潔。百合花有象徵百年好合的意思，縱然是五六十歲的老人，可一些年輕人喜歡的東西，想來他們應該也會十分喜歡。

但是最近天氣很熱，鄭乾擔心把百合帶回去後，到明天早上就會枯萎了。思考再三只能讓老闆明天一早幫他準備好，鄭乾打算一早再過去從老闆手裡拿，這樣百合不僅新鮮，而且保持的時間也能長久一點。

光買了百合還不夠。鄭乾上網搜尋了一下，新人結婚時一般都送些什麼禮物，但是又想到自己作為兒子，不能送的和其他人一樣，否則就體現不出那種特殊的感覺來了。

但是買東西確實不是他的強項，何況身邊也沒有個人幫著出主意，商量一下，鄭乾看到一堆選擇時，頓時毫無意外地就患上了選擇困難症。

「乾脆打個電話問問孔浩，這傢伙那麼多天都沒聯繫，考個公務員也沒必要這麼辛苦吧？」鄭乾嘀咕幾句，心想這傢伙高考都沒見他那麼努力過。

「喂，空號，在哪呢？家裡面念書啊？」

電話那頭仰天長嘯，悲傷之情展露無遺，「掙錢的，我現在被關在家裡啊！你知道嗎，我爸媽就為了讓我考個公務員，除了週末允許我出去一趟外，其他時間都把我關在家裡，要是我走出一步，老爺子立刻提著掃帚就追上來！兄弟我命苦哇……」

後面全部是一個大男人在家遭受虐待，於某日遇友人後的淒慘傾訴。

當然，很遺憾鄭乾刻意將手機拿開了離耳朵五十公分遠，等感覺到電話另一頭的聲音停止後，才又放回到了耳邊，裝作聽了很長時間的樣子，對生無可戀的孔浩進行開導。

「這個你不能怪你爸媽，既然他們希望你考個公務員，那你就乖乖辭去工作，聽候發落就是。」鄭乾展現了當年學生會主席的優秀口才，「畢竟現在一個公務員一個月掙的錢絕對比你做兼職多。」

「話是這麼說，可是我媽和老頭子非得認為，只有每天待在家裡乖乖看書，等到公務員考試的時候才能發揮到最佳水準。」孔浩唉聲嘆氣，明顯不想參加考試，「但是我不同啊，你叫我看書還不如讓我去搬磚呢！我跟你說兄弟，你信不信我背一篇公務員論文的時間，絕對可以搬十次磚了！」

鄭乾忍不住想笑，心想這傢伙絕對不知道搬磚的辛苦，他以為十趟是什麼概念？真是搞不清楚狀況。

「好了好了，今天我不是來找你閒聊的。」

「那是幹嘛的？掙錢的我可告訴你啊，你別老想著利用我，你看我這幾天都成什麼樣子了，我老爸看我的眼神就像盯著個沙包，稍微不順眼就要對著我指手畫腳，不對，是動手動腳揍一頓。」

「呃……那你自求多福啊。我今天找你的事情呢，只需要你動腦子就行，動手什麼的還差得遠。」

孔浩一聽這個就來了興趣，連忙著問是什麼事找他幫忙。

鄭乾一時半會兒不知道怎麼描述，只能儘量簡單地說：「如果我爸和程心她媽結婚，我該做些什麼？」

電話那頭，孔浩呆了呆：「這個問題不是早就商量過了嗎？怎麼，戶口名簿沒偷成，又出新問題了？」

鄭乾真是不好回答了，「哎呀，你就告訴我該做什麼吧。其他事情我之後再跟你說。」

「好吧，你等我想想。」孔浩邊說著便琢磨起來，「如果我爸和我媽結婚，我該做些什麼？」

應該這樣：首先是送禮物，其次才是做什麼。送禮物可以送百年好合之百合花；或者核桃之類代表愛情忠貞的事物。至於做什麼，可以做伴郎，可以到婚禮現場幫忙啊，或者可以安排上台致詞，講講對父母愛情的看法，以及自己對他們的期望和祝福等等。

孔浩心裡迅速想到了這些方式，整理一下，一個不漏全部告訴了鄭乾。

鄭乾想了想，發現孔浩不愧是鬼點子最多的傢伙，就拿上台致詞來說，如果自己準備一個演講稿，將內心獨白真情真意地表達出來，一定會讓老頭子和蔣潔阿姨十分開心吧？

至於伴郎倒是算了，畢竟明天可以肯定程心不會出現，單單一個伴郎，頓時就顯得不倫不類起來。而且這可能還會在無形中使得蔣潔感到難過。

那麼就按照孔浩說的辦吧，婚禮時間和地點已經知道，既然是驚喜，那麼中間上台致詞的事情，看來需要和酒店方面討論一下，讓他們為自己安排一個恰當的時間什麼的。

「好了，差不多就按你說的去做吧。」

「你爸和程心她媽還真結婚了?!」

孔浩公鴨嗓一般的疑問聲戳得鄭乾耳朵發疼，這個八卦王，一旦遇到值得坐下來嗑瓜子談論的事情，他總會伸長耳朵去聽。

「是啊，我也挺替他們高興的。」鄭乾說道，「如果明天有時間，你記得過來啊，畢竟我爸和你也熟。」

「別說了，要是能出去我怎麼還一天到晚待在家裡？」孔浩哭訴起來，「你是不知道啊，門外多掛了把鐵鎖，想什麼辦法都不行！」

「哈哈哈，也好也好，也該讓叔叔他們好好管管你了。」鄭乾幸災樂禍，「等你考上公務員，記得請吃飯啊。」

說完這句話，鄭乾就立刻掛掉手機，然後打了輛車急速奔往舉辦婚禮的地方——文輝酒店。

第四十五章

比賓客重要的人

文輝酒店就在離X大學一條街遠的地方。

這裡曾經是九十年代最為有名的娛樂區，文輝酒店前身是G市第一家卡拉OK，隨著經濟逐漸發展以及市區重心商業區的遷移，著名的卡拉OK才逐漸遠離人們的視野。

但是就在幾年前，文輝連鎖企業的老總看上了X大學旁的這塊區域，就花重金將原先的卡拉OK進行翻修和重建，並開展了有效而持久的宣傳，終於在最近幾年，將其打造成為了G市優異品牌形象。

將婚禮地點選擇在這裡，不得不說老頭子和蔣潔真的很有眼光。只是唯一讓鄭乾感到心疼的是……這一定要花很多錢吧？

唉，管它花多少呢，反正是自家老爹結婚，花再多也得高興啊！

來到酒店，通過櫃檯找到值班經理，並將具體情況向他說明，表明了自己想要在婚宴開始前上台致詞的想法。

當然，這種事情酒店方面一般不會同意，除非有當事人在，不然出了什麼狀況，酒店應該找誰說理去？

好在鄭乾機智，在出發之前就已經將身份證和戶口名簿準備好了，以此證明他就是鄭晟的兒子。看到兩張相像的面孔，以及戶口名簿及身份證上的資訊，值班經理終於答應了鄭乾，幫他在婚宴開始前，安排這樣一場特別的致詞。

所有事情都已經處理完成，接下來需要做的就是寫下明天想要說出的話了。該說什麼呢？忙活了一天，腦子忽然有些亂，趴在電腦桌前，鄭乾想著想著，就忍不住睡著了……

外面繁星點點，夜風透過窗戶颯颯而來，吹起窗簾一角。

第二天一大早，太陽爬上天空，鄭乾卻仍舊趴在電腦前想著昨天晚上沒有完成的稿子。抹了一把臉，起來刷牙洗臉，等神清氣爽感到舒服了，他才返回到桌前，開始講稿的收尾工作。

真是比在學校寫一篇公文難太多啊！

鄭乾也清楚，他眼前這張至少有五千字的講稿都是發自內心、絕無半點摻假的真心話。比起那些擁有固定格式和固定語句的公文來說，無論怎麼看，都佔據了上風。

這也是為什麼僅僅完成五千字，鄭乾卻用了一整晚那麼長時間的原因。

收拾好稿件，現在要做的事情就是穿上一件體面的衣服，然後提前趕往文輝酒店。

鄭乾做好了所有準備工作，與之相對的鄭晟和蔣潔那邊，卻仍舊還在忙活著關於婚宴前的一些籌備工作。

這些事情原本不用他們自己完成，但是由於不清楚程心和鄭乾的態度，如果讓他們一起幫忙的話，說不定連婚禮也要舉辦不成了。加上親朋好友可以交心交肺的少，就算有，兩人也不願意去勞煩他們。

所以這個時候只能選擇自己動手了。

無論是從邀請賓客的選擇，還是到酒店婚宴的訂餐，以及現場細節的安排，都是由他們兩人全部完成。

等做好了所有準備工作，程心終於能閒下來和鄭晟說幾句話了。

其實再忙再累都不是什麼問題，鄭晟和蔣潔所擔心的還是鄭乾和程心究竟會做出什麼樣的舉動。

「老鄭啊，你說程心她今天……會不會來？雖然我是她媽，她是我的女兒，但就是因為太過瞭解，所以按她的性格來看，我擔心她很生氣……」

鄭晟拍拍蔣潔的手背，安慰道：「不用擔心，程心啊，就是一個心直口快的孩子，這件事情，只要她能想通，就一定會來。你就放心吧。」

蔣潔點了點頭，感慨道：「鄭乾好啊，我看你昨天挺高興的，是喜帖送到了吧？」

鄭晟哈哈一笑：「我特意叫快遞小哥幫我注意一下這小子拿到喜帖後的反應，你猜怎麼著？在那樂呵呢！既然都樂了，我想應該不會有什麼問題才是。」

「唉……老鄭啊，如果程心不來，我們是不是太對不起孩子們了？」

「這種事情，你得從兩方面來看。首先，我們的結婚恰好可以考驗他們在一起的態度是否堅決，其次，我不能失去你第二次。」

聽到鄭晟的話，蔣潔十分感動。鄭晟輕輕將蔣潔擁入懷中，替她順了順耳邊的頭髮。

婚禮很快開始，伴隨著輕快的婚宴音樂，八方賓客齊齊到來，由於沒有迎賓，鄭晟只能親自站到門口迎接每一位相熟或相知的朋友。

依照蔣潔的囑咐，他特別留意了程心和鄭乾的身影，但是迎賓已經過去了一半，卻仍然沒有什麼發現。

雖然喜帖上已經對他進行了威脅，也得知他拿到喜帖後心情確實不錯，可是萬一他根本就沒有在意，笑也只不過是搖頭一笑、不在意的一笑呢？

越想越覺得有這種可能。雖然看著邀請的賓客都齊齊來到，鄭晟心裡也頗為滿意，可是鄭乾和程心遲遲不肯出現，他心裡卻是空落落的，就像蔣潔私下跟他所說的一樣，為了兩個人的愛情而傷害一雙兒女，這種事情值得嗎？

鄭晟沒有去回答究竟值不值得，但是毫無疑問，他也和蔣潔一樣，對子女的愛無庸置疑。

賓客越來越多，客套話也一句接著一句，鄭晟突然覺得多年遠離這些場合，自己竟然有些疲於應付。

「鄭老弟啊！恭喜恭喜！」

「鄭晟，還記得當年我們……沒想到如今你又結婚了，真是人逢喜事精神爽啊！」

「哈哈哈，老鄭你今天可是年輕了至少十歲啊！」

「恭喜老鄭，賀喜老鄭啊！小小禮物，不成敬意！不不不，趕緊收著收著，你我兄弟，還計較什麼？」

「老鄭，你兒子怎麼沒來啊？我記得那小子可聰明了，幾年沒見，都不知道長啥樣了。待會來了記得幫我介紹介紹啊。」

※

或逢迎或真心祝福，或祝賀或來看笑話……每個人的嘴臉鄭晟都清清楚楚看在了眼裡，但是這些問題此時都全部被他拋往了腦後。

他現在唯一關心和在意的是，鄭乾在哪？
他，還會不會來？

第四十六章 演講開始

現在已經是十點三十，婚禮定於十一點鐘準時開始。但是賓客幾乎已經全部來到，唯有鄭乾和程心，卻仍然不見他們的身影。

鄭晟站在門口，最後往酒店門口看了一眼，嘆了口氣，轉身回到宴客廳。

婚禮房中，蔣潔已經在服務人員的說明下將婚紗穿戴整齊。

雖然年齡已大，但是經過化妝師一番打扮，再由白色婚紗襯托而上，使得蔣潔看起來更加充滿了成熟的韻味。

不用說，此時此刻，徐娘半老這個詞用在蔣潔身上再適合不過了。

「您可真漂亮！」化妝師看著蔣潔保養得十分細嫩的皮膚，由衷讚嘆。

蔣潔開心笑道：「謝謝。」

「您的孩子們肯定也要來為您慶祝吧？」

「哦哦，來，他們稍後就來。」蔣潔笑著回應，神情卻蒙上了失落之感。

現在都還沒看到鄭晟進來，想想應該是不會來了吧？蔣潔微微嘆了口氣，作母親的，誰不希望自己的女兒在這樣盛大的時刻陪伴在自己身邊？

門突然被推開來。

鄭晟看到一身婚紗的蔣潔，就像沒有見過似的，雙眼放光。

被他這麼一看，心情陰霾的蔣潔也頓時回神過來，羞惱地罵道：「老不正經！」

「哈哈哈！美啊！就像當年一樣！」

「好了，別鬧了。孩子們到了沒？」蔣潔充滿期待地問。

「不管他們，我們們先辦自己的婚禮。」

這麼說就是沒有來了？雖然心裡已經做好準備，但是聽到這樣的消息，也還是忍不住有些難受。

「好，都聽你的。既然他們不來，那我們就自己辦自己的。」

婚禮房這邊在有說有笑，但是鄭乾此時卻一個人躲在黑暗的小走廊裡仰天嘆息。

酒店經理說，既然是驚喜，就得出其不意，不能讓新婚夫婦知道。

鄭乾問怎麼說，酒店值班經理就給他出了這麼一個主意：先別露面，待在走廊裡，等婚禮開始，再拿著麥克風走出去。

那多有感覺？想想就激動，鄭乾當時二話不說立刻答應。

但是現在才知道，那值班經理給自己出的真是餿主意啊！

因為昨天晚上為了寫演講稿，一直熬夜到天亮。今早一看時間，又匆匆忙忙在所有人之前趕到了酒店，經過這麼一折騰，不管是身體還是什麼的都有點吃不消的感覺。

但是現在……卻還要支撐著身子站在這裡等待婚禮開始。

別沒等到婚禮開始，自己倒先因為疲勞過度導致饑餓過度，最終暈死在這裡。

那可就得不償失啊！

不行，不能暈！

鄭乾伸手直往自己腦門上掐，不管有沒有用，先學著那些個大爹大媽掐出兩個紅印來再說。

「現在十點四十，再堅持二十分鐘就好了。」

困倦的人在黑暗中最容易睡去，鄭乾強打起精神，把旁邊的水拿起來就往嘴裡灌。

就這樣，在睜眼閉眼、睡與不睡、餓與反抗中堅持了二十分鐘，鄭乾終於聽到了那首著名的結婚進行曲。

隨著音樂響起，已經可以清楚地聽到來自宴客廳裡熱烈的掌聲。

接下來，音樂停頓，沒有猜錯應該是新婚夫婦發言。

鄭乾一步一步計畫著，昨天值班經理安排給他的時間是十一點十五分，在前奏進行完畢的時候，進行致詞。

「謝謝各位今天前來參加我和蔣潔的婚禮，也謝謝各位帶來的祝福。多餘的話也不多說了，總之在以後的日子裡，我相信我和蔣潔一定會幸福美滿的生活！」

掌聲雷動，雖然只有幾句話，但質樸生動，配上鄭晟尤大的嗓門，三言兩語就將氣氛提到了高潮。

鄭乾也在黑暗的走廊裡為鄭晟鼓掌，他能從鄭晟的聲音中清晰地感受到那份激動和快樂。

人生能有幾次這樣的機會？在僅有的機會中，又如何能保證與你相伴走進婚宴殿堂的人，未來一定能夠與你白頭偕老？

鄭晟和蔣潔的故事一直留存在鄭乾心裡，相比之下，他和程心之間卻沒有那麼多的精彩紛呈。

不過每個人喜歡的方式不同，大概鄭晟屬於喜愛轟轟烈烈的一類，而鄭乾卻與之相反，還是嚮往平平淡淡的生活吧。

掌聲經久不息，等聲音漸止的時候，分針恰好停在了十五上面。

十一點十五分。

突然覺得緊張了起來，鄭乾捏了捏手心，發現裡面全部是汗水。

這時候，走廊盡頭跑來一個人，正是昨天的值班經理。他將麥克風遞給鄭乾，拍拍肩膀道：「後臺已經為你準備好了。加油！」

「謝謝！」

鄭乾接過麥克風，一瞬間發現就算當年懵懂不知，競選學生會主席的時候也沒有這麼緊張。

事實上，除了當年競選感受過緊張之外，在之後所主持的所有學生會活動中，他就開始變得靈活自如了。

但是沒有想到，多年沒有感受過的緊張感覺，竟然會在今天最關鍵的時候出現。

說明什麼?人遇到事情緊張，要麼是事情很危急，要麼就是對事情很在意。很明顯鄭乾的感受來自後者。

從他的著裝、禮物以及此時將要進行的致詞準備來看，他對鄭晟的婚禮確實在意。用鄭乾的話說，大概就是，當年我沒有見證你和媽的婚禮，今天我再也不想錯過。

當然，他將這句話做了些改變，也加進了致詞稿裡。

值班經理在旁邊為他打氣加油——原本這個位置應該是程心才對。

鄭乾苦笑著搖了搖頭，也不管心裡突然出現的奇怪感覺，抓緊麥克風就朝著走廊盡頭走去。走廊的盡頭，正是整個宴客廳的一道小門。

從小門出去，剛好可以到達婚禮台的位置。

那就是鄭乾此時將要佔領的位置。

默默地在心裡為自己加油，同時也壓下像開水一樣沸騰起來的緊張感，鄭乾終於走出了小門，將身影暴露在聚光燈下。

但是他的出現並不引人注意，因為看到鄭乾的人，大概都會將他當做是參加婚禮的賓客，沒有誰會想到鄭晟的兒子竟然突然出現在前面的台上。

當然，這些人並不包括鄭晟。

或許是來自父子間的心靈感應，就在鄭乾目光灼灼地注視著他，拿起麥克風準備開始的時候，鄭晟也轉過了身，與鄭乾四目相對。

第四十七章
感動來源於真情

鄭乾點了點，舉起右手朝鄭晟做了個握拳的動作。

這是父子倆之間形成的默契。

鄭晟臉上露出笑容，將左手高舉，也做了一個握拳的動作予以回應。

這一幕落在了旁邊蔣潔的眼裡，蔣潔順著鄭晟的目光看去，一眼就看到在了在婚禮臺上的鄭乾。

接下來，鄭乾要開始致詞了。

沒有稿紙，沒有提示，因為所有想說的話，已經在昨晚由心裡轉到稿紙之上，此時，又從稿紙之上轉移到了心裡。

麥克風將鄭乾的聲音一圈又一圈擴散，直至將整個宴客廳的吵鬧聲全部壓下。

「老頭子——我經常在背後裡這樣稱呼你。臭小子——是你對我最親切的呼喚。」

鄭乾深情地看著鄭晟，就像當年的鄭晟站在遠處看自己。

「很小的時候，我就沒有了媽媽。還記得每天晚上我想念起媽媽的懷抱時，是你在一旁，用你粗糙的嗓音代替媽媽的美，唱著難聽的晚安曲。真的真的很難聽，從那時候起，我就知道我的爸爸不可能在以後成為一名歌星。」

「但是沒有關係，因為有你，我懂得了再難聽的歌聲也會變得美妙。再難聽的歌聲，當由爸爸清唱時，也能走入兒子的心坎。如果沒有那幾年那些晚上那些難聽的歌聲，就不會有我每個日夜安安穩穩的夢。真的難聽，但我真的享受——因為它來自於愛的編織，來自於一個偉大的父親對他兒子的愛！您每天晚上為我唱的晚安曲，在我看來，是這個世界上最美的聲音。」

「只因為——在我最難過的時期，是您的歌聲給我快樂；在我最無助的時候，是您的歌聲給我希望；在我最迷茫的時候，還是您的歌聲，給了我指路的明燈。」

「是啊！這首曲子曾是媽媽唱給我聽的。如今媽媽不在了，您接過了她傳下的曲，用您的聲音將他傳唱。每當聽到，迷茫的我就會充滿動力。我終於知道學習，不僅為了拿到獎狀，更為了在天堂看著我們的媽媽，也能感到開心。」

「我愛您，我的爸爸。當年您和媽媽結婚的時候，我不能見證，但是如今，我再也不想錯過！我喜歡看到您臉上露出笑容，我喜歡看到您說話時豪邁的模樣。」

「我愛您，我的爸爸。當年您和媽媽生活的時候，我記憶模糊，但是如今，我再也不想後悔！我喜歡看到您臉上充滿快樂，我喜歡看到您散步時高大的背影。」

「如今，我已長大。兒子曾對您許諾，在不久的將來，帶您過上最幸福的生活；在不遠的將來，陪伴在您身邊，一如當年您之於我！」

※

鄭乾一聲聲發自心底的獨白，宛若春天的波浪一般，一圈一圈，輕柔地向鄭晟傳遞而去。

所有人都在為鄭乾的演講動容。

一些剛才還在嘲笑鄭晟老而結婚的人，此時已經羞紅了臉龐。那些虛情假意祝福的人，早已捫心自問自己有沒有像鄭晟一樣，為兒子付出了那麼多？

大多數人都知道鄭晟的過去，但是清楚其中細節的又有多少？沒有，除了和鄭晟最親近的人——鄭乾，一個也沒有。

既然年輕人擁有自由追求幸福的權利，那為什麼用到老年人身上就不行了呢？這是沒有道理的事情。

其他人不敢說，但是鄭乾替所有人說了出來。

動人的致詞還在繼續。

蔣潔輕輕握了握鄭晟的手，偏頭看著他堅毅的臉龐，沒有想到這個男人竟然為了生活付出那麼多的努力。

她已經決定，在以後的生活中，無論遇到什麼困難，都要陪著他一起扛！

她要成為鄭晟身邊的半邊天，讓他也感受到家的溫暖。

「爸，您為了我們的家，付出了您的半生。我曾問過您值不值得，您告訴我，一個男人，要能夠將家裡照顧好，才算真正的男人。當時的我並不理解，我認為男人只要能賺錢，不讓家裡面的人受餓受凍就好。但是我錯了。您口中的照顧，已經不僅僅包含著溫飽，還包含著另一個重要的字眼：幸福。」

「一個真正的男人，他要有能力給一個家庭帶來幸福，否則他就不算真正的男人。這是我如今悟到的道理，是我一輩子都使用不完的財富。」

「今天是您的婚禮，我相信，如果您沒有十足的把握給您所愛的蔣潔阿姨幸福，您不會和她舉辦婚禮。您當初已經錯過一次，如今相遇，怎能再分開？所以兒子選擇支持。支持你們的婚姻，祝你們白頭偕老，恩愛永遠。」

演講完畢，鄭乾放下麥克風，拿起早已經在一旁準備好的百合花，一步一步走向鄭晟。

此時的鄭晟，眼眶已經泛紅。當年堂堂的軍人骨氣，受傷受累硬是沒有哼出一聲，如今卻差點流淚……這就是父愛得到的回報——一種來自兒子的難以言喻的愛，你可以稱它為孝順，也可以稱它為感恩。

不同的用詞，卻有著同樣的情感。

蔣潔也哭了，眼淚順著臉頰滑下。為鄭晟的過去而心疼，為鄭晟和鄭乾父子間的感情而動容。

「爸，這是送給你和蔣潔阿姨的百合花。祝你們百年好合，白頭到老。」

鄭乾單膝跪地，這一跪，表達出了對父親深深的尊敬和愛戴。

「其實我早就到了，只是為了給你們一個驚喜，所以才藏在後面沒有出來。」

「不怪你，不怪你。」鄭晟連忙接過百合花，交到蔣潔手裡，伸手將鄭乾扶了起來。

老頭子今天西裝筆挺，襯托出一身英勇帥氣。

明明已經受到感動，卻愣是裝作一副不在意的樣子，往鄭乾後腦勺拍了一巴掌，力度比平日輕許多，「臭小子，說那些煽情的話做什麼？老子我又不是待嫁的閨女，還用得著你在這裡嘮嘮叨叨。」

鄭乾最享受這樣的時刻了。伸手摸摸腦袋，像小時候一樣嘿嘿一笑：「這可都是真心話啊。爸，你可別以為是說著玩的。」

「去去去，趕快陪我去給客人敬酒！順便帶你認識認識以前沒見過的一些人。」

鄭乾欣然應允：「好嘞！保證完成任務！」

第四十八章
又起波瀾

婚禮繼續進行，而且十分順利。

很多人都被鄭乾的致詞感動，這個時候，無論年輕老少，看向鄭乾和鄭晟的目光都變得不同了。

「這個年代，這麼懂事的年輕人，可不常見啊。」

「是啊是啊，老鄭，你那些年的付出可都值得了。」

「恭喜啊，老鄭，不但娶了愛人，還有這麼個懂事的兒子。厲害厲害啊！」

※

眾人你一言我一語，紛紛讚嘆。

鄭乾和鄭晟雖然知道這大多是一些場面話，但畢竟借著結婚的喜氣，心裡自然無比高興。

但是就在這時，門口卻出現了一道身影。

「程心？」

不知是誰喊了一句，頓時，知道這個名字的人都轉頭往門口看去。

確實是程心。

依舊和昨天一樣的打扮，但看起來卻憔悴了不少。

原本以為她不會來了，但是沒想到……畢竟是自己的媽媽結婚，雖然嘴上說著不願意，但其實心裡，應該也是帶上祝福了。

鄭乾搖了搖頭，心想要不怎麼都說女生奇怪呢?當下放下酒杯，便朝門口走去。

蔣潔也第一眼就看到了程心，感到意外和欣喜的同時，也為女兒的知書達理感動。如果是一般人，可能說不來就一定不來了吧?

「程心，我就知道你會想通的。」鄭乾伸出手，想要拉起程心。

「別碰我。」

這句話說得很輕，但卻不亞於晴天霹靂。鄭乾愣了愣，想不通哪裡出現了問題。

「程心，你怎麼這樣呢?」蔣潔也對程心的態度感到意外，趕緊用看似責怪實則十分溺愛的口吻提醒程心。

「我怎麼就不能這樣了?」

程心看著蔣潔穿在身上的潔白婚紗，越看越覺得刺眼。

這本該是她先穿在身上的才對，可是現在……她成了被宴請的人，而主角卻變成了她的母親。

昨天在接到喜帖之後，她也想過，對於父母這件事，究竟是不是她做錯了。如果是，那麼她一定會毫不猶豫選擇放下。

但是經過一天一夜的思考，程心認為自己並沒有錯。

她和鄭乾已經相愛了三年，但是蔣潔和鄭晟將要結婚的消息卻是轉瞬即至。換做是誰，一時之間也難以接受。

更何況他們還是以那樣咄咄逼人的態度。

所以考慮再三，她還是決定前來文輝酒店，但不是為了祝福，而是要阻止。

是的，阻止這場婚禮的繼續！

「這……程心，你怎麼了？」蔣潔眼淚都要出來了，眼前的程心彷彿突然間變成了另外一個人，讓她心裡難受。

鄭乾臉色難看起來，從目前的狀況來看，程心非但沒有想通，反而變本加厲，走向極端了。

他想試著勸說，可想到程心往日的脾氣，只要她認定的事情，哪怕是使勁渾身解數也難以讓她做出改變。

但是又不能因為她而影響到婚禮的進行，應該怎麼辦？不知道，現在只能看程心自己的態度了。

「我沒有怎麼了，是你們怎麼了？」程心順著鄭乾、蔣潔、鄭晟一一指過，「你們沆瀣一氣地欺壓我，你們一個個裝好人在我面前慈眉善目，實際呢？誰知道你們在背地裡都說了什麼，做了什麼？」

鄭乾剛想說話，卻被程心抬手打斷：「你不用說話，你依然是我的男朋友。但是在這件事情上，你現在是我的敵人。還有你——」

「我？」蔣潔不可思議地看著程心，「女兒啊，媽怎麼了？」

「媽，你為了自己能夠結婚，而置女兒的感受於不顧。您當真是我以前的媽媽嗎？」程心說著，眼淚已經開始流下，「以前的媽媽會給我買我喜歡的一切東西，無論遇到什麼事情，首先想到的都是我。可是現在，女兒沒變，您變了。」

「還有鄭叔叔，我和鄭乾已經到了談婚論嫁的地步，可是你們作為長輩，卻只顧著自己所謂的幸福，而將兒女的婚姻大事置之不理，你們這樣做父母，正確嗎？」程心從蔣潔身邊走過，看著滿座的賓客，眼淚更是止不住地流。

掃過一圈，轉過身來，程心哽咽道：「我也想要一個這樣盛大的婚禮，這是每個女孩心目中的夢想。但是媽媽你已經享受過一次了，為什麼已經是第二次的你，還要和女兒爭呢？」

「女兒，你聽我說……」

「你不用說。」

程心抹去眼淚，楚楚可憐的樣子看得鄭乾嘆了口氣，「程心，你相信我，一年，給我一年時間，我一定娶你回家！」

「不，我再也不相信你了。你們都是騙子，都是騙子！」

「程心，你冷靜一下！」鄭乾抓住程心的肩膀，「一年，相信我。」

「可是……我現在不想要了。」程心拉起蔣潔的婚紗，「我再也不會喜歡這種衣服了，因為它永遠不會穿在我的身上。」

氣氛因為程心的到來而變得激烈起來，鄭晟站在一旁不好發聲，只能有一句沒一句的幫忙勸著程心。

但是鄭晟所說的話非但沒有起到作用，反而還讓程心更加激動起來。

「鄭叔叔，您別說了。如果不是因為您的出現，說不定現在我爸和我媽已經重新走到一起了。」

「混帳！你在說什麼？」蔣潔終於忍不下去了，流著眼淚道，「如果不是你鄭叔叔，現在的我，說不定早已對生活失去了希望。離婚後，我什麼都沒有。就連我最愛的你，也被你爸用卑鄙的手段要了回去！你說我活在世上還有什麼意思？當年的事情我不想再多說，但是你應該明白，我能高高興興地生活到現在，只是因為還有你和老鄭在！」

「這就是你們結婚的理由嗎？原來早在當年，你就在想著你的老鄭了！難怪我爸和你離婚，原來是這樣……」程心失望地搖頭，「媽，您太讓我看不起了！」

啪！

響亮的聲音充斥在宴客廳上空。

程心呆呆地站在原地，不敢置信的看著蔣潔：「媽，你……你打我耳光？」

「滾！你給我滾！」蔣潔流著眼淚，伸手指向外面，「我蔣潔沒有你這樣的女兒！」

第四十九章

喝個喜酒就來

程心眼淚直流，捂著臉向外跑去。

鄭乾連忙追了上去，追到門外的時候，程心已經坐上車，一腳踩下了油門。

汽車轟一聲離開，迅速鑽入車流消失不見。

鄭乾看著程心離去的方向，輕輕嘆了口氣。

誰都沒有想到今天的婚禮會出現這種特殊狀況。鄭晟一邊安撫蔣潔，一邊又囑咐鄭乾趕快去照顧程心。

鄭晟狠狠地一拳砸在酒桌上，震得酒杯一晃一晃的。

「爸，你放心吧，程心的車向她家方向去了。我瞭解她，不會出什麼事的。」

鄭晟點點頭，轉身安慰蔣潔：「估計這孩子就是一時氣不過，你別往心裡去。」

蔣潔抹乾眼淚，傷心道：「我從來沒有打過她，更別說打耳光了。老鄭，你說我是不是真的做錯了？」

「不，誰都沒有錯。好了，快坐下休息一會。今天你可是新娘子，得拿出最好的狀態來。」

「對啊，阿姨，你和我爸就好好慶祝。程心的事交給我吧，我去她家看一下。」

「那好，麻煩你了。」

「阿姨，你說這話不是見外嗎？你和我爸可都是……咳咳。」

鄭乾輕鬆的口氣將悲傷的氛圍稍微調解了一些，看到鄭晟擺擺手，鄭乾才放心離開。

※

其實程心的車並沒有往她自己住的地方開去，而是一路不停開往了程建業所住的地方。

原因很簡單，一是回到家沒人，二是她不想讓鄭乾找到。

所以就將目的地由自己的家調往了程建業的家。

臉上被打了一巴掌，可想而知程心的心情會有多難受。即使知道開車不能分心，可她腦海裡仍然忍不住去想那一巴掌落下的軌跡。

當時的她確實被震驚到了。她也確實沒有想到疼愛自己的老媽竟然會送給自己一個耳光。

特別是在想到小時候那些歡樂的畫面，心裡的委屈更是像被春風吹過的小草，以更加茂盛的姿態展現出來。

現在的程心什麼話也不想說，除了哭，唯一的念頭就是找到程建業，然後接著哭。

除了哭，好像她已經再找不到什麼適合宣洩這種情緒的方法。

車很快就到，滴滴幾聲喇叭，程建業就知道是程心的車來了。

剛開門不久，突然就看到一個淚人撲了進來。

什麼話也沒說，就這樣整個人趴在沙發上，肆無忌憚地哭泣。

究竟是怎麼了，才能讓平常大大咧咧的程心哭到這種程度？程建業心裡打上了一個大大的問號。

他試著拍拍程心的肩膀，問道：「程心，發生什麼事情了?跟爸爸說說。」

「爸——」

程心一下子撲到程建業懷中，哭成了一個淚人。

「不怕不怕，有爸爸在。發生什麼事了？」程建業不停安慰，心裡卻產生了濃濃的愧疚感。

自從和蔣潔離婚之後，他就發誓一定要給程心完美的生活，不讓她受委屈，不讓她受到家庭破裂的影響。

但是最近發生的一些事情，卻讓程建業頓時失去了方向。

他好像從來就沒有跟程心談過她真正喜歡什麼，也從來沒有真正瞭解過，程心想要什麼樣的生活……

現在看著她哭成這樣，不管發生了什麼事情，程建業覺得彷彿都是自己的錯。

哭了好長一陣，程心才嗚咽起來，斷斷續續地說：「我……我媽打了我……她打了我一個耳光，嗚嗚——」

程建業微微一怔，蔣潔打了程心?這不可能啊，按照蔣潔的性格，和她平時對程心的疼愛，怎麼會捨得打程心一下?更何況前幾天不是還好好的嗎?

「你跟爸爸說說，你媽為什麼打你？」

這個時候就要順著程心的話來，如果開口是問「你媽怎麼可能打你？」，估計程心會哭得更加傷心。

程建業見程心一直哭著不想說話，也就任由他趴在自己肩膀上揮灑眼淚。很多時候，哭出來就是好事，哭出來說明心裡那股氣就能放出來，否則就一定會給程心往後的生活帶來相當程度的影響。

「哭吧哭吧，想哭就哭出來。有爸在。」

果然，程心哭得更加猛烈。

哭的越厲害，程建業心裡就更加不好受。

程心一天到晚雖然像個男孩子一樣大大咧咧，也經常在某些方面故意和他作對，可是作為父親的程建業卻從未對女兒有過任何一絲不滿。

哪怕前次在酒店，他也清楚程心所說屬實，之所以做出將鄭乾趕出酒店的舉動，只不過是為了保護程心。程建業也擔心她會跟上某些品行不好的人，從而受到人家欺負。

但是最近看來，鄭晟家那兒子確實不錯。但也僅僅是不錯罷了，除非女兒堅持喜歡，否則就程建業來看，絕不符合他對女婿的要求。

想到這些有點遠，總而言之，程建業現在唯一的希望，就是想讓程心開開心心的生活，高高興興去做她自己喜歡做的事情。至於物質方面的支撐，他已經為程心做好了準備，相信那麼大的家業，已經足以為程心提供她想要的一切生活了。

然後自己再多抽出一些時間來，陪在女兒身邊……以及林曼身邊，要讓身邊的人，都感受到發自內心真正的愛和關懷。

程心依舊在哭，流下的眼淚已經將程建業的肩膀浸濕。

程建業就這樣充當她的依靠，不停抽出紙巾遞給程心，或者乾脆自己動手幫她擦乾眼淚。

就這樣過去了十多分鐘，程心終於從程建業肩膀上爬了起來，而且眼睛已經哭得紅腫，就像魚缸裡的金魚。

「爸，謝謝你。」

程建業突然覺得自己和女兒的距離在一瞬間拉近了，邊高興邊安慰道：「傻孩子，跟你爸還謝什麼？好啦，現在可以告訴我，剛才發生什麼了吧？」

程心低著頭，情緒依然低落。不過想了想，她還是將婚禮上發生的事情告訴了程建業，甚至包括之前她怎樣想方設法阻止這場婚禮的進行，也都一併說了出來。

某些事情一旦說了出來，心情就會隨著變好很多，心境也會隨之明朗起來。

程建業倒是對鄭晟和蔣潔的婚禮頗感興趣，在安慰了程心之後，他認為自己應該去一趟，畢竟是老戰友結婚。

程心卻對程建業的決定感到不解：「爸，就像您說的。我媽只是一時氣不過才打了我。我也知道我說錯了話，但是你現在過去，難道不怕又出什麼狀況嗎？」

程建業笑了笑，拍拍程心的手，讓她放心，「你爸我又不是只會讓人不高興，該送的祝福得送到啊。好了，你留在家裡好好休息一下，我過去一趟。」

「爸——」

「放心吧，我喝個喜酒就回來。」

第五十章
老死不相往來的朋友

程建業的到來可謂是讓原本趨於平靜的婚禮又起波瀾。

正準備出門尋找程心的鄭乾停下了手上事情，有些驚訝地看著程建業，不知道他這個時候來是出於什麼目的。

在最初的印象中，鄭乾對於程建業的直觀感受是冷酷、虛偽、不通人情，可是經過這幾天的直接或間接接觸之後，不得不說，在對待程心方面，他確實是一個好父親。

如果不是因為他和老頭子之間的恩怨糾葛，鄭乾覺得自己對他的印象可能還會更好一些。

但是現在嘛，不管怎麼樣，首要工作是要保證老爸和蔣潔阿姨的婚禮能夠順利進行下去。

不管是誰，到了這裡只能祝福，絕對不能再出現像程心那種情況了。

鄭乾看程建業的目光帶著不善。

程建業卻滿臉笑容朝鄭乾走來，伸出手說道：「恭喜你爸啊！」

「呃……謝謝。」

「怎麼？不請我進去喝一杯？」

鄭乾有點摸不著頭腦，這唱的是哪齣？難不成人家真是誠心實意來祝福老頭子的？

「哦哦哦，快裡面請。」

所謂伸手不打笑臉人，既然人家帶著笑容前來，那作為婚禮主辦方，自然也要給足招待才是。

至於究竟是客是豺狼，走著瞧就知道了。

程建業笑了笑，拍怕鄭乾的肩膀。不拍不好，這一排引得鄭乾目光前移，一眼便看到了程建業肩膀上的一灘水跡。

這說明什麼？不能怪鄭乾聯想太過豐富，如果沒有猜錯，剛才一路飆淚的程心應當是趴在程建業肩膀上哭了一會兒，這也能解釋為什麼程建業會突然到訪。

這麼說來，程心那邊不用擔心了。正打算出門尋找的鄭乾微微鬆了口氣，只要沒事就好。

「我爸在那邊，我帶您過去。」

此時鄭乾已經可以確定，程建業此行非但不會影響到婚禮正常進行，說不好還會使老頭子心情更加舒適。

當年的老戰友，一番冷戰和誤會之後，如果能在幾十年後坐在一起論當年，該是一件多麼幸福的事情。

抱著這樣的想法，鄭乾將程建業領到了鄭晟面前。

此時，蔣潔也在。

或許是由於剛才程心大鬧，蔣潔此時仍然淚眼迷茫。一個從未打過女兒的母親，在她自己的婚禮上出手打了女兒一個耳光。

不用想也知道她的內心承受了多大的傷害。

「不用擔心，程心知道是她錯了，現在正待在我那兒，回頭讓她給你道歉。」
程建業的話就像一束光照到了陰暗的角落，聽到熟悉的聲音，蔣潔猛地抬頭，有一瞬的錯愕。
鄭晟剛乾了一小杯，皺皺眉頭，對於程建業的到來，似乎也感到出乎意料。
「哦，爸，你先招待著，我去那邊照顧一下其他人。」
這時候甩下攤子是最正確的做法，鄭乾遞給鄭晟一個放心的表情，讓他好好關照生死與共近十年的老友。
這賊小子！老頭子沒有將話罵出口，那邊的程建業卻自己動手倒上了一杯酒，滿是真誠地抬起酒杯，說道：「我祝你和蔣潔，百年好合！」
在豪爽這一方面，鄭晟可以說完勝程建業。聽到程建業的祝福，也不管積壓了多少年的恩怨，這時候統統沉進了大海，也抬起一杯酒來，哈哈一笑：「乾！」
一杯酒下肚，豪氣沖上雲霄，什麼事情都不在話下了。
「老鄭啊，我們在部隊上一共待了多少年？」程建業臉色不變，看起來酒桌應付已經不在話下。
鄭晟先前已經喝了不少，但是現在乾下的一杯，卻彷彿是另外一個開始。
「九年多一點，十年不到些。」
「九年多啊！人生能有幾個九年？」程建業眼神悠遠，彷佛想到了當年的熱血時光。
「說得對！人生能有幾個九年？如果不是你老小子當初玩陰的，老子怎麼會落到這步田地？」
程建業哈哈大笑：「如果不是當初，你現在怎麼會有一個聽話的兒子，又怎麼能和蔣潔在一起呢？是不是這個道理？」

鄭晟喝下一杯，伸出指頭指著程建業半天說不出話來：「你這歪理，要是放在平時，我早就爬起來削你了！」

程建業搖頭笑笑：「你還是當初的性子。就像一個炸藥桶，一點就著啊。」

「怎麼？老子一輩子就這脾氣，你老小子要是不服氣，有種就用酒說話！」

「好啊，你個老頭，喝就喝！我還怕你不成？」

「嘿嘿，滿上！」

「不用滿了，抬起來乾！」

「哈哈哈！」鄭晟提起一個酒瓶，砰地放在桌上，「一人一瓶，不醉不歸！」

「好，一人一瓶，不醉不歸！」

程建業寬衣解帶，提起酒瓶就往嘴裡灌，鄭晟看著程建業喝完，也拿起來咕嚕喝下。

就這樣，在軍營同甘共苦九年、分別後立志老死不相往來的兩個老人，藉著婚禮的喜慶，坐在一起談古論今，不醉不休。

第二天一早，太陽升到了半空，透過窗戶照向了呼呼大睡的鄭乾。

前天一天一夜沒睡，昨天又幫忙在婚禮忙活，到婚宴結束的時候，還一個人搬了兩個老頭回去，要說不累那是騙人的。

但是值得啊，因為一場婚禮，使得老頭子圓夢，彌補了當初留下的遺憾，更讓老頭子和一直與他眉目不相往來的程建業找到了共同話題，如果不出意外，兩人以後的關係將會變得和以前一樣，不說患難與共，但老年之交卻已不再是空話。

鄭乾躺在床上翻了個身，糾結將近一個月之久的所有問題，似乎都在一朝之間得到了解決。即便如此下來，是以程心與他關係破裂為代價，鄭乾也沒有絲毫後悔。

如今他最想做的事情有三件：一是睡覺，安安穩穩睡上一覺，什麼都不想去管；二是睡夠之後找到程心，真心誠意道歉，並挽回兩個人的關係；三是擴大淘寶店業務，找到最適合自己的創業方式。

做完這些事情之後，便是娶程心回家。或許是想到了某些畫面，夢中的鄭乾又翻了個身，忍不住微微一笑。

第五十一章

楚雲飛

天上的烏雲被太陽戳穿，程心鬱悶了幾天的心情也終於在今天迎來一束久違的陽光。

楚雲飛回國了。

程心一大早就收拾清爽，打算去機場親自迎接自己的好哥們。

「爸，你說我穿這件好不好看？」程心拿起一件連衣裙在鏡子前擺了個pose，請正在享用早餐的程建業提供意見。

程建業抬頭仔細看了一圈，點點頭道：「好看好看，女兒穿什麼都好看。」

程心甜甜一笑：「爸，那我出門了？」

「好，路上要小心。」

「知道了。」

程心哼著小曲，拎著小包，開開心心地駕車往機場方向而去。

「也不知道有沒有變了？」

程心到了機場，急匆匆就往接機口跑了過去。一邊想著，一邊翻出手機照片來看。

照片上面是一個留著一頭犀利短髮、眼神銳利，身形高大、外表帥氣的年輕人。

看著楚雲飛發來的近照，程心微微一笑：「這外形倒是不錯，也不知道是不是個花瓶？」

「你說誰是花瓶呀？」

正在以三年前固有印象為基礎的惡意揣測，一道熟悉的聲音突然傳來。

程心轉過頭，目光向前，再右轉，一個熟悉的身影就落在眼中。

「楚雲飛！」

「程心！」

兩人哈哈一笑，緊緊擁抱在一起。

「想不到你真的來接我了。」

程心也高興，捏起拳頭往楚雲飛胸膛上砰砰捶了幾下，「怎麼，我不能來啊？」

「能啊！我高興還來不及呢！」

像三年前一樣，楚雲飛摟著程心肩膀，神秘兮兮道：「跟哥說說，這幾年有沒有交男朋友了？」

呃……這傢伙永遠都是那麼八卦，交不交男朋友和你有什麼關係？反正就算天下男人絕跡，也不會找你啊！

「哥們，這種事情你就不用為我擔心了。」程心拍拍楚雲飛肩膀，「話說這三年都學了些啥呀？讓我看看，出國留學的孩子是不是多長了三頭六臂？」

「哈哈哈，這三年也沒學多少，頂多就是在公司管理層面上的能力比以往提升了很多。」

「這是好事啊。話說我爸這次請你回來，會不會是想讓你幫忙打理公司？」

楚雲飛隨著程心坐上車，笑著點點頭：「伯父讓我幫他管理公司裡面的一些部門。」

「那你可要多努力嘍。」

「那是當然，畢竟是你大哥嘛！」

楚雲飛的到來讓原本空蕩的程建業家一下子變得熱鬧起來。程建業表示了熱烈歡迎，並讓程心下廚準備午飯，打算留楚雲飛一起吃飯。

見推託不掉，楚雲飛只好將行李放下，乖乖坐到了程建業對面。

「這次回來，就一直待在這裡吧。」程建業說，「公司裡面很多事情，我一個人也忙不過來。以後還得請你多幫忙打理。」

「伯父，放心吧。我一定按照您的要求，完成您交給的任務。」楚雲飛拍著胸脯說道。

這一幕正好被程心看見，總覺得現在的楚雲飛和三年前相比，確實改變了很多。

先不論他如今變得開朗的性格，光是那眼神當中隱隱散發出的傲氣，就讓程心有些難以適應。

想當年，這傢伙上了大學可都還需要自己保護的。雖然人高馬大，但說話就是唯唯諾諾，總是免不了被別人欺負。

為了換個環境，當初他爸媽才決定送他出國留學。

沒想到三年過去，楚雲飛的改變竟然如此之大。這也是為什麼之前程心問他，是不是留學的孩子，都多長了三頭六臂的原因。

總而言之，現在的楚雲飛變得和以前大有不同。不過目前看來，這種改變在一定程度上對楚雲飛的日後發展，肯定會起到積極作用。

三人一起吃了飯，程建業公司有事先出去，留下程心和楚雲飛在家裡面。

「你不回去休息一下？」程心問道，坐了那麼長時間飛機，不信他不累。

「休息這種事情，什麼時候都可以完成，但是和好哥們在一起聊天，可是機會難得啊！」

程心憋住笑：「你這張嘴變厲害了啊！什麼話從你嘴裡說出來好像都變甜了似的。」

「不不不，這可是真心話。」楚雲飛一本正經道，「你要知道，我們可是三年沒見了。」

是啊，坐下想想，時間確實過得夠快，轉眼間三年已過，很多事情很多人，都在不知不覺間發生了變化。

注意到了程心的情緒變化，楚雲飛將位子挪了挪，靠近程心，關心道：「怎麼了？是不是最近幾天發生了什麼事？」

不得不說狗鼻子真靈，程心緩緩搖頭：「其實也沒什麼事，可能就是想太多了吧，所以才這樣。」

楚雲飛若有所悟地點點頭，轉而眉目一開，說道：「別忘了，我可是你的好哥們，有什麼事情說出來一起分享啊。」

見程心欲言又止，楚雲飛微微一笑：「我跟你說，在國外的三年，我可是連女孩子的手都沒摸過。這是我的秘密，我可告訴你了，保密。」

終於找回了一絲以前的感覺，小時候他們也是這樣坐在一起，相互分享心底的小秘密，並勾手指讓對方保密。

程心微微一笑，伸出小指：「打勾勾。」

「打勾勾，一百年不許變！」楚雲飛掛上程心小指，唸出熟悉的約定，「現在你可以告訴我了吧？這些天一定發生了什麼不愉快的事情，否則你從來不會露出這種表情。」

程心輕輕嘆了口氣，沒有反駁。

「你知道的，我爸和我媽的關係，從離婚後就降到了冰點。我也不指望他們能夠重新回到過去，但是讓我沒有想到的是……我媽結婚了。」

緊接著，程心又將事情前後因果一起告訴了楚雲飛。包括為什麼結婚、跟誰結婚，她為什麼計畫、又怎樣阻止等等。

楚雲飛顯然沒有想到事情發展竟然如此曲折，一邊安慰程心，一邊又忍不住問：「意思就是，你現在有男朋友了，而且是三年前交往的？」

程心點了點頭：「是我向他表白的。」卻沒有注意道楚雲飛一閃而過的凌厲目光。

「沒事，你媽和男朋友的父親結婚，根據法律規定，並不影響你們倆在一起。」

「可我過不去心裡那道坎。」

「或許你應該和鄭乾好好聊聊，說不定就能找到共同的辦法了。」

程心點了點頭，臉上淡淡的哀傷掩飾不去，經過昨天一鬧，看來是時候找鄭乾談談了。

第五十二章
尋找姚佳仁

然而和鄭乾談論的事情還沒有敲定，另一件事卻將程心立刻拉回了現實。

姚佳仁失蹤了！

聽到孔浩發來的消息，程心立刻趕往和孔浩約定見面的地方，問他究竟怎麼回事。

好不容易從家裡逃出來的孔浩苦著一張臉，告訴程心：「我也不知道，最近幾天我發訊息給她，沒有人回。還以為她在忙，但是過了幾天打電話給她，還是沒有人接。」

「那也有可能是忘記回訊息，後來你打電話的時候可能是沒聽見啊。」

程心都覺得自己的理由有些牽強，又問孔浩：「你們是不是吵架了？」

孔浩茫然地搖搖頭：「沒有啊，而且前幾天我和她見面的時候還好好的，哪裡想到她會突然間消失了呢？她和你關係那麼好，我以為她會在你那兒，沒想到你也不知道她去哪了。」

「那現在怎麼辦？要不要報警？」

「不用……其實也不是失蹤，就是……她突然間不理我了，而且我去哪也找不到她。」

呃……程心真想一拳揍孔浩臉上，這傢伙能不能把話說完整？害得別人還以為是真出什麼事了。

現在看來，既然知道姚佳仁是玩失蹤，那麼找起來就方便多了。但話說回來，G市那麼大的地方，想要找一個人也不是件簡單的事情啊。

「你們是不是鬧彆扭了？」程心不懷好意看著孔浩，「老實交代，不然別想我幫著你找佳仁。」

孔浩漲著臉想說沒有，卻被程心一個「穿心瞪」瞪得把想要說出的話吞回了肚子裡面。

「好吧……確實出了一點問題。但是我保證，我絕對沒有對不起佳仁。」

「行了，趕快告訴我，究竟發生什麼事情了？」程心將站起身來發誓的孔浩一把按回座位上，開始嚴刑逼供。

「其實……其實也沒什麼。」孔浩結結巴巴，像是有什麼難言之隱。

「這可不像你孔浩的風格啊。怎麼，有什麼開不了口的話？那好吧，沒關係，反正又不是我女朋友丟了……要是我女朋友丟了，就算讓我說出所有小秘密我都會毫不猶豫。」

這句話把孔浩壓得夠嗆。乾咳兩聲，不好意思說道：「我這兩天不是被我爸媽逼著在家裡複習公務員考試嘛，你也知道，我家老頭子那脾氣……他說要是我考不上公務員，就別想從家裡拿錢花。」

程心點點頭，用玩味的目光看著孔浩，這傢伙要是能安心準備考公務員，太陽就打西邊出來了。

「然後呢？」

「然後佳仁……我沒錢給佳仁買她想要的東西……其實這樣不是主要原因，因為之前佳仁就提到過，等畢業之後她想有自己的一個家，哪怕是租的也行。但是我這段時間根本不可能逃脫我爸的手掌心啊。」

程心明白了，這不能說是誰的錯。佳仁的性格就是這樣，孔浩夾在中間做人，也挺不簡單的。

「那好吧，你先回去看看能不能等到消息，我也幫你聯繫一下其他同學，看看佳仁究竟在哪。」

得到程心的幫助，孔浩稍微放下心來。他不怕姚佳仁就此離他而去，畢竟相處了那麼長時間，相互之間的性格也有不少瞭解，最主要還是擔心她出什麼事情。

程心當然也能看出孔浩對姚佳仁的真心，不說同學一場，單說幾人間的情誼，這個忙她也要想辦法幫。

要不要跟鄭乾說一下這件事？程心想了想，還是作罷。既然他都不主動和自己說話，憑什麼自己要主動去聯繫他？哼！臭鄭乾，讓你知道惹我的下場！

「哈啾！」

鄭乾晃了晃腦袋，看著雜亂的電腦桌面，一時半會兒頭有點暈，「肯定是誰在想我了。」

「鄭乾，你沒什麼事吧？」

蔣潔正端著一杯熱水過來，放到鄭乾電腦桌上，關心道：「可別弄感冒了，快喝點水。」

「謝謝阿姨。」

「我幫你收拾收拾，你先忙自己的。」

說著，蔣潔就像前幾天一樣開始幫鄭乾打理髒亂的屋子，鄭乾羞紅了臉連忙說不用，趕快自己動手整理起來。

這些天因為沒和程心聯繫，鄭乾乾脆整個人投入在創業上面。也正是因為如此，才使得生活規律混亂，導致每天蔣潔都會主動幫他收拾房間的尷尬事情發生。

這可不是鄭乾想要的結果。而且他也深深地感覺到，自從鄭晟和蔣潔結婚之後，他在家裡就完全變成了一個一百瓦大燈泡，不管做什麼事情，好像都有一點礙手礙腳的感覺。

鄭乾也試著想要解決現在的處境，如果可以的話，他倒是打算把這裡留給鄭晟和蔣潔，自己去外面單獨租一處地方住著。

這樣不但能夠解決創業期需要，而且還不會打擾到鄭晟和蔣潔的幸福生活。

有了這個想法之後，當天鄭乾就和孔浩聯繫，想問問他有什麼看法，雖然確實不想去打擾他，但就鄭乾來看，孔浩考公務員這種事情……還得再想想。

但是沒想到，電話剛打過去，就被孔浩淒淒慘慘的哭訴反客為主。

「怎麼了？」鄭乾的第一個想法是這傢伙肯定有耍什麼花招，但是接下來孔浩的話，卻讓鄭乾嚇了一跳。

「佳仁消失了。」

沒有用失蹤，用的是消失，意思是還能找得到。

「你小子肯定又做了什麼對不起人家的事情，對不對？」

「大哥，冤枉啊我！為什麼每個人聽到這個消息的第一反應都是這樣呢？」

那是因為你小子是慣犯！鄭乾沒說這句話，卻用另一個意思將其表達了出來，「沒辦法，兄弟們都瞭解你。」

「算了，不和你扯這些沒用的。說吧，找我什麼事？」

鄭乾想了想，自己要說的事情好像對孔浩有很大的好處，確定之後，才開口說道：「你看，我爸和蔣潔阿姨結了婚，我留在家裡就是燈泡啊。」

「早看出來了。」孔浩狗嘴裡吐不出象牙，剛才還撕心裂肺求安慰，現在立刻變得冷嘲熱諷起來。

鄭乾知道他就這德行，沒有理會，接著說道：「我就想，我們可不可以一起合租一間屋子，畢竟相互間熟悉，相處起來也比較方便。」

感覺到孔浩還在猶豫，鄭乾又添加一劑猛藥：「說不定租了房間，你的佳仁就會回心轉意自己回來找你了呢？」

好像說得挺有道理，孔浩哈哈一笑：「那就這麼說定了！」

第五十三章
只有我家

搞定合租問題的鄭乾哈哈一笑，那尖銳的笑聲使得在隔壁剛喝了一口水的蔣潔，差點將口中之水逆流噴出。

這孩子，是不是得病了？

G市的天空永遠那麼湛藍，即使是在熱氣蒸騰的夏天，微風拂過的時候，偶爾也能帶來一絲溫涼。但更多的卻還是熱浪撲鼻。

鄭乾和孔浩滿頭大汗走在大街上，看著高樓林立的城市，一時之間竟然有些悵然。

「你說要是哪天我也能擁有那麼大一棟房子該多好。我一定要讓你們所有人都搬來裡面住。」

鄭乾為孔浩的見識感到悲哀：「兄弟，這是辦公大樓，不是你睡覺的地方。該醒醒了。」

「切，你別小看我。等我考上公務員，我……我讓你們好看。」

這孩子，已經累到開始說胡話了。

「走吧，去那邊看看，順便休息一下。」

鄭乾和孔浩順著街道一直往下，才找到一處差不多看上去有些像出租房模樣的地方。

只不過周圍環境不怎麼好，而且離鬧區太近，不用想也知道房租一定很貴。住在這裡的話，小心一個月掙得錢還不夠繳房租的……

這就尷尬了。

口袋裡沒點錢揣著，做什麼都顯得畏首畏尾。

「這裡已經是第九個地方了……大哥，我們還要找多少？」

鄭乾也不想到處亂逛，但是為了能夠最大程度上節約開支，並方便創業工作的進行，最好還是精心挑選一下。否則到時候哭的還不是自己。

不得已，孔浩又跟隨鄭乾進行了沒有目標、沒有方向、沒有計畫的挑房行動。

就這樣逛了一整天，不用說沒有租到合適的房子，甚至就連一間能夠看得上眼的也沒有。

看得上眼是什麼標準？按照鄭乾和孔浩既定的標準來說，首先要經濟，選擇經濟型住房，既簡單又舒適，適合小青年開展任何活動專案；其次要安靜，創業或者準備公務員考試最需要的環境就是安靜，但是同時離城區不能太遠，否則交通不太方便。

綜合這些因素，鄭乾和孔浩在市區和郊區轉悠了一天，就是沒有發現符合條件的住房。

這讓孔浩感到十分沮喪。

「要不我們還是各回各家、各找各媽吧。不然你看看，那些房子要麼就是太貴，要麼就是太貴，要麼就是太貴。」

連說三個太貴，直接把鄭乾壓得喘不出氣來。

但是回去是不可能的，在出來找房之前鄭乾就已經下定決心，將自己先前所租的房屋留給老頭子和蔣潔阿姨，至於他們是要留在這裡還是回去老家，得看他們怎麼打算。

總之自己是不能回去了。

「我們再找找看，說不定一轉眼就能看到合適的……」

話還沒有說完，一轉眼鄭乾就看到一團肥肉正朝自己和孔浩這邊移動。

肥肉正在不斷接近，速度越來越快，身影也越發清晰。

莫小寶！

這都能遇見，也真是夠巧的。這是鄭乾和孔浩冒出的第一個想法。

「兩位，你們在這啊！真是讓我找了好久。」莫小寶一邊擦他頭上像淋雨一般的汗，一邊往鄭乾和孔浩肩膀上狠狠拍了兩下，「租房也不找我，太不仗義了吧？」

「啥？」鄭乾和孔浩對視一眼，異口同聲問道，「你怎麼知道我們在租房？」

「嘿！昨天我就看到孔浩發群組了。」莫小寶朝孔浩挑眉，眼睛不停盯著人家胸肌看，頓時兩眼放光。

孔浩嚇得跳了起來，捂著胸口罵莫小寶無恥：「你要幹嘛？」

鄭乾在一旁覺得好笑，真是一對活寶。

「好吧，說說有什麼事？」鄭乾抽出幾張紙遞給莫小寶擦汗，「是不是有辦法幫我們找到合適的地方？」

莫小寶拍拍長著一撮胸毛的厚實胸膛，身上肥肉跟著一顫一顫：「放心好了，包在我身上。」

見莫小寶這麼篤定，鄭乾反而有些不確定了。這傢伙做事不牢靠，可是有前科的，即便他拍著胸脯保證，也得做好最壞打算。

「行啦，別用那種眼神看著我。」莫小寶悠悠說道，「我幫你們找的地方，水電費全免，吃全免……不對，吃自給自足；還有住宿全免。」

天下哪有那麼好的地方，又不是你家……

「沒錯，天底下這麼好的地方……只有我家！」

莫小寶看著鄭乾和孔浩一臉想殺人的表情，連忙退後，「你們要幹嘛？我告訴你們，這可是光天化日之下，打人是違法的！」

「切——」

鄭乾和孔浩不約而同對莫小寶比出一個中指。這傢伙果真是異想天開，就算是關係再好，哪有將同學帶回家裡住的？

「你們不信啊？」

莫小寶急了，一急就容易結巴，結果結巴半天也沒有表達清楚想要表達的意思。

鄭乾連忙幫他撫胸按摩，生怕莫胖子心臟系統突然關閉，一下子去了西天。

「別按了！」莫小寶終於緩過勁兒來，看著鄭乾和孔浩認真說道，「我不是說讓你們去和我爸我媽一大家子住，而是跟我一起住，懂了嗎？」

鄭乾和孔浩點了點頭，懂了。

然後呢？

「我爸買了一套別墅給我。別這麼看著我，誰讓我瀟灑英俊、玉樹臨風呢？」莫小寶洋洋自得，看到鄭乾鄙視的模樣，他還是翻翻白眼，回歸正軌解釋，「別墅作為獎勵，是因為我手下的兩個海鮮店創下了我爸延伸業務的最佳業績。」

這就明白了。可是鄭乾和孔浩還是覺得幸福來得太快，一時半會沒有徹底反應過來，明明剛才還在遭受仲介一個接一個的白眼，可轉眼間，居然就要住別墅了？

生性謹慎的鄭乾不得不提醒道：「小寶，你可別拿我們開玩笑。你也知道，我現在還處於創業階段，如果能像你說的一樣，去和你一起住，那麼每個月我就能省下不少的一筆開支。」

莫小寶趕緊點頭：「現在就走。但是有個要求啊……」莫小寶轉過身來，神秘兮兮道，「你們每天得花點時間……咳咳，陪我打遊戲。」

「切——」又是兩根筆直的中指。

第五十四章
取錢

跟隨莫小寶來到他自己的別墅，一眼看去，頓時一股高貴的氣息就撲面而來。

鄭乾還好，畢竟性格本就鎮靜，雖然也有驚訝，但還在可控範圍之內。倒是孔浩卻像沒有見過世面似的，捂著胸口不敢相信這是真的。

「我們以後……就住這裡嗎？」

莫小寶嘿嘿一笑，摟著孔浩肩膀，右手劃過一圈，呈包羅之勢，「沒錯，以後這裡就是我們三兄弟的老巢了。」

三人來到裡面，發現無論裝潢還是設計都屬於頂尖水準。僅是粗略一看，就能讓人產生一種親切和享受的感覺。

「以後在這裡工作，各種什麼的就方便多了。」

孔浩也點點頭：「在這裡念書一定會事半功倍。」

「切——」

這次是另外兩根指頭。

莫小寶一臉賤笑看著孔浩：「你看看這裡、那裡，還有樓上，你覺得你有心思靜下心來學習嗎？」

孔浩順著莫小寶指去的方向看，發現到處都是遊戲機！

好吧！就連鄭乾在內，也不得不哀嘆一聲，如此設置，倘若不發揮昔日學校戰隊榮光，豈不無顏面對江東父老？

還能說什麼？開戰啊！

頓時間，三人一個佔據一台遊戲機，開始踏上了住進別墅之後的遊戲戰隊不歸路。

孔浩在這裡玩得激動大叫，而程心卻正為了尋找姚佳仁而到處奔波。

不過好在已經得到了姚佳仁的位置資訊，想要打個電話告訴孔浩，卻又猛然想到鄭乾這些天都還沒有聯繫過她，頓時心裡就將孔浩和鄭乾歸為同類……

打遊戲打得正入神的孔浩手機突然一震，拿出手機一看，急忙丟了遊戲手把打開訊息，惹得莫小寶齜牙咧嘴大罵豬隊友。

嘿嘿，遊戲和女朋友相比哪個重要？孔浩心裡大樂，姚佳仁終於肯回訊息了！

只有一句話：看在你那麼辛苦找我的份上，這次我就饒過你了。

孔浩高興得跳了起來，二話不說，立即告別鄭乾和莫小寶，往自己家裡趕去。

雖然得到了姚佳仁的原諒，但是孔浩心裡卻無論如何也跨不過去那道坎。

別人家的男朋友對待自己喜歡的女孩，那都是要什麼買什麼，從來不會讓對方受一點委屈。

可是自己倒好，因為被逼著考公務員，不但被家裡切斷經濟來源，還因此使得佳仁產生了離開的念頭。

這次既然已經得到了佳仁的原諒，就不能再讓她感到不高興了。

所以孔浩立刻決定，回到家裡，跟老媽要一點錢，然後……嘿嘿，孔浩一邊奸笑一邊勾勒出了一副美好畫面。

「爸、媽，我回來了。」

這小子今天怎麼這麼高興？孔父點了根煙，偏頭看了眼孔母，「去開門。」

孔母瞪了眼翹著二郎腿的孔父，說道：「看吧，我當初說對了吧？我們兒子就是欠管教，如果當初不是我堅持讓他回家考公務員，他現在說不定還在外面鬼混。」

孔父趕緊擺手：「好好好，你說的都對。」

「爸、媽，你們吃飯了沒？」

「還沒呢，今晚在家吃飯，讓你媽買些好吃的來，給你補補身子。」

孔浩一聽要補身子，腦海裡面突然想到了餐桌上那些油而肥膩的食物……一瞬間完全沒有了食欲。

「不用不用，爸、媽，我今天想跟你們說一件事。那個……你們能不能給我兩千塊錢？就兩千。」

「啥？又要錢？還就兩千？」孔母尖銳的聲音戳得孔浩耳膜生疼，「如果考不上公務員，你就別想要錢了！」

孔父敲了敲煙頭，將頭瞥向一邊，不打算參與家庭錢財紛爭。

「媽，您先別急啊。」孔浩趕緊作乖乖狀，挽著孔母手臂說道，「這次我要錢不是用來亂花的。」

「錢不拿去花，拿去做什麼？」孔母不吃孔浩撒嬌這一套。

「我今天在外面看到了一家公務員考試補習班……你猜怎麼著？我親自去聽了一節課，發現還真不錯，好多以前悶頭看不懂的東西，聽人家一講，立刻就明白了。」

「有這麼好？」

孔母盯著孔浩眼睛，自家兒子的個性她再熟悉不過。但是這次看了十秒鐘，甚至已經將孔浩的眼球都看穿了，仍然沒有從中發現一絲說謊的意味。

難道這臭小子當真改邪歸正了？孔母不放心，轉頭給了孔父一個眼神，讓他幫忙看看。

看到老爸和老媽間熟悉的溝通方式，孔浩心裡一樂，看來成功了。

老爸嘛，雖然在老媽面前嚴厲一些，但是在背後，那就是家庭革命時期最好的盟友啊！

果然，孔父接收到孔母傳遞而出的無線無聲波——統稱秋波，立刻咳嗽一聲，一本正經開始往孔浩臉上瞧，除了看到一張帥氣如他的臉龐外，再沒有什麼多餘發現。

「不錯不錯，不過去到補習班可得好好學習，爭取一次考過，這樣你爸我就可以福享嘍！」

這就等於批准資金調動了。孔浩樂呵呵陪著孔母去取錢，自動忽略孔母投過來的嫌棄目光。

※

剛剛原諒孔浩的姚佳仁此時正和程心一起坐在某間咖啡店，點了一杯咖啡喝著。

聽到程心說到孔浩到處找她的著急樣子，姚佳仁心裡那股氣終於緩緩釋放了出去，心情也變好了不少。

「呆子！」姚佳仁拿著勺子戳咖啡袋，將杯子裡的咖啡袋當成孔浩，心裡有多少氣都往這撒了。

程心拉過姚佳仁的手，笑道：「看得出來，孔浩他是真心愛你的，不然也不會那麼著急到處找你，就差沒報警了。」

姚佳仁點了點頭，知道程心說的是真話。

「程心，我這幾天怎麼都不見你和鄭乾在一起？發生什麼事了？」

程心偏過頭，笑了笑：「沒事，我和他能有什麼事？」

「程心，你就別騙我了。我們那麼多年的好姐妹，我還看不出來呀？」姚佳仁拍了拍程心手背，「要我看啊，鄭乾他有幹勁，能吃苦，而且老實、善良，你跟著他準沒錯的。」

「我知道。那……」話沒說完，卻聽到姚佳仁電話響了起來。

第五十五章
參加活動

看到是孔浩打來的電話，姚佳仁拿起來湊到程心前面晃了晃，無奈笑道：「真是厚臉皮。」

程心對於姚佳仁得了便宜還賣乖的做法感到鄙視，將本要說出口的話全部收回，指了指外頭，輕聲對姚佳仁說道：「我先走了。孔浩待會過來，你們倆好好玩。」

說完，還俏皮地給了姚佳仁一個「你懂的」眼神，然後出了咖啡店，一溜煙地沒入人群當中。

做好事不留名，向來是程心的追求以及對自己的要求。

以前送老奶奶過馬路，不等人家說謝，就先開始說不用謝；後來學校裡拾金不昧，不等老師表揚，就開口說這是我應該做的……於是這樣的習慣就在不知不覺間養成了。

踏著暮色走在人來人往的大街上，程心覺著身心無比放鬆。

人一旦放鬆下來，心裡某些想法就會悄無聲息地發生改變。心裡的怒氣也會悄然間消失，於是開始回想產生怒氣的原因。

想著想著，似乎沒有發現過去的事情中有值得生氣的地方。程心嘟著嘴想，是不是該給鄭乾發條訊息了？

可是這樣一想，輕鬆的心情卻立刻變得波濤洶湧起來。

同樣的道理：你不理我，我才不先理你呢！

我們就接著耗，看誰耗得過誰！

「哈啾！」

鄭乾打了個噴嚏，忍不住扭了扭因為玩遊戲而有些酸疼的脖子，咕噥道：「不會是感冒了吧？」

「我看啊，是有人想你。」

莫小寶一招幹掉boss，轉身對鄭乾說道：「我看你這幾天都沒和程心在一起，怎麼了，還在為你爸結婚的事情鬧著？」

莫小寶好像還不知道其中恩怨糾葛，不過說來話長，鄭乾也不打算分享他和程心兩個人一同的小秘密，也就隨便打了個哈哈敷衍。

「好吧，不說算了。」莫小寶走過來，搭著鄭乾肩膀，一臉遺憾地說道，「原本我看著東城區有個活動，如果你肯告訴我的話，說不定我們就能帶著程心去參加，到時候你小子就可以趁機賠禮道歉了嘛。嗯哼？」

一看莫小寶這眼神，鄭乾就知道準沒好事，忍不住打了個寒顫，擺擺手表示不感興趣。

莫小寶不死心：「你別後悔啊，我和孔浩都說好了。」

「他告訴你了？」

「廢話，不然我怎麼會想到那麼好的一個辦法，幫你挽回和程心的關係？」莫小寶一臉奸笑，「不過你也別怪孔浩，好兄弟嘛，隨便威脅一下就……咳咳。」

鄭乾大罵孔浩不講義氣。

莫小寶卻趁機將自己的計畫說了出來，他看得出來鄭乾有些心不在焉的樣子，明顯是有心事嘛，至於這心事……只要長個腦袋都能猜得出來。

聽了莫小寶出的餿主意，鄭乾卻一下子陷入了沉思。

就像孔浩曾經說過的一樣，男生和女生談戀愛時，最容易吃虧的往往是女生。不管遇到什麼事情，男生總該讓著女生，並且要學會主動認錯等等。

想起孔浩一堆歪理——明明覺著是歪理兒，現在卻又覺得很有道理，鄭乾對程心的思念就像山洪爆發一樣止不住了。

「好，那我們就……參加？」

莫小寶拍拍鄭乾肩膀，一副孺子可教的模樣，「這就對了，等待會孔浩一到，我們再討論討論。」

※

「那我們找到鄭乾，討論討論？」

姚佳仁收到孔浩親自送給她的包，一改往日對孔浩橫眉冷目的模樣，一下子變得乖巧起來，就像一隻小綿羊。

這種急速轉變倒是讓孔浩有點吃不消，號稱萬花叢中過的一個大男人，此時就像沒有談過戀愛一樣，畏畏縮縮拉著姚佳仁的手，小聲道：「都聽你的。」

「滾！」

「啊！幹嘛踹我？」

孔浩捂著屁股，兩眼淚花閃爍，可憐兮兮看著姚佳仁。

「你再裝？再裝我就走了！」

呃……好不容易握在手心裡了，怎麼可能讓你輕易就走了？孔浩嘿嘿一笑，上前拉起姚佳仁的手：

「走，我帶你去看看我們的根據地！」

孔浩將姚佳仁帶到了莫小寶的別墅，看著眼前堪稱豪華的建築，姚佳仁心裡隱隱悸動起來，如果自己以後也能擁有一套這樣的房子……

正進行著無限幻想，突然被孔浩一把拉了進去。姚佳仁想殺人的心都有了。

來到裡面，姚佳仁先和鄭乾、莫小寶打了聲招呼，也跟他們說了下關於玩失蹤的事情。

「對不起啊，是我太任性了，害得大家都在到處找我。」

不過鄭乾並沒有責怪姚佳仁的意思，小倆口還有打架的時候呢，情侶間鬧個彆扭不是很正常的事情嗎？就像他和程心一樣……

莫小寶則更表示沒有關係了，因為他根本就不知道姚佳仁玩失蹤的事情……

幾人交流的話題最終還是落在了關於參加那個活動，幫助鄭乾和程心恢復關係上面。

「胖哥，你跟鄭乾說了吧？」

莫小寶看了眼鄭乾，跟孔浩完成眼神交流：肯定說了啊，胖哥我辦事你還不放心？

孔浩沖鄭乾傻傻一笑：「掙錢的，你說這方法怎麼樣？」

鄭乾沒有說話，姚佳仁卻開口道：「鄭乾，剛才程心和我在一起的時候，我看得出她對你很在意，如果想要讓她開開心心回到你身邊的話，我想這個方法還是挺不錯的。」

不知道為什麼，鄭乾總是覺得女孩子說出口的話要比孔浩、莫小寶之流更加靠譜，莫小寶好說歹說說了半天，鄭乾所唯一能夠接受的就是參加活動，但是活動內容……他卻持懷疑態度。

但是經過姚佳仁一勸，鄭乾心裡就覺得這方法可以。畢竟姚佳仁是女孩子，能夠從一定程度上理解女生的想法。所以……應該不會有什麼問題才是。

其實所謂的活動，不過就是一個某產品官方主辦的名為「情侶三級跳」的戶外活動而已。

活動要求一共分三級，首先參加活動的兩人必須一男一女，這是必要條件；接著，如果這兩人能夠完成情話表白、擁抱、接吻三個環節中的任意一個，就能獲得由主辦方提供的相應獎品一份。

這只不過是一個促銷活動而已，鄭乾心底有一種被欺騙的感覺，認為自己這些朋友純粹就是拿他開心，誰跟女朋友道歉，會選擇這種地方和這種形式？丟臉啊！

要不是莫小寶雄赳赳氣昂昂的看守著鄭乾，鄭乾早就掉頭走了。

第五十六章
一吻情深

莫小寶看出了鄭乾的意圖，忍不住用看鄉巴佬的眼神望了他一眼，鄙視道：「你知不知道現在這個活動在G市已經火爆到什麼程度了？它可是被許多在校學生以及社會青年看作是堪比情人節的盛大節日啊！一年一度！這麼跟你說吧，就我們學校，恐怕有三分之一的情侶，都是在這個活動上表白成功的。起初我也納悶，為啥這些人都喜歡到這種地方表白，後來親自一看才知道，裡頭的門道可大著呢，絕對不是你表面上看起來那麼簡單。」

莫小寶說得鄭乾一愣，這活動有那麼厲害？我怎麼沒有聽誰說過？

「不知道了吧？就說你們這些一天到晚讀書的人吶，就該多走出來看看，你看，跟不上潮流了吧？」莫小寶一副恨其不爭的樣子，更加說得鄭乾一愣一愣，徹底不知道該怎麼反駁了。

「別愣著了，趕快站到前面去。」莫小寶一邊囑咐，一邊打開手機看，「姚佳仁說待會程心就來了，記得第一個上去，按我們昨晚計畫的做啊。」

吩咐好鄭乾，莫小寶朝一起等待程心的孔浩及姚佳仁比了個OK的手勢，表示一切搞定。

孔浩哈哈一笑，表示他們那邊也等待就緒。

萬事俱備，只欠姚佳仁。

等過了十多分鐘，主持人站到臺上的時候，鄭乾才知道莫小寶所說的確實沒錯。

普通一個活動，此時竟然人山人海，咿咿哇哇，個子矮的站邊上絕對看不到前面。

原本持平常心的鄭乾突然感覺有些緊張了起來。這種緊張在老爸婚禮上演講時出現過一次，沒想到現在又出現了。

接下來，主持人進行開場白，並詢問哪對情侶願意第一個到臺上進行今天的第一個情侶三級跳活動。

這就是表示活動要正式開始了。

「快上啊！」莫小寶在後面催促，但是鄭乾一下子沒有反應過來。「上啥？」

「上去！」後面人群擁擠，如果不是有排隊順序和現場治安維持的話，估計舞臺早就被踩塌了。

莫小寶見旁邊已經開始有人蠢蠢欲動，再也不猶豫，直接憑藉自己雄厚的身軀，一把扛起鄭乾，扔了上去。

沒錯，是扔了上去。這樣一來，鄭乾就成為了第一個上去的人。

主持人也有些驚訝，心裡感嘆現在的年輕人，為了愛情真是不惜以生命在賭博啊。一邊拿起麥克風宣佈，今天的第一對情侶已經產生。

呃……正要對情侶進行介紹的時候，主持人卻發現好像只有一位男士站在上面，女方呢？

正要問出這個問題，就看到另外一邊一個氣質與形象俱佳的女孩被另一個氣質與形象俱佳的女孩拉推上了舞臺。

這是玩得哪齣？主持人臉上大寫的一個問號，對現在的年輕人真是越來越不懂了，談戀愛有啥好害羞的，一看就是連表白都還沒有過的小新人……

正要以非常具有誘惑力的語氣，促成這對在他看來還沒有嘗過戀愛滋味的文氣男和顏值女時，卻看到他對面的男方從地上爬了起來，拍拍屁股上的灰，二話不說就往女的走了過去。

下面莫小寶眼睛直溜溜盯著鄭乾和程心，亢奮異常，簡直比第一次摸女生的手還要激動！另一邊剛將程心推了上去的姚佳仁還來不及喘口氣，也目不轉睛看著大步走向程心的鄭乾。

開始了！開始了！

幾人心中默念，一股豪氣正要噴發而出的時候，走到程心面前的鄭乾卻一下子停了下來。

「咦——」

「切——」

下面噓聲四起，莫小寶有些尷尬地往周圍看了看，好像這些噓聲都是送給自己的一樣，孔浩和姚佳仁緊張了起來，這鄭乾不會變卦吧？

沒有變卦，但是鄭乾心裡卻像有無數頭小鹿一起亂撞一樣，前所未有的緊張、前所未有的期待……

如果有人眼尖的話，甚至可以注意到他的手正微微顫抖著。不用多想，也知道他此時的心情該是多麼緊張和激動。

「親一個！」

「親一個！」

「親一個！」

※

如浪潮般的呼聲在莫小寶和孔浩的刻意帶動下翻滾起來，像一次次敲門聲一樣，一點一點摳開鄭乾心靈的房門。

此時的程心早已知道發生了什麼事情，感激地看了姚佳仁一眼，但更多的卻還是感激，以及比感激更甚的緊張、期望……

程心的手緊緊握了起來，手心上的汗正不停冒出。

正想著如果鄭乾吻她，她應該拒絕還是迎合的時候，已經感到一絲清涼襲入了唇間。

「喔喔喔——」

「哇哦——」

「在一起！在一起！在一起……」

呼聲一浪高過一浪，鄭乾卻擁抱著程心，站在臺上忘情地親吻著……一切都是那麼的美好和熟悉。

鄭乾內心的小鹿一頭頭消失不見，轉而緩緩變成了空白，空白之中出現一個帶著微笑的程心，隨後又歸於空白……

而程心，現在已經什麼都忘記了。她的眼中、她的心裡，此時都只剩下了一個人——鄭乾。

想當初在畢業晚會上，她披著婚紗，當著全部師生的面，向他求婚。那時候都沒有過現在這種奇妙的感覺，程心不想去知道為什麼，她只要享受。

享受這一刻就好了。

舞臺上擁吻的兩人已經完全墜入了情海之中，主持人也知趣地退到一旁，心裡在想，已經好久沒有看到過這麼直接的男生了。當然，看看下面激動的人群，這些都是收視率……不，議論度的保障啊！

主持人心裡像吃了蜜一樣的甜，今天這一吻，讓活動進入到了最高潮。

擁吻還在持續，許多人嗓子都已經快要吼乾，發現鄭乾和程心仍然沒有停下的徵兆，一下子洩了氣，將大吼變成了掌聲。

如浪潮般的起哄聲開始停歇，並逐漸轉換為像洪濤般的掌聲。

一吻天長地久。

鄭乾終於輕輕放開手，捧起程心的臉頰，說出了三個字。

我愛你。

第五十七章 反戈相擊

程心眼睫毛輕輕一顫，還記得鄭乾對他說這三個字的時候，已經需要追溯到畢業晚會上了。

沒想到在這樣的場合，一向對愛情持有保守觀念的鄭乾，會當著無數人的面擁抱她、吻她，並說出「我愛你」三個字。

「之前的事，對不起。」

溫柔而充滿陽剛氣息的聲音迴旋在耳畔，程心耳朵微紅，點了點頭：「我知道，沒關係。」

鄭乾笑了，雙手環腰，緊緊抱住了程心。

兩人所有的話都已經融化在了一吻一抱中，曾經的隔閡和所有不愉快，都已經煙消雲散。

「在一起！」

「在一起！」

「在一起！」

……

人們的掌聲又變回了歡呼聲。

鄭乾看著程心的眼眸，輕輕一笑：「等我一下。」

程心不知道鄭乾要做什麼，但是點了點頭：「好。」

兩人這小情話聽得站在第一排的姚佳仁和孔浩雙雙起哄，而就在另一個方向的莫小寶，此時更是已經抹起了眼淚，被鄭乾和程心的愛情所打動。

就在所有人不知道鄭乾要做什麼的時候，卻看到他走到主持人面前，說一句謝謝，隨後拿過麥克風，走回程心身邊。

「今天，我鄭乾要向全世界宣佈：程心，我愛你！」

剛才的「我愛你」三個字是對程心的承諾和表白，此時此刻的「我愛你」三個字，卻是對全世界的宣言。

程心是我鄭乾的，以前是，現在是，以後也是。

掌聲雷動，很多情侶已經被鄭乾和程心的真情感動，歡笑著過來，流著眼淚離開的已經不止莫小寶一人。

※

鄭乾和程心恢復了關係，不止當事人開心，就連莫小寶、孔浩和姚佳仁也跟著一起開心。

當天一不做二不休，莫小寶做東，拉著所有人一起到他的海鮮店飽飽吃了一頓。

接連幾天，鄭乾搬家之後的淘寶業務也開始走上正軌，姚佳仁繼續尋求高薪高職，孔浩繼續被逼迫準備考公務員。

但是對於孔父孔母來說，卻認為孔浩這幾天的行為有些反常。他們認為這孩子以前被關在家裡的時候，別說出去，就是在家裡上個網都會自覺地進行時間限制，但是自從報了那個什麼補習班之後，整個人都變了許多。

不但一整天出去，混到晚上才肯回來，而且前幾天回家的時候還一身酒氣，這讓孔母深深懷疑，兒子是不是又跟著哪幫狐朋狗友去當混混了？

「他爹啊，孩子這樣下去可不行，我們得想想辦法。」孔母一臉愁容對孔爸說。

孔爸翹二郎腿，正拿出挖耳棒準備挖耳屎，聽到孔母一說，附和著點點頭：「是該想想辦法了。」

「可你說，我們該怎麼辦，他才肯聽話啊？」

孔爸一派輕鬆的樣子：「放心，這小子像我，我年輕時候不見得有他乖，現在還不是照樣風生水起，娶了你、生了兒子、買了車和房？」

孔母對孔父的消極態度十分不滿，使出二十多年來出之必勝的殺手鐧，往孔父耳朵上一擰，看著孔父猙獰著面孔求饒，屢試不爽，又不由加大了幾分力度。

「連你都不管你兒子，老娘憑什麼去管？」

「好好好，我錯了我錯了！我管還不行嗎？哎唷——」

「哼！」孔母依依不捨的放下孔父的耳朵，舉起揪耳朵的指頭輕輕一吹，就像情治特務殺完人輕輕一吹槍口冒出的煙。

真是嚇煞孔父也！

「說吧，我們該怎麼辦？」

孔父摸了摸生疼的耳朵，堂堂男兒五尺之軀，本不想屈服于孔母淫威，但勝在識時務者為俊傑，先……屈服再說吧。

「我看啊，等他回來，你親自過問。」

「放屁！」孔母為孔父的智商感到著急，「你不知道這小子在我面前從不說真話嗎？而且為什麼你不問，偏偏讓我去問？」

「這不是怕……好吧好吧，我問我問。」孔父滿臉無奈。

「不行！」孔母又一次否定，「別以為我不知道你們爺倆兒那點小秘密，你做事我不放心。」

孔父攤攤手：「好吧，既然不相信我，那你自己想辦法去。」

「我……」

「別擰——我陪你一起想辦法。」

「這還差不多。」孔母看著外面漸晚的天色，不由有些擔憂，「這臭小子怎麼越來越不聽話了，現在還不回來。」

剛說著，門外就響起了敲門聲，打開一看，正是孔浩。

「爸、媽，我回來了。」

氣氛有點不對勁啊，孔浩偏頭看著一言不發、臉色陰沉的孔母，坐下後又看了看淡定挖耳朵，一臉無所謂的孔父。

發生什麼事情了？

「爸、媽，你們這是……」

除了吵架孔浩想不出其他理由，但是老爸和老媽會吵架嗎？好像從來沒有見過，畢竟老爸……咳咳，典型的妻管嚴啊！

「沒什麼，就是覺得你小子越來越不聽話了。」

孔浩有些心虛地笑笑：「媽，我哪裡不聽話了？你看看我現在……」

「停。」孔母一擺手，不吃這一套，鼻子湊往孔浩身上，聞聞，一股被掩飾得很好的淡淡的酒味兒。

「行啊，前幾天剛被教訓一頓，讓你不要喝酒，拿我話當耳邊風是吧？」

孔浩心想糟糕，老媽鼻子真靈，明明回來的時候已經在小寶那刷過牙洗過澡了……

「嘿嘿，媽……」

孔浩想套近乎，卻被孔母一巴掌打開：「老實交代，去哪裡了？」

「呃……跟同學吃了個飯。」見老媽眼睛一瞪，又小聲說，「順帶喝了點酒，一小點。」孔浩伸出指頭比了比。

孔母突然眼眶一紅，頓時把當年懷他生他的痛苦，一次性的集中到了眼淚當中，爆發出來。

「我上輩子是遭了什麼孽啊！」孔母邊哭邊吟唱，「我辛辛苦苦生下你，但是老天爺不讓我過個好日子啊！造什麼孽啊！」

每當到這個時候，孔浩就知道糟了。

趕緊看向老爸尋求戰略支援，不過孔父這次相當講義氣，非但沒有理會兒子的求助，反倒是直接走到孔母身邊，一邊安慰一邊數落了一大堆孔浩的不是。

「都是這小子的錯，你別傷心啊！你看我待會怎麼收拾他！」

「這……」孔浩看得目瞪口呆，早就和自己達成相互幫助共識的老爸，啥時候決定開始反戈相擊了？

第五十八章
跟蹤

「還不快過來和你媽道歉！」

呃……好吧，孔浩低垂著頭走到孔母面前：「媽，您別生氣了，我知道都是我的錯，要打要罵都好，別氣壞了身子。」

不理。

孔浩趕緊給孔爸使眼色，「快啊。」

大概是考慮到以後發生家庭革命時，還得需要兒子暗中援助，所以孔父只能硬著頭皮替孔浩說好話：「你看，兒子都給你道歉了。別哭了啊。」

「是啊，媽。對不起。」

「還知道說對不起？」

孔母嗶一下站起身來，剛才明明已經哭出了不少眼淚，但是現在……眼睛裡啥都沒看到啊？

孔浩呆了呆，為老媽的哭之技巧感嘆。

「你知道錯哪裡了？」

孔浩趕緊點頭：「我不該瞞著您和老爸去跟朋友們喝酒，更不應該在準備考試的時候在外面鬼混……」

「好，趕快回去睡覺，明天上完補習班立刻給我回家！」

等孔浩乖乖進屋去後，孔母揉了揉發紅的眼睛，盯著孔父說道：「等明天兒子起來，我跟著去看看。」

孔父想了想，覺得這個方法不錯，點了點頭，放下二郎腿，一邊往臥室走去，一邊悠悠說道：「兒子唷，明天就看你自己的造化嘍。」

G市城市街道繁華，最近幾年隨著經濟開發的深入，許多當年蒙在一隅的小巷子，都被規劃成為了集吃、住、行於三位一體的小型觀光區。

這裡就是好啊，吃的玩的用的，各色各樣的小店中小物件琳琅滿目，一排排看得孔母眼花繚亂。時不時看見身邊又摟又親的小情侶們，就差沒有蒙起眼睛喊羞羞臉了。

果真世風日下啊！如果不是看到兒子進來了這裡……孔母恨恨地想，待會捉住那小子一定要狠狠扇他兩巴掌。

「嗯嘛——寶貝，今晚我們去哪家呀？」

「討厭！」

剛想著怎樣準確定位道孔浩的位置，身邊卻傳來這樣一道聲音，孔母真是羞紅了臉，趕緊低頭加快腳步，試圖脫離這片五顏六色的地方。

走出小巷，左轉再往前，就能看到一排排小吃店。什麼肯德基、德克士啊，一大堆在電視上佔據正劇時間的廣告，像剛出生的小狗一樣擠在一起，密密麻麻一片，讓人看著都不舒服。

孔母正對其投以鄙視眼神，突然眼睛就忍不住往看板下方一個熟悉的身影看了過去。

那是……孔母瞇了瞇眼，一點五的視力立刻發揮作用——

孔浩！

臭小子，總算讓我跟上你了。

孔母心中那個恨啊！

今天一大早她就起床，一個人躡手躡腳跟著孔浩出門，原本就覺得他上那個什麼補習班有問題，等跟了一段時間之後，已經不是懷疑，而是十分肯定了。

這傢伙不但沒有去什麼補習班，反而還一路走一路嗨，吃的玩的買了一堆。

「臭小子！看老娘怎麼收拾你！」

正想等紅燈一過，一個箭步射將過去緝拿孔浩歸案，但是眼神一瞟，卻發現孔浩身邊還有另一個人。

孔母睜大眼睛往前頭看去，這時候好眼力就體現出來優點了。

一個女的。

沒錯，而且身材還不錯，凹凸有致，比老娘當年……還差點，咳咳。

孔母斜眼以看，又發現這女的和兒子關係好像不一樣……兒子怎麼、怎麼還抱了抱她？唉唷這小子，老娘看你還要親上去啊！

啊？！

孔母眼珠子快要瞪上了天，真親上去了？孔浩竟然真親了一下那女的……

這還得了?!

孔母有不顧紅燈立刻衝過去逮個現行的衝動。

但是想了又想,所謂心急吃不了熱豆腐,待會說不定還會有更精彩的畫面出現,先忍忍,忍忍。

孔母一邊充滿審視眼光盯著兒子身旁的女人,一邊幫自己順氣,生怕不孝子孔浩對自己的呼吸系統造成無可挽回的損害。

但是接下來的一幕,卻氣得孔母可謂是七竅生煙!

那女的竟然提起包就往自家兒子身上甩!

再看再看——

兒子竟然不躲不避,被人打了還舔著笑臉、死不要臉的討好人家!這還是自己那吊兒郎當的兒子嗎?再怎麼沒志氣也不能像這樣啊!

不行了,孔母發現自己快氣炸了,連忙打個電話回家,給孔爸進行跟蹤現場實況直播,順便讓他幫忙出出主意。

「兒子他爸,我們兒子現在在跟一個女的在一起,我們兒子親了人家……」

「好哇!有出息!」電話那頭傳來一道激動的聲音。

孔母啐了一口:「有出息你個頭!我可跟你說,他剛親了人家,就被人用包甩了臉,而且被甩也就算了,我們兒子竟然還笑著討好,就像……就像電視上那狗漢奸!」

孔爸剛剛吸了口煙,聽到孔母形象貼切的比喻,差點沒被嗆死。「兒子他媽啊,你得看清楚了,這小子像的可是他爸!他爸我怎麼會那麼不要臉呢?」

沒看清楚？孔母又湊上眼睛仔細看。

啪！

又被給了一腳！

孔母對電話裡頭吼：「我看清楚了，那女的剛才又踢了我們兒子一腳！我看我們兒子就壞在遺傳你了！」

「我怎麼了？」

「你就是典型的妻管嚴！」

哼！孔爸一臉不爽，不過想想也是，從結婚以來，自己在家裡面好像就沒啥地位可言。

中年男人的悲哀……孔爸憂傷地嘆了口氣，從心底接受了這個事實。

不過心裡同意不代表嘴上也同意，孔爸立即義正言辭作出指示：「你得讓我們兒子強硬點啊！別像我一樣一天到晚被老婆管著。」

「還不清楚那女的是誰呢？就老婆老婆的……狗嘴吐不出象牙，等我晚上回去再收拾你！」

孔母不想再和孔爸理論下去，掛掉手機，借助行人掩護，悄無聲息來到了孔浩和姚佳仁身後。

不用多想，孔母這樣做只不過是為了看清楚一點那兇神惡煞的女生到底長什麼樣。光這一分鐘時間，她就打了我兒子不下三次，這要是一天到晚和她在一起……孔母好像想到了某些恐怖的畫面，趕緊搖搖頭不再去想，再次走向前將兒子和那女人一同收入了視線內。

第五十九章
詢問

就這樣過去了幾個小時。

頂著諾大一個太陽，連汗都沒時間去擦，孔母一路跟著孔浩走遍了三條街、一個百貨商場、一個活動中心。

在三條街、百貨商場和活動中心內，那女的一共擰了孔浩手臂四下，又踢了孔浩一腳，不過兒子收穫頗豐，時不時摟著人女孩小蠻腰，手也不老實的遊走，看得孔母閉了好幾回眼睛。

但是這仍然不足以抵消孔母心裡那個氣啊！

好了，從太陽升起到太陽下山，孔母跟蹤了一整天，沒發現孔浩去什麼補習班，倒是看到他一天到晚跟那女的在一起，玩得挺嗨。

臭小子你給老娘等著，等著今晚回來，看我怎麼收拾你！

孔母甩去一個白眼，轉身離開。回到家的時候，孔爸正翹著二郎腿看電視，看一部叫《熊出沒》的國產動畫劇，盯著兩隻熊被一個人抬槍追著跑，瞧得津津有味，就差口水直流。

「還看！再看你兒子都被人騙走了！」

啪！孔母抓過遙控器，按下開關關掉電視，怒氣沖沖看著孔爸。

孔爸立刻放下腿來，「怎麼了？」

「怎麼了？你知道我今天都看到些什麼了嗎？」

「看到什麼了？」

「我們兒子被一個女人耍得團團轉！就我打電話給你說那些，都只不過是小菜一碟！」

孔爸驚訝了：「難道這小子還比我沒出息？」

孔母很嚴肅的點了點頭，對孔爸的說法表示百分百贊同。

「好啊，等他回來，我們兩一起審。」孔爸一臉討好，「快消消氣，過來坐著休息一下。對了，那你說他一天到晚跟一個女的在一起，難道沒去補習？」

「當然沒有，不然我那麼生氣做什麼？」

孔爸知道在這個時候一定要穩住孔媽情緒，否則說不好就得像幾年前一樣，提著菜刀往前殺，把人隔壁老劉嚇得高血壓住了院。

「好好好，這小子，看我怎麼收拾他。」孔爸擺出一副正義面孔，打算徹底背叛與孔浩結成的聯盟。

「爸、媽，我回來了。」

門外傳來一道聲音，孔爸耳朵一動，趕忙起身前去開門。

「兒子，回來了？今天學的怎麼樣啊？」

孔浩一愣，老爸今天太熱情了吧？正想著要怎麼回應的時候，卻聽到老媽一聲怒喝：

「進來！」

呃……孔浩趕緊擦了擦臉上的口紅印，唯唯諾諾，看著一臉怒氣的孔媽，底氣不足道：「媽，怎……怎麼了？」

「你給他說！」孔母一指孔爸，將解釋大權全權授予孔爸。

「呃……那我就給你說道說道啊。」孔爸琢磨了一下，「你今天都去幹啥了？」

孔浩剛想鬼扯那早已編織完成，美麗的補習班故事，卻看到孔爸猛然朝自己擠了擠眼睛。畢竟是同一陣線合作多年的老戰友了，看到孔爸示意，孔浩立即反應了過來。這是有事情發生了啊。

連忙將想要說出口的話咽下去，轉而支支吾吾看著孔爸，希望他給點提示。孔爸一看孔浩眼神，趕緊將目光看向了他臉頰上沒有擦乾淨的口紅印。

「過來！」

還沒弄清楚怎麼回事，孔母就一聲怒喝將孔浩嚇了一跳。乖乖走過去，等待可能的狂風暴雨的降臨。

「說，那女的是誰？」

孔浩眨了眨眼睛：「媽，你……」

「我都看到了，說吧，那個女的是誰？」

孔浩徹底傻了，看老媽的架勢，這是將自己的犯罪行為全部收在眼底，並且已經公之於眾了？

面對孔母凌厲的眼神，孔浩堅持許久，再沒有一絲隱瞞，支吾道：「爸、媽，對不起，我根本沒有去上什麼公務員補習班，而是跟女朋友出去了。」

女朋友？原來那是女朋友啊。孔母看孔浩一眼，示意他繼續說下去。

「沒……沒了。」

就沒了？孔母正要發作，卻被孔父輕輕拉了拉：「我們兒子也老大不小了，交女朋友正常，我當年有他那麼大到時候，已經……咳咳，都那個了。」

孔母狠狠在孔爸手臂上擰了一下，才說道：「既然你爸都說了，那你也將人家帶回來看看，至少得過我這關，否則你就別想我饒過你撒謊上什麼補習班的事情。」卻對自家兒子被虐待的事情隻字不提，看樣子……明天完了。孔爸忍不住想。

老媽寬宏大量，老爸神助攻。孔浩趕緊點頭做出保證：「明天我就帶她回來。」

孔浩這邊正打得火熱，剛和鄭乾修復破裂關係，並且有更近一層趨勢的程心，也為剛剛上任的楚雲飛感到開心。

老爸果然是有逐漸將機會讓給年輕人的想法，不然也不會打算將手下的一家公司讓給楚雲飛管理。這樣一來，程建業就可以將更多心思放在家庭上面，實現他當初許下的諾言，而不是像以前一樣，事事躬親，最後落得個妻離子散的下場。

「程心啊，今天雲飛剛剛上任，你要不要跟我一起去看看？」

楚雲飛接手的公司是程建業手下比較重要的一個商業據點，但是正因為如此，程建業擔心楚雲飛年紀輕輕難以服眾，才打算親自前去幫他打氣。

「爸，我今天有事，就不去了。我待會會跟楚雲飛說的。」

開玩笑，今天可是姚佳仁跟著孔浩去見家長的日子，自己作為好姐妹，當然是要幫助佳仁出謀劃策了。至於楚雲飛，公司每天都在那兒，想什麼時候去都行。

「爸，我有事先出去啦。」

「等等，程心，我昨天跟你說過的事，考慮得怎麼樣了？」

「您說讓我到公司工作的事情？」

程建業走到程心面前，點點頭道：「你爸我也老了，你現在先去公司多跟著學習學習，等再過幾年，我就把公司交到你手上，讓你和雲飛一起打理，你看怎麼樣？」

「呃……這個嘛，」程心眼珠子一轉，嘻嘻一笑，「爸，再讓我考慮考慮好不好？」

一看到女兒撒嬌的樣子，程建業心裡就像蜜一樣甜，哪裡還有不答應的道理？

「好好好，那你有時間的時候，一定得考慮一下。考慮好了跟爸說，我立刻就幫你安排下去。」

「好的，您放心吧。」

第六十章
審查

「程心，你說我去到他家以後應該說些什麼？」

程心笑笑：「就當去朋友家吃個飯好了。以前可不見你那麼畏縮啊。」

姚佳仁羞答答道：「人家這可是第一次。」

「唷！我可是見過鄭乾老爸好幾次了，從來沒有像你這麼慌張過。」

姚佳仁捏捏拳頭為自己加油：「那就聽你的，就像……去朋友家吃飯。」

「這才對嘛。」程心臨走還不忘提醒姚佳仁，讓她「面試」過後記得給個消息。

得到程心鼓勵的姚佳仁按照孔浩給的地址，出發往目的地而去。

以前孔浩可是從來沒有和自己提到過關於見父母的事，這次卻突然提出邀請，讓沒有準備的姚佳仁一陣慌亂。

不過孔浩也在電話裡安慰了她，告訴他自己的一家人怎樣怎樣等等，簡直把老爸和老媽說得比大善人還要好。雖然聽起來虛假無比，可是也算給姚佳仁吃了一劑定心丸。

孔浩的家在市區接近邊緣地帶，家裡頭算不上富裕，但在G市也足夠稱得上中產階級。所以光從外觀上看，住的地方嘛……姚佳任打量了一眼，覺得倒也不錯。

唯一讓她覺得不滿意的是，孔浩這傢伙怎麼還不出來？不說好在社區門口接自己的嗎？如果沒有他陪著的話，就這樣冒然上去……姚佳仁想了想，放棄這個念頭。

「佳仁——」

一道興奮的聲音傳來。姚佳仁抬眼望去，只見孔浩正從前方小跑過來。

「怎麼才出來呀？」姚佳仁白了孔浩一眼，「害得人家在這裡等那麼久。」

「嘿嘿，那個……我不是正幫著老媽做飯的嘛，剛看到你出發的消息，我就準備著下來接你了。」孔浩一臉笑意，「快跟我上去。」

「對了，你爸媽為什麼會突然想見我？」姚佳仁疑惑道，她過來的時候想了一路，但是到現在也沒有想得清楚。

「咳咳……」孔浩乾咳兩聲，先幫忙接過姚佳仁手裡的包，才接著道，「我昨天和你出去玩的時候，被我媽看到了……」

「啊？！」姚佳仁分貝陡然提高一倍，對於孔浩的解釋，她覺得有必要問清楚一些問題。

「你媽都看到些什麼了？」

「不知道。」孔浩想著昨天晚上老媽大發雷霆的樣子以及孔爸不停示意他口紅印沒擦乾淨，便可以看出，老媽應該是看到了一些兒童不宜的畫面。

但是現在面對姚佳仁的詢問當然不能將心底想法說出，否則還指不定人家會做出什麼舉動來。

到了樓上，孔浩第一眼看到孔母的時候還以為進錯了門。

孔母二話不說，拉著姚佳仁就進到屋裡，那熟絡的樣子，彷彿像是認識了很長時間。

姚佳仁不明所以看了眼隨後跟來的孔浩，又看了看孔母——沒錯，一個模子刻出來的，確實是親媽親兒子，難怪這毛毛躁躁的性格都那麼相像。

「佳人啊——是叫佳人吧？也不辜負這名字，古人言：北方有佳人，遺世而獨立，果真生得漂亮。」孔母的目光像X光機一樣對姚佳仁進行全身心掃描。

「伯母……」

「媽——」還沒等姚佳仁自己解釋，孔浩首先就已經看不下去了，「人家佳仁的『仁』是仁義禮智信的『仁』，不是北方有佳人的『人』。」

孔母橫一眼孔浩：「坐一邊兒去，哪個人還要你教我？」

孔爸這時也湊了過來，點上一支煙，翹起二郎腿笑瞇瞇看了眼姚佳仁，暗中朝孔浩豎豎拇指，用只有兩人才聽得見的聲音說道：「這媳婦兒好。」

孔浩嘿嘿一笑，對於自己的老盟友的誇讚十分滿意。

但是父子倆喜歡不管用，生死大權還是掌握在孔母手中。

剛坐下沒幾分鐘，水都還沒喝上一口，孔母就開始拉著人家問東問西，也不管姚佳仁願不願意，反正先將準備一晚上的問題一個接一個拋了出來。

「佳仁啊，你父母家裡都是幹啥的呀？」

姚佳仁知道這是未來媳婦見未來婆婆必過的一關，也是每一位婆婆幾乎都會問到的問題，也就沒多少在意。

「我爸和我媽都是普通的退休工人，也沒什麼特別的。」

孔母握著姚佳仁的手，又問：「那你現在在做什麼工作，以後又打算做什麼工作？」

姚佳仁答道：「現在在一家私人企業工作，前兩天剛剛轉正，但是工資太低，我打算辭掉再找一份……以後就看工作性質吧。」

孔母點了點頭，看不出來滿意或者不滿意，又問：「孔浩跟你在一起多久了？在你們相處的過程中，這臭小子有沒有欺負過你？」

姚佳仁看了眼孔浩，笑道：「我們在一起……快兩年了吧。孔浩他人很好，從來沒欺負過我。」

孔母眼神有些凌厲，果然，難怪她昨天看到的畫面都是自家兒子被欺負……

「那你們在一起那麼久了，有沒有想過以後在一起要怎麼生活？」

這個問題好像有些大，姚佳仁想了想，一下子不知道該怎麼回答。

這時候，在孔浩的誠心求助下，孔父插話道：「以後的問題我們以後再談，聊聊現在有的，現在看得到的，這才是正事嘛。」

孔母暗中傳遞眼神資訊：你給我等著，晚上一個人睡地上！

孔父嚇得趕緊將頭瞥向一邊，並順便向孔浩傳遞來自孔母的眼神威嚇。

這次死定了，按照老媽的標準來看，這世界上還有幾個符合做自己老婆資格的人？孔浩攤攤手，對姚佳仁表示愛莫能助，早知道是這種情況就不該叫佳仁過來。

孔母先前像是查戶口名簿，把姚佳仁的祖宗八代都問過了一遍，接下來又像是在審查罪犯，連一些細小到涉及生活隱私的問題也毫不避諱的問出來。

孔浩已經看到姚佳仁臉上佈滿了一個大寫的尷尬。

「媽——您的飯要糊了。」

孔浩準備轉移其注意力，卻沒想到孔母大手一揮：「我和佳仁聊天呢，別來搗亂。」

呃……您那叫聊天嗎？第一次見家長弄成這樣，孔浩真不知道該說什麼才好了。

第六十一章 各家煩惱

家庭會面終於在孔母的狂轟亂炸中結束，孔浩送姚佳仁離開的時候，看到她眼中有淚光閃爍。

不用想也知道，就自己老媽所問那些問題，換個人也會覺得不舒服。好在佳仁從小已經習慣了周圍的口舌，對於這方面的想法也沒有其他人那麼多。

「我沒事，你回去吧。」

「佳仁，對不起啊。其實我媽她也是……」

「我知道的。」姚佳仁說道，「我家不富裕，是單親家庭，你媽聽了不高興也正常。誰不希望自己的兒子能夠生活幸福呢？」

孔浩一時啞口無言，畢竟自己老媽在這件事上確實做得不對，等回去之後一定要召開家庭會議進行一番商討。

送姚佳仁離開，剛上樓的時候，就聽到孔母尖銳的聲音穿牆透縫而來：「我不同意！我們兒子就算找不著媳婦兒，也不能要！」

這句話可把孔浩氣壞了，噔噔噔幾下上樓，推開門開口直接問道：「媽，你為什麼不同意？」

唷？剛愁氣兒沒地方撒呢，這就冒出來一個出氣筒？

孔母瞪大眼睛看向孔浩：「你說什麼？」

孔浩真急了，「我問你為什麼不同意？你像審查犯人一樣的問人家那麼多問題，你有沒有想過，如果你兒子我去到人家家裡面，她爸她媽也像你一樣拉著我問東問西，甚至連一杯水都不讓喝，你會怎麼想？就我是您的兒子，人家就不是她父母的女兒？」

孔浩連珠炮一樣的話將孔母說得一愣一愣，翹著二郎腿準備點上一支煙的孔父張了張嘴巴，偷偷豎了個拇指，意思很明顯：你小子，厲害！

但是孔浩的心思顯然沒有集中在這上面，他看著孔母，著急道：「媽，我們現在是新社會，能不能別用你們那老一套來束縛我們的思想？」

剛才沒找到話回，這下子孔母被惹毛了，伸出手指頂著孔浩腦門：「你知道昨天我在街上看到什麼了嗎？我看到你被她像打沙包一樣欺負！你是我兒子啊，當媽的看到兒子被欺負了還嬉皮笑臉的討好，你說我這心裡有多不好受？我問她那麼多，就是為了幫你把面子討回來，不能讓她覺得我們家都是好欺負的。如果你不同意媽幫你，那以後我也不管了。」

孔浩煩躁地抓了抓頭髮，說道：「媽，這是兩碼事！反正我不管你同不同意，我就是要和佳仁在一起！」

「你！」孔母指著孔浩說不出話來，轉頭看向孔爸，「你來說！你說同意不同意？」

一瞬間生殺大權就掌握在了自己手裡，孔爸深感責任重大，但是有一點：原則不能丟。放下二郎腿，清了清嗓子說道：「我認為那女孩挺好的，至少看起來和我們兒子挺配。」

孔母雙手揑的脆響，有當年提菜刀追殺隔壁老劉之勇，孔爸下意識往後靠了靠，咽了口口水道：

「你先聽我說完……為什麼我覺得好呢？一來，我們兒子和她相處時間更長，比我們更瞭解人家；第二呢，兒子遺傳了我，總不能因為像我一樣妻管嚴，你就不答應了吧？那我爸媽當年還答應了呢。」

孔爸三言兩語擺明了立場，依然高度維護和兒子結成的十多年鐵血聯盟，毅然對抗孔母的強權統治手段。

「好啊好啊，你們父子倆就合著來欺負我。我……我掐死你！」

孔爸一個防衛不及，被齜牙咧嘴的孔母撲倒，並遭受了「手指擰腰」、「二指禪功」等等一系列酷刑。剛才還在與老媽進行言辭辯駁的孔浩縮了縮腦袋，暗自慶幸剛才沒有觸及老媽底線，否則啊……

「饒命！饒命！」孔父連連求饒，「我按事實說話啊。浩，還不快來幫你爸我？」

「哦哦。」孔浩聽到盟友召喚，想要上前支援，但是看了眼實力懸殊的戰況，還是識趣退回原地，選擇觀望狀態。

「你小子啊……」孔爸恨其不爭，想要對此行為作出嚴厲批判，但是被孔母大眼一瞪又給瞪了回來。

「媽——」孔浩可憐兮兮看著孔母，其中意味不言而明。

孔母看了看孔浩，又瞥了眼唉唷喊個不停的孔爸，終於嘆了口氣說道：「好吧，我答應不插手你們之間的事情，但前提是你要答應我一個條件。」

孔浩一樂：「就是十個也行！」

孔母白他一眼，說道：「考上公務員，就算你們結婚生子我也不會多說一句。」

「啊？」孔浩一下子心虛了，他知道自己根本不是考公務員的料，如今已經準備了那麼長時間，可做一套試題不光做不完全，而且分數還低的可憐，別說考上，能不排最後一名算是好的。

從小孔浩就不是讀書的料，這一點孔爸也清楚。可是爺倆抵抗不住孔母的摧殘，決定犧牲孔浩，但是從孔浩皺起的眉頭上看，公務員考試應該也是沒有什麼進展。

突然，孔浩臉色一正：「媽，你放心吧，不就是考公務員嗎？我一定考上給您看看！」

「好！」孔爸第一個為盟友喝彩，孔母也終於露出一絲笑容。

「我現在就去看書準備考試！」孔浩說著，已經奔向臥室，打算頭懸樑錐刺股。

孔母趕緊一把拉住，關心道：「今晚好好休息，明天再看。」

※

「好吧，那就明天。」程心生無可戀看著程建業，「爸，我可答應你去公司上班了，以後有什麼請求，你可得答應我。」

程建業哈哈一笑：「好，什麼請求都答應你。」

程心嘻嘻一笑：「那……那您不准干擾我和鄭乾在一起。」

「這個嘛……」程建業臉上的笑容緩緩消失，他吸了口煙又吐出，「這個問題以後再說。」

程心不樂意了，戀愛是每天都要進行的事，留到以後再說是什麼意思？

「你現在才進公司，先做出點業績來再談其他。」

「爸——」

「叫爸也沒用，這是原則性問題。我不能為了讓你進公司工作，就隨便敷衍著答應。」程建業一臉正色，「我這是在為你負責。」

程心吐吐舌頭：「好吧，那就以後再說。」

第六十二章

意料之外（上）

雖然嘴上答應，可程心已經在心裡計畫好了一切。

第二天一大早，程心早早起來，兀自感嘆除除了大一大二起過那麼早外，好久沒有那麼早起床了。不過久違的感覺真是不錯。

今天是程心第一天上班，去到公司的時候，問著路找到了楚雲飛辦公室，想要打聲招呼，卻看到人家在忙，又悄悄退了出來，找到自己的位子。

「還挺不錯嘛，不過……我需要做些什麼呢？」

「你呀，看看這些東西就行。」一道清亮的聲音突然傳來，程心轉頭看去，楚雲飛正一臉笑意站在門口。

旁邊一些工作人員趕忙打起招呼：「楚總好。」

楚雲飛笑著回應，然後轉過頭來看著程心：「怎麼，終於答應來我公司上班了？」

程心笑了笑，拍拍楚雲飛肩膀，「看不出來嘛，穿起正裝來人模人樣的。」

「哈哈哈。走，去外面說，我順便交代你一下要做的工作。」

搬進了莫小寶的別墅之後，鄭乾終於能夠有充足時間一心一意做自己的工作了，並且工作之餘還能陪著莫小寶打幾場遊戲，人生之愜意，莫過於此啊。

大概是工作環境的改變，鄭乾的創業路也逐漸趨於平穩，前幾天的波動也都還屬於正常範圍，但是老問題依舊不曾解決。

工資過少。

初步來算，一個月掙的錢除去開銷之外，並不能剩下多少，別說買房結婚，就連養活自己都成問題……這也是鄭乾近幾天一直掛在眉梢懸而未解的難題。

正在為客戶下單，桌上電話響了起來，熟悉的頭像一跳一跳，不是程心還會是誰？

鄭乾接通電話，笑了笑道：「有什麼事呀？」

那邊程心剛剛完成第一次上班體驗，心情正舒暢，聽到鄭乾的聲音，更是變得額外好了起來。

「沒事呀，打個電話跟你報告工作進展。」程心想了想說，「我今天可是上完一天班的人，怎麼都不關心我一下呢？」

鄭乾笑道：「好好好，辛苦啦。」心裡卻在偷笑，其他人不知道，可他難道還不清楚程心的脾氣呀？她要是能夠靜下心工作才是怪事。

程心剛想說話，鄭乾電腦卻響了起來，轉頭一看，原來是有客戶發消息過來，而且還是幾條。

「你先回家啊，我這裡有點事等著處理一下。」

「喂——」嘟嘟嘟，電話已經掛斷。程心恨恨地指了指手機上的備註「蠢萌乾」，說道：「敢掛我電話，你等著。」

剛走到家，程心就想把先前計畫好的事情跟程建業說一聲，但是一想到他對自己和鄭乾在一起的態度有些模糊，一下子猶豫起來，最終還是決定不說。

程心想了想，得要讓鄭乾進楚雲飛公司工作，跟程建業說沒用，關鍵地方還得依靠楚雲飛。

當然，楚雲飛是自己鐵哥們，請他安排一個工作職位不是什麼問題，最主要還是在於鄭乾……鄭乾的脾氣程心清楚，想要讓他甘心來到公司工作，一定是難上加難。

但是為了能夠讓程建業對鄭乾的印象有一個徹底改觀，甚至讓他接納並同意自己與鄭乾的戀情，就必須得讓鄭乾時常出現在程建業面前，並透過踏實努力的工作讓程建業看到他的能力。

只有這樣，這段戀情才會更加穩固和長久。

就這麼辦！想通之後，程心打算第二天就跟楚雲飛說這件事，同時也和鄭乾溝通，讓他明白自己的良苦用心。

「啥？」鄭乾對於程心的建議並沒有多少興趣，聽著程心在電話那頭越來越快的語速，鄭乾忙活一整天的身體就像在被壓上了最後一根稻草，「我不同意。」

程心頓了頓：「為什麼？」

鄭乾說道：「程心，我和你說過很多次，我想要靠自己的雙手，取得令人滿意的成績。如果你嫌棄我耽誤了你，那……你看著辦吧。對了，明天是孔浩考公務員放榜的日子，我打算去幫他看看。」

嘟嘟。

這是怎麼了？程心看著又一次被掛掉的電話，茫然不解，「發什麼火嘛，不就是讓你去公司工作嘛，真是的。」旋即眼睛一亮，「不過放榜……也不知道孔浩能不能考上。」

※

孔爸孔母今天穿得特別喜氣，就像是辦喜事一樣，老兩口高高興興，在家裡準備了一桌好飯菜，就等孔浩回來。

其實查公務員考試成績，根本不需要跑到現場看榜單，電腦上輸入資訊，什麼都能看到。孔浩之所以跑出來，只不過是為了有充足的時間想辦法跟孔爸孔媽解釋——他不覺得能夠考上，這是最關鍵的問題。

「該怎麼辦啊？」孔浩急得手心冒汗，考完之後，他就覺得那些題目都認識他，他卻不認識人家。一連幾天都沒有緩過來，而現在更是連成績都不敢查看一下。

跟一家人約定好的，考上公務員之後，孔母就不再插嘴他和姚佳仁之間的戀愛甚至婚事，但是如果沒有考上……這個問題就比較棘手了。

正思考著說辭準備回家如實交代，耳邊卻傳來了一陣歡笑聲。

「真想不到這傢伙能考上，他前段日子可還陪著我一天到晚線上廝殺呢。我莫小寶可算是有一個考上公務員的兄弟了。」

「哈哈，你們猜他現在在幹嘛呢？」程心問。「佳仁，你來說。」

得到孔浩考中的消息，姚佳仁也挺開心，聽到程心的問題，她笑了笑說道：「我猜啊，他一定是以為自己沒有考上，現在指不定躲在家裡想著怎麼和他爸媽交待呢。」

「哈哈哈，我同意。」鄭乾笑道，如果這傢伙知道自己考上公務員，一定會同時打電話給他和姚佳仁炫耀，否則可不符合他的性格。說不好啊，這傢伙指不定連成績都沒敢查。

躲在暗處聽到這些話的孔浩，早已經激動得偷偷抹眼淚。同時在心底感嘆：知我者，佳仁也。趕緊收起情緒，整理一番衣服，準備親自迎接前來祝福的同學好友們，順便掏出積攢多年的積蓄，準備好好慶祝一番。

第六十三章
意料之外（下）

因為孔浩意外考上公務員而尤其欣喜的孔爸孔媽，此時看著自家兒子，真是越看越喜愛，簡直就差像小時候一樣，抱在懷裡喊乖乖了。

孔媽今天特別大氣，大手一揮，說道：「兒子，想要什麼獎勵，直接跟你媽說，別客氣。」

孔爸也放下二郎腿，嘿嘿一笑，用只有父子倆才懂的語言說道：「兒子，搞定了嘛。」

搞定啥？孔媽瞅了孔爸一眼，見不說，又要使出殺手鐧，嚇得孔爸立刻服軟：「我是說我們兒子的婚事啊。」

呃……婚事？孔浩預感不妙，果真，下一秒鐘孔媽就扯尖嗓子問：「婚事？」

「連工作都還沒有定下，你就讓他談婚事，我看你真是老糊塗了！」孔媽罵起孔爸來，向來是絲毫不留情面。

「媽——」孔浩嬉皮笑臉，知道這個時候討好老媽是最好的方法，「我爸這不也是為我考慮嗎？再說當初您也答應過的……」

孔媽裝糊塗：「答應啥了？」

孔浩氣結：「您答應只要我考上公務員，就不會再阻撓我和佳仁的戀愛和婚事。現在您兒子我可是考上囉。」

「去去去，那時候沒說明白。現在重申一邊啊，我說的考上公務員，是包含確定工作的，否則你怎麼養活人家，兩個人一起吃土？」

這倒是……孔浩覺得老媽說的有力，「這幾天正在分配，等到時候我去看看是什麼情況。」

「兒子啊，爸相信你一定可以坐辦公室，不說當個什麼大官，但就憑你來自我所遺傳的容貌，好歹也可以混個小秘書之類的吧？」

呃……老爸這要求還真是……高啊。別的不說，就說自己這半吊子考上的公務員，能夠找到一份工作，勉強混口飯吃就不錯了，還想著坐辦公室、當大官，那可是連想都沒有想過。

但是孔爸孔媽哪裡管這些，兩人心裡也已經做好了孔浩當官的準備。在老一輩人嚴重看來，考上公務員就相當於成為了國家幹部，或多或少在別人面前也能吹幾句我們兒子是公務員。

工作分配的結果很快下來，出乎所有人預料——尤其是孔爸孔媽，這對一直期待兒子坐進政府機關大樓工作的兩人來說，無異於一個巨大打擊。

孔浩確實分到了工作，而且實習薪資不低，轉正之後也同樣如此。

但是職業……孔浩低頭拉扯一番看一會兒便覺得腦袋昏暈的制服，除了苦笑，真心不知道該說什麼好了。

「就算去守門也比這個強啊。」孔浩不免想起新聞報導中，出現的城管和攤販衝突的事情，心裡一陣委曲。

但畢竟是人家分配的工作，自己又沒有什麼辦法請求更換，只能走一步算一步了。只是不知道老爸老媽能不能接受……

走上樓，敲門進家。

開門的依舊是孔媽，孔爸翹著二郎腿，沒抽煙，在看報。

「回來了？怎麼說的？」孔媽滿臉期待。

孔父也放下報紙，將老花鏡拉到鼻樑處，等待孔浩的消息。

「呃……你們看看這個。」孔浩說著，將不久前剛剛換下的衣服的包裹遞給孔媽，「您可別生氣啊，這個不是我能主導的……」

孔媽一臉不屑：「還搞神秘，我就看看是什麼東西能讓我生氣……啊？！」

「怎麼了？」孔爸慢悠悠的穿起拖鞋，走到孔母身前，將她手裡包裹拿了過去，打開一看：唷，一套整齊的制服躺在裡面，臂章上的字清晰可見：某某城管。

「當城管？」孔母又問一遍。

「呃……好像、大概是的。」

「說人話！」孔母從孔爸手裡搶過城管制服，有想要一把捏碎的衝動。

「媽——就像您看到的，我確實被分配到了城管部門工作，而且還是……巡邏那種的。」

這一解釋，清楚明白，孔爸唯恐天下不亂，搖搖頭說道：「我昨天還看到一群城管在追一名攤販，隨後攤販又叫了一群攤販，準備和城管拼個魚死網破，好在後來有人報警，城管抓了三個，攤販抓了兩個。喏——報紙上剛剛刊登出來，沒事拿去看看啊。」說完拍拍孔浩肩膀，一副不關我事的樣子。

「你還在這說風涼話！」孔母一指禪功和二指鐵鉗手同時使用，頓時滿屋子充滿唉唷聲和求救聲，久久不停。

收拾完孔爸的孔媽一臉心疼看著孔浩：「兒子，既然人家分了這個工作，那我們就認認真真做，說不定做好了，以後還有更好的機會。」

不好好做還能怎麼樣？孔浩苦笑一聲，好不容易考上個公務員，卻沒想到分配的工作卻是城管……好吧，只能認命了。

另外，應該告訴佳仁一聲。讓她也知道自己的工作，雖然這個工作……她應該也不會高興吧？

「喂，佳仁。」孔浩儘量使自己的語氣開心起來，「那個我的工作分配下來了……」

「真的嗎？」那邊傳來一道欣喜的聲音，「快和我說說，以後做什麼工作呀？是喝茶呢還是端水？」

喝茶代表坐辦公室獨立辦公，端水自然是指做秘書、行政一類的工作。

孔浩尷尬一笑，要是能端茶送水該多好。「都不是……我，這麼說吧，我以後的工作就是維護城市市容市貌了。」

「什麼意思？」姚佳仁有些沒有反應過來，「維護市容市貌？難不成是環衛部門？這個也不錯啊，反正又不用你掃大街。」

「呃……也不是環衛部門。你知道城管吧？我被分配到了城管部門工作，實習期一個月，一個月之後可以轉正。不過如果表現好，以後……」

話還沒有說完，就已經被姚佳仁打斷：「城管？你說你以後的工作是城管？」

「嗯嗯，就是城管。不過佳仁你放心，這個工作呢，以後有很大的提升空間，如果表現優異，就可以調入部門裡面。甚至申請轉往更好的部門都不是不可以。」

姚佳仁顯然有些失望，不過畢竟是自己的男朋友，該有的祝福還是得有：「好吧，那恭喜你囉。」

第六十四章
理想與現實的碰撞

不過姚佳仁心情也沒有想像中那麼不好，孔浩考上公務員並且得到政府分配的工作，從某種程度上來說，他們離同居並結婚的目標就更近了一步。

她從小就受慣了苦日子，如今好不容易看到出頭的機會，心裡那一絲失望瞬間消散，逐漸變得開心起來。

如果讓孔浩實現當初的承諾，他一定會張口就答應的吧？姚佳仁想著，抑制住激動，興奮地在心裡喊道：「全世界，我來啦！」

沒錯，在大學還沒有畢業的時候，孔浩已經拍著胸脯保證過，等畢業之後帶姚佳仁去環遊全世界。原本姚佳仁只把這句話當做男生固有的為了掙面子而說的大話，但是沒有想到孔浩異常認真，非但拖著她勾手指一百年不許變，而且還選定日子，畢業第二天就走。

但是畢業的壓力和工作的辛苦使得孔浩的承諾很快變為一句空話，別說去環遊全世界，就算坐車到隔壁市區看看風景，也可憐得沒有時間。

後來畢業的事情忙完，時間稍微寬裕了一些，但是孔浩卻在他父母的逼迫下開始準備公務員考試，說實話，當初姚佳仁不相信孔浩能夠考上。而且她玩失蹤也不單單是因為孔浩所認為的沒有買東西給她，而是想要通過這種方法使得孔浩放棄考公務員，安安心心找到一份更好的工作，踏踏實實工作……或者就算選擇跟隨鄭乾創業，姚佳仁也都百分之百支持。

唯獨窩在家裡準備一門怎麼看都不像能夠考上的科目，讓姚佳仁氣憤得想要抓人。

不過過程雖然痛苦，但是結果卻還是令人欣慰。雖然……城管這個工作與剛開始所期望的有些難以相提並論，但是所謂行行出狀元，只要在工作崗位上認真努力，每個人都可以成為自己的英雄。

姚佳仁想到，以後不管如何一定要督促孔浩，不能再讓他像學校裡面一樣放縱，只要在工作上取得一定進展，以後一定會有更好的機會。

這樣想著，看身邊正在執勤的城管，觀感都要好了不少，姚佳仁笑著從他們身邊走過，引得一個戴眼鏡滿臉青春痘的城管立刻扶了扶眼睛，朝身邊同事叫喚：「嘿，那位美女剛才對我笑哦。」引來一陣「切——」的回應。

孔浩將地點選在了溫莎 KTV，邀請了鄭乾、程心、莫小寶和以及姚佳仁。當初原本的四人隊伍現在多出了一個莫小寶，每次面臨這種情況的時候，海鮮之子總是一個人躲在角落裡默默流淚。讓然看了不免心疼。

鄭乾就說過，莫小寶當前的目標不是賺錢養家，而是找一個漂亮溫柔的女朋友，儘快擺脫單身。說了之後這傢伙每次都不以為然，反駁道，自己從來不會擔心戀愛和結婚的問題，卻全然忘記了他在學校創下的表白九十九次沒有一次成功的尷尬紀錄。

孔浩今天高興，其他人也跟著心情愉快。你喝一杯我敬一杯，不乾就不是兄弟。

只不過都是啤酒，小寶一個人可以喝上十瓶而不臉紅，即便是程心和姚佳仁也能夠在這麼歡樂的氣氛裡一起喝上幾杯。

或許是酒精作用的緣故，喝到後來孔浩突然提議，讓所有人都說說自己以後的目標。

「我先說——」孔浩剛提完建議，立刻就自己舉手，「我現在被分配到了城管部門工作，以後很多事情，還需要大家多多幫忙……當然，我一定會努力工作，並爭取去到自己喜歡的職位上的。」

這就是孔浩未來的目標了。不過怎麼那麼簡短？莫小寶補充道：「要是我哪天落魄到去大街上賣海鮮，你會不會把我的貨都收走？」憨厚的語氣和呆萌的模樣引來眾人一陣哈哈大笑。

孔浩擺手，賤笑道：「當然要收，而且不僅僅收貨物，連你也一塊帶走。哈哈哈！」

「行了，小寶哥都被你嚇壞了。」姚佳仁一本正經的模樣再次引得所有人都笑了起來。

「佳仁，你呢？」程心問。

「我啊……」姚佳仁頓了頓，想到自己目前工作還不穩定，一下子突然迷茫起來，如果不是知道孔浩真心對待自己，還不知道以後的路該怎麼走呢。「我呢，目前就是找一份合適的工作吧。或者有機會的話……其實說了也不怕你們笑話我，如果有機會，我真想去做演員……」

「演員？」孔浩顯然對姚佳仁的打算感到不滿意，「那圈子太深，小心一鑽進去，你就出不來了。」

程心也點點頭，同意孔浩的話，「我想也是，佳仁，你還是先找份合適的工作做著，以工作為基礎，再做其他的事情。」

姚佳仁點了點頭，沒有說什麼。

「要我說呢，我最大的目標就是創業成功——至於什麼是成功，我的標準是能夠讓我養活一個家。」鄭乾看著程心，「什麼時候我們倆結婚，也就代表我事業成功了。」

鄭乾的「先事業後結婚論」讓程心感到無可奈何，她認為鄭乾在創業上面根本不可能一時獲得多少成就，萬一遭遇失敗……按照鄭乾的性格，他一定會再次投入進去，這樣一來，婚事將遙遙無期。

對於一個女孩子來說，青春不等人。這也是程心一直想要鄭乾和她趕快結婚的原因。

但是這種事情又不能強迫，所以她只好換個方式，說服鄭乾入職楚雲飛所在的公司，在公司業績上面做出一些成績來，讓程建業看到。一方面，這也算是成功；另一方面，還能讓程建業看到鄭乾的本事。

一舉兩得的辦法，可是鄭乾偏偏不答應。他認為程心這樣做是在瞧不起他，想逼迫他與她結婚。以至於前後幾次打電話說到這件事的時候，鄭乾對程心也是一副愛理不理的態度。

所以程心想到了一個辦法，找人勸說。趁著今晚大家都在的機會，讓所有人都一起勸勸鄭乾。

「鄭乾，我可聽說過一句話：讓女人等他的男人都不是好男人。」姚佳仁說，「男生可以等，但是女人卻會慢慢變老，青春也會逐漸消失。你這樣下去，有沒有想過程心的感受?」

「就是，兄弟啊，你看看我，別看我現在沒有女朋友，但是一旦找到，我可不會讓人家等太久，如果她願意，第二天結婚都行。」莫小寶說。

孔浩提起啤酒喝了一口，拍拍鄭乾肩膀：「掙錢的，只會賺錢可不行，還得多為別人著想。如果計畫不出差錯的話，我工作到年底也要和佳仁訂婚了。訂婚之後，差不多一年吧，如果兩家都沒什麼問題，到時候我們就會結婚。放心，有你喜酒喝。」

一輪又一輪的勸說讓鄭產生了一種自己罪大惡極的想法。他們好像說得都對，自己可以為事業奮鬥，但是程心卻沒有義務、也沒有時間為他等待。如果再不做出一些蛻變，恐怕他和程心之間的感情會受到不小的影響。

那應該怎麼辦？就像程心所說的一樣，進入公司，然後在業績上獲得成功嗎？

那麼他當初三句話辭職信的目的又是為了什麼？如果早晚還是要進入勾心鬥角的地方工作，當初又辭職做什麼呢？

鄭乾想不明白，抓了抓頭髮，拿起啤酒瓶狠狠灌了一口：「乾！」

第六十五章
出謀劃策

雖然經歷了一些共同勸說鄭乾的小插曲，但是聚會依然進行的十分順利。

五人各自述說了自己對未來的打算和看法，但是相同之處都在於，目標和現實之間的差距很遠。

或許這些目標將會耗費他們一生的時光才能夠達到，又或許經歷某個轉折，目標就已經實現。

人生充滿了各種不可能，也正是這些不可能的因素，才導致每個人都活得與眾不同。

鄭乾深知這個道理，今晚過後，也是他第一次認真考慮程心的建議。其實程心的考慮也不是沒有道理，趁著現在年輕，還可以自由選擇自己喜歡的職業，就應該多試試其他的工作。

去到楚雲飛公司上班，不但可以擁有固定的薪資不用為生活發愁，而且同時擁有了充滿競爭意識和相互學習或者……相互攻擊的環境。

這對一個人的鍛煉將會起到很大作用。

退一步來講，就算工作最終不能達到目標範圍，那也可以回到創業浪潮當中，再做自己喜歡的事業。

年輕，往往就是資本。

正如姚佳仁此時對孔浩所說的一樣，年輕就是資本，但是有些事情現在不去做，等到以後可能就會沒有了激情和想法。

比如環遊世界。

面對姚佳仁的訴求，孔浩真想穿越時空回去給當時許下諾言的自己一個耳光，什麼話不說，偏偏打腫臉充胖子，許諾帶佳仁去世界上各個地方旅遊，現在才工作，別說去其他國家，就連在G市玩一圈都有問題。

「佳仁，你看……」本來想找個理由先搪塞一下，但是看姚佳仁的狀態，不管什麼理由好像都難以接受……「要不再等幾天？」

姚佳仁的態度十分強硬：「不行！」如果再這樣拖下去，以後說不定就會漸漸淡忘，到了再想起來的時候，可能已經對這些事情失去了興趣。

孔浩知道自己理虧，從畢業一直拖到了現在，不管姚佳仁怎樣責怪他，他都沒有什麼怨言。只是關鍵問題在於，哪裡有那麼多錢到全世界遊覽？

「好吧，那我想想辦法。」

「這還差不多。」

想什麼辦法？孔浩抓了抓頭，想起莫小寶——土豪啊，對啊，怎麼把這事給忘了？立刻就奔赴別墅，跟莫小寶說起此事。

莫小寶一臉呆萌，似乎被孔浩開口就借二十萬嚇得丟了魂，就連一向淡定的鄭乾也不由倒抽一口氣，看著孔浩如此焦急的模樣，難不成是出了什麼事情？

「其實……其實也沒什麼事。」孔浩面對莫小寶和鄭乾的雙重審問，終於老老實實說出實情，將他答應姚佳仁，現在又如何窘迫的事情都完完整整說了出來。

鄭乾眨了眨眼：「你還真是敢誇下海口。」

莫小寶點頭同意：「我這輩子連我們中國都還沒出去過，等有機會一定要出去走走。」

孔浩被這風牛馬不相干的兩句話弄得一個頭兩個大，他當然知道二十萬不是一筆小數目，更何況是對於剛剛畢業的人來說。但是能怎麼辦？沒有錢可以，但是得有辦法啊。

「哎——」鄭乾突然說道，「我有主意啊。」

「快說。」

「你可以……帶她到世界公園去走一圈啊！世界公園，可是各個國家的人文風情都能看到，既省心又省錢又省時，多好啊。」

「對對，」莫小寶前來附和，「帶她到世界公園走走，說不定這事就過去了呢。」

「那現在看來……好像也只能這樣了。」孔浩不得不感嘆，果真還是人多力量大，他絞盡腦汁不知如何解決的問題，來到這裡就找到了辦法。

「對了，掙錢的，程心讓你考慮去公司工作的事情怎麼樣了？」

「他呀，還是一天到晚弄淘寶，你說怎麼就沒有個人幫我盡心盡力找份工作呢？」不等鄭乾說話，莫小寶就已經扯開了嗓子，言語中滿是對鄭乾的羨慕嫉妒恨，當然更多還是從側面進行的敲打。

自從程心拜託他們也幫忙一起對鄭乾勸說之後，莫小寶可謂是滔滔不絕，一天的口水幾乎有三分之二都噴在了鄭乾臉上。

但是就這兩天的情況來看，鄭乾對於這件事雖然已經納入了考慮範圍，仍舊是遲遲沒有做出最終決定。

「你們就不用為我操心了，這件事我再考慮考慮，畢竟現在我的淘寶店也開始進入銷售階段了。」鄭乾說道。

事實上，他也並沒有敷衍他們。幾天以來，他也確實在考慮是放棄淘寶還是去公司應聘……但是處女座的糾結深深印在了他的腦海，到了現在也沒有得出一個滿意的答案。

「好吧，這種事情只有你自己才能決定，我們說太多也沒有作用。」孔浩嘆了口氣，「那我先走了……帶著佳仁去世界公園，不知道她回來後……」

後面的話沒有說，不過孔浩估計回來之後，姚佳仁指不定該怎樣修理他呢。

不過為了實現諾言，也只能迎著頭皮勇敢前行。

世界公園位於G市西城區的城郊地區，這裡風景優美，環境宜人，是很多情侶以及新婚夫妻約會的聖地。

尤其到了週末時候，更是人山人海，平日裡難得一見的表演節目，也會在這個時候定點演出。

孔浩之前與鄭乾幾人來過這裡，現在看著熟悉的地方，忍不住焦急起來。

如果姚佳仁不來怎麼辦？會不會像以前一樣，生氣然後消失？孔浩心裡也沒有底兒，手裡捏著電話，任由手心的汗水將螢幕染上一層液體。

「先生，請問你需要咖啡嗎？」

孔浩已經在咖啡店乾坐了將近一個小時，但是離約定的時間已經過去了二十分鐘，姚佳仁的身影還是沒有出現。

「不用咖啡，一杯玫瑰茶，謝謝。」孔浩擺手道。

「先生，我們這裡沒有玫瑰茶。」服務生說。

「呃……那還是一杯咖啡吧。」

服務生用奇怪的目光看著孔浩，說道：「先生，您是在這裡等人嗎？您剛才已經點過兩杯咖啡。」

「那你還問我要不要？」孔浩對服務生的服務態度感到不滿。

「因為您還沒付錢。」

「我……」孔浩無語，人一旦倒楣起來，喝涼水都能塞牙縫。隨便選擇一個咖啡店，竟然會遇到這樣的奇葩服務生，果真刷新三觀。

第六十六章
做演員的夢想

鄭乾不想再繼續待下去，起身打算走人。

就在這時，遠處一道熟悉的身影吸引了他的目光。

孔浩眼睛一亮：「佳仁——快，這裡！」

今天的姚佳仁穿著一身橘黃色連衣短裙，原本的大波浪卷梳成了辮子紮在背後，胸前曲線完美呈現出來，與裙下若隱若現的一雙大長腿相互呼應，再加上完美無瑕的臉蛋，今天的姚佳仁看起來格外美麗，既充滿青春氣息，又具備性感柔和。簡直是完美的代名詞。

按照孔浩的說法，九分美女十分女神，那麼他會給現在的姚佳仁打十一分，多一分是作為獎勵。

姚佳仁搖曳著身子往這邊走來，孔浩全部心思都集中在了欣賞姚佳仁的外表上，全然忘記了如何解釋請人家到世界公園代替環遊世界的尷尬。

「這就是你承諾我的環遊世界？」姚佳仁一過來，第一句話便使得孔浩噎了一下，頓時不知道該怎麼說才好了。

即便露出生氣的模樣，姚佳仁的氣質也仍然比一般美女水準高出一截。

孔浩嘿嘿一笑，蹭上去要拉人家的手，卻被一巴掌打開。

「佳仁……別這樣嘛。雖然我答應過你，但是現在……現在我什麼都還沒有，而且我也不能總是向家裡要錢啊，畢竟我爸我媽也老了，他們現在身體不好，正是等著錢用的時候。」

無法說之以理，只好動之以情。

孔浩招數出得對，說到孔爸孔媽當年相互依偎、相濡以沫為家庭奮鬥的事情時，將那場景描述得淒慘十倍不止。

孔爸更是被孔浩說成因為勞動過度導致腿腳不便，所以現在為什麼經常翹起二郎腿來——因為這樣腳不會疼；至於孔母，孔浩跟姚佳仁哭訴，當年兩人一起闖蕩時，她曾遭遇了很多不公平對待啊，經常為了一個擺攤點跟其他小販吵得你死我活。所以才有了現在那麼暴虐的脾氣。

當然，說到這裡的時候，鄭乾還不忘加碼提到孔媽拿刀追殺隔壁老劉的往事——至於為什麼不是隔壁老王——如果是隔壁老王，就應該是孔爸提刀追殺了。

最後一個笑話一出口，姚佳仁果然咯咯笑了兩聲。但是鑒於女生慣有的矜持，這種笑意並沒有持續多久，姚佳仁又回到了之前的模樣。

「佳仁，我說的都是真話啊。我家當年很窮，以至於現在就算達到小康水準了，我爸媽仍然將家庭經濟看得很重，除了生活費之外，我很少能夠要到多餘的錢……況且如今我有了工作，要是再和以前一樣向家裡要錢，就顯得不孝了。」

說了這麼多，不就是為了解釋為什麼不能帶我去環遊世界嗎？姚佳仁覺得這個可以接受，但是帶她來什麼世界公園，如此呼攏人的做法卻讓她感到心裡堵著一口氣，一陣不快。

孔浩不愧是能幫兄弟兩肋插刀的人，看到姚佳仁臉色轉變，他立刻猜到了什麼，將所有錯誤都歸結於莫小寶和鄭乾兩人：「這主意……是他們出的。我當時沒有辦法，他們就幫忙出餿主意說可以讓我帶你到這裡來。」

姚佳仁聽了這樣的解釋，不想多說什麼：「既然都來了，那我們就去裡面走走吧。」

「哈哈！好，今天我帶你走。」孔浩幫忙提過包包，像導覽員似的，躬身彎腰在前面帶路，那滑稽的動作引來姚佳仁一聲嬌笑。

周圍的路人也紛紛將目光投向這邊，很多人讚嘆女神的美麗；一些宅男趁著陽光明媚出來曬曬太陽，眼睛一瞟看到這一幕，頓時覺得受到嚴重打擊，忍不住將手裡冰冷的狗糧往嘴裡胡亂的塞，心中直念再也不相信愛情。

但是即便如此又能如何？姚佳仁之所以選擇跟隨孔浩在世界公園遊玩，是因為想要給他留點面子，不至於讓他在其他人面前難堪，否則她一定會提包走人，孔浩丟不起這個臉，更受不起這個委屈。

世界公園的遊覽僅僅一個白天便已經結束，裡面號稱有世界各國人文風情，但是很多還不如在電視上看來得舒服。親身遊覽之後，完全沒有感受到宣傳中所說的「一個公園，一個世界」的主題所表達出來的資訊，這讓姚佳仁更加鬱悶。

想起前幾日遇到的同學虎妞，原先在宿舍只不過是一個普普通通的胖女孩兒，可是一轉眼，畢業才幾個月，人家卻已經憑藉家庭背景的支撐，在演藝圈幕後工作中混得風生水起，不但事業有成，就連肥胖的身材也忽然消失，變得苗條性感起來，如果不是她主動跟自己打招呼，姚佳仁就算再看幾眼也不能認出人家是誰來。

正是與虎妞相遇之後，暢聊許久，姚佳仁才在虎妞蠱惑下萌生了做一名演員的念頭。

這也是為什麼那天晚上說起對未來的想法時，姚佳仁說自己考慮去當一名演員的原因。

她相信憑藉自己的外貌，只要有人能夠給她試鏡的機會，就一定會在不遠的將來取得成功。

到時候想去哪裡都行，不用孔浩，也能到全世界旅行。吃喜歡吃的，玩喜歡玩的。而且也不用再讓爸媽受苦受累，他們辛苦了一輩子，如果看到女兒在演藝圈獲得成功，一定會十分高興。

想著這些，姚佳仁更加堅定了想要做一名演員的念頭。

當然她也聽說過娛樂圈的混亂，聽說很多女孩子為了能夠得到某個戲份，就不得不付出自己的身體。

如果到時遇到同樣的情況，自己應該怎麼做？

突然，姚佳仁自嘲一笑，現在連做演員拍戲的影子都還沒有看到，考慮這些東西又有什麼用？

根據虎妞所說，得到劇本角色的難度不大。有她的幫助，或許能夠使得自己更加接近夢想的實現。

那就這麼愉快的決定了。姚佳仁想道。

第六十七章
轉變（上）

雖然和鄭乾提到的事情他還沒有應下，但是從最近幾天的表現來看，已經比以前改觀了不少。或許說不定不用幾天時間，鄭乾就答應自己的建議了呢？

程心想著，已經來到程建業的公司，問了路後，找到了梁叔的辦公室。正想敲門，卻看到前面走來了一個地中海老頭，身材不高，體型不胖，但那雙眼睛卻始終給人一種精明的感覺。

老爸經常誇讚梁叔是他的左膀右臂。作為程建業公司人才資源部的最高主管，發掘和培養人才是梁叔的主要職責，所以就鄭乾進入公司工作這件事情來找他，是再好不過的辦法了。

梁叔遠遠地就看到了程心，露出一口缺了牙的笑容，朝程心打招呼：「今天怎麼有空到公司來呀？」

梁叔在她很小的時候就已經和程建業在打理公司，可以說是看著她從小長大的。

程心感受到一些難得的親切感，笑咪咪道：「梁叔，我今天來找你有點事。」

「哈哈哈！我就知道你找我有事，說吧，有什麼需要梁叔幫忙的？」梁叔笑咪咪道，對於程心，他也是十分喜歡的。

「嗯……也沒什麼，就是想讓您幫忙看看，我爸下面的楚雲飛的公司裡面，還缺不缺人？」

梁叔彷彿猜出了程心用意，笑了笑說：「想要幫人安排工作？哈哈，好，我幫你看一下。」梁叔又問，「這件事你爸知道嗎？」

程心趕忙搖頭：「梁叔，您可先別跟我爸說，等時候到了我會告訴他的。」

「好啊，那我先幫你看看。」梁叔打開電腦，端了杯水放到程心身前，「先坐著休息一下。」

「梁叔，謝謝你啊。」

「不謝……咦？湊巧還有一個職位空著，但是要求……」梁叔突然皺了皺眉頭，看向程心，「職位要求有點高啊……」

「啊？」能被梁叔認定為要求高，那究竟得要多高？程心有些不確定的問道：「梁叔，都有些什麼要求？」

梁叔仔細看著道：「學歷要求是研究所畢業，除此之外，還要有在省級以上科技大賽中參賽並獲獎的經歷……其實你也應該聽你爸說過，目前公司最缺的就是技術性和學術性兩相結合的人才，所以很多好的職位，招募方向都偏向這一部份。」

程心聽完，點了點頭，神情有些失落。

畢竟雖然鄭乾是G市最好的大學畢業，也是學校裡面的學生會主席，可是光是研究所一條就阻礙了所有道路，更別說什麼科技大賽獲獎經歷了。

怎麼辦？鄭乾說不定就要點頭答應她的要求了，關鍵時候倒是她這邊出了問題。

梁叔人老成精，早就看出來程心的糾結了，看樣子這件事對她應該很重要，不然也不會親自來到這裡求他。

「這樣吧，你把他的資料給我，我找人安排下去，到時候你讓他過來面試就好。」梁叔說道，「不過有一點，學歷和經歷我不強求，但是能力一定要夠。」

程心點頭如搗蒜，拍著胸脯保證她推薦的人一定能夠達到梁叔要求。

就這樣，程心出手搞定了鄭乾的職位一事，但是突然想起人家還沒答應，萬一到時候他還是決定做回老本行，那不是白欠梁叔一個人情了嗎？

不行，無論如何得要讓鄭乾答應。

程心打定了主意，一路開車來到莫小寶的別墅，開門就問鄭乾在不在。

「在，當然在啊。」莫小寶嘿嘿一笑，伸手指了指樓上。

程心也不管什麼男女有別，踩著高跟鞋噠噠噠上樓，跟在小寶身後敲開了門。

只見他屋子裡面堆滿了貨物，看樣子大多是衣服一類，而電腦正在工作著，顯示淘寶店後臺。順眼一看，電腦桌上以及桌子下面，全部都是亂扔的垃圾或者食物，看樣子就像很多天都沒有收拾一樣，好在沒有什麼味道，不然程心肯定把眼前這個頂著兩個黑眼圈、鬍渣與頭髮相輝映的男生扔到樓下。

「程心，你怎麼來了？」鄭乾突然一陣臉紅，狠狠瞪了莫小寶一眼。

很明顯他也對周圍的環境很……「哦哦，你看我，這幾天都忙著工作，連房間都還沒有收拾，進來坐。」

「坐哪？」程心斜著眼看他。

裡面貨物和其他東西已經將全部空間占滿，人進去確實沒有坐的地方。

這真是……丟臉啊！

想他鄭乾以前也是熱愛衛生的好青年，但是沒想到從學校離開之後，就變成了這副模樣，不在乎外表不說，就連生活的環境也不挑剔了。再過幾天，估計就得有某些不明生物和他一起生活。

程心生氣地想著，一把將鄭乾拉了出來，「快去打理一下，我在樓下等你啊。」說完，也不等鄭乾回話，自己一個人轉身下樓。莫小寶悄悄跟在後面，想神不知鬼不覺逃離現場，卻被鄭乾一把抓回，「好兄弟啊，真是好兄弟！」

兄弟兩個字咬的很重，莫小寶肥碩的臉龐抽動了幾下，腆著臉笑道：「這不是……她自己要上來找你的嘛，可不能怨我啊。」

「我懶得怨你。」鄭乾對莫小寶表示無語，轉身進去找了套衣服拿上，順便帶上刮鬍刀，將鬍子剃掉。

洗漱完畢之後，回到程心面前的就是一個實實在在的美少年了。

程心像雷達一樣將鄭乾掃了一遍，終於滿意的點點頭：「這還差不多。」

鄭乾坐到程心身邊，問道：「什麼事這麼急著來找我？」給他的考慮時間不是還有嗎，看樣子是要逼宮了？

「你別這麼看著我……我想你已經猜對了，我今天過來就是要讓你去楚雲飛公司工作。你想，在他那裡，你不用面對我爸，做什麼也都順手順腳，不至於像現在一樣，生活不規律，而且收益又低。」

鄭乾嘖嘖嘴，沒有表態，而是問道：「那你給我安排的是什麼工作？」

「工作對個人能力和素質十分看重，所以我也不知道具體是做什麼，等到了你自然就知道了。

第六十八章
轉變（下）

程心為鄭乾的工作四處奔波，但好消息是鄭乾終於在她的勸說下改邪歸正，答應暫時放下淘寶業務，到公司工作了。

而應聘及面試流程也在楚雲飛的親自參與下完成，從投遞履歷到正式工作，只不過短短一天。

鄭乾不得不感嘆，自家有公司就是方便，想什麼時候上班都行。不用像其他人一樣，為了得到一份工作削尖了腦袋一股腦兒地鑽。

「我還以為你會很頑固呢，要是這次再不答應，我以後都不幫你了。」程心看著一身正裝的鄭乾，嘟著嘴，佯裝不滿。

「怪我沒有眼光不識大體，行了吧？」鄭乾作無辜狀，又問，「那我什麼時候去上班呢？明天還是現在？」

「廢話，當然是明天。」程心為鄭乾的智商感到著急，斜眼望著他說，「今天星期天，明天週一，正式上班。我跟楚雲飛說過了，你有什麼不會都可以向他請教，看在我的面子上，不用說他也會幫你。」

「唷，那你還挺有能耐的嘛。」

「那是——喂，你說這話是什麼意思？」程心知道鄭乾有一顆容易受到打擊的幼小心靈，聽他的語氣，應該是對讓他跟楚雲飛請教感到不滿？

「沒什麼意思啊……我在想，你們倆關係有多好，他才會這麼聽你話。」

原來是吃醋啊！程心挑了挑眉：「我怎麼聞到一股酸酸的味道呢？」

鄭乾茫然四顧，抽了抽鼻子：「有嗎有嗎？在哪呢？我怎麼沒有聞到？」

「哼！」程心甩下裝著衣服的袋子，扭個頭就走出了商場。

今天陪著鄭乾過來這裡買衣服是其中一個目的，另外就是幫鄭乾把莫小寶別墅裡的傢伙全部搬回鄭乾原先住的地方。

現在不用做淘寶店，從貨源公司拿來待發的貨物就幾乎沒有了，所以回到家裡住也挺方便。對於鄭乾而言，起碼他有時間抽空整理個人房間衛生了。

看到程心幫鄭乾大包小包提著回來，鄭晟和蔣潔也十分高興。自從婚禮上那件事發生之後，蔣潔和程心就很長時間沒有聯繫過了，至於鄭晟則更是如此。

現在猛然一見面，卻沒有想像中的尷尬和不適出現，畢竟是母女，很多問題其實早已在心裡想通，只不過一個秉持長輩的威嚴，一個臉皮薄自以為理虧不敢先行聯繫，如今見了面，很多矜持和誤會也都一同煙消雲散。

就像沒有發生過什麼似的，程心上去就抱著蔣潔手臂，將頭搭在母親肩上，輕輕說道：「對不起。」

如果不是鄭晟和鄭乾還在，蔣潔大概又要感動得落淚，連忙拍著女兒手臂說道：「沒事沒事，媽都忘記了。其實媽也不該打你，剛打下去，我就後悔了……」

程心抬起頭來看著蔣潔，兩頰升起一彎淺笑：「媽，鄭乾後來跟我說了，他說你哭得很傷心……對不起啊。」

再相互道歉下去，兩人心中也許會逐漸的對彼此存有芥蒂，這樣一來，這件事在未來一段時間將會成為母女倆心頭上的梗，非但不利於關係的緩和，甚至還有可能成為關係決裂的隱患。

鄭晟遞給鄭乾一個眼神，爺倆一起行動，你勸蔣潔我說程心，很快就把一副看著溫馨實則感傷的畫面消除，變成了其樂融融的場景。

鄭晟拍了拍鄭乾肩膀，欣慰道：「找到了工作就好好幹，在學校裡能學好，我相信在工作上，你也一定可以！」轉頭對程心說：「那個，程心啊，我得謝謝你幫鄭乾找了這麼個工作，我看他一天到晚撲在電腦上，心疼啊。」

您心疼我也心疼啊！程心心裡想著，嘴上卻沒說，事實上，她對於鄭晟仍然存有隱隱的不滿，對待蔣潔是一回事，那是自家媽，但是鄭晟……即便他是鄭乾他爸，程心對他的好感也仍然沒有辦法回到以前。

「這個您就見外了，幫助鄭乾也等於幫助我，畢竟我們以後結婚了，整個家還得依靠鄭乾支撐起來。」

「說的是，說的是。」鄭晟哈哈一笑，迅速打破尷尬。

「別光站著呀，快坐下說。」蔣潔幫忙收拾好鄭乾搬回家的東西，看到女兒那有敵意的小眼神，頓時知道不妙，趕忙笑著出來打圓場。

※

家庭聚會……事實上，自從鄭晟和蔣潔公佈婚訊之後，所謂的家庭聚會也就隨之成為了四個人之間的戰爭，有過那麼一段時間，鄭乾和程心是一隊，鄭晟和蔣潔是一隊，他們為了各自的幸福而和對方展開拉鋸戰，最終戰鬥達到了白熱化階段時，鄭乾突然背叛程心，加入了鄭晟和蔣潔戰隊。這也使得結局發生了翻天覆地的變化。

所以家庭聚會嘛……換句話說也就是口水戰聚會了。

如果時光能夠重來，鄭乾也會進行同樣的選擇。關於父母結婚這件事情上，他認為自己做的沒錯，因為現在的自己還沒有足夠的能力給予程心幸福，儘管程心常說，只要娶了她，她的所有都是他的。

但這對於鄭乾來說，無異於吃軟飯，其他人怎麼看怎麼做他不管，反正於自己而言，他忍受不了去到程心家裡時，忍受程建業白眼相待，也忍受不了那些愛嚼舌根的同學在背後說三道四。

或許就像程心所認為的一樣，鄭乾就是有著一顆小的不能再小的自尊心，只要幫助他的方法稍微不對，他幼小的心靈就會自以為受到了傷害，於是促使著鄭乾偏偏不如你的意。

就像這次由創業改為就業，如果不是程心靈光一閃，通過周圍的好朋友，比如孔浩和莫小寶以及姚佳仁等等，苦口婆心勸說，讓他知道男生可以等，女生卻沒有時間等的話，能不能讓他穿著西裝走進公司還說不一定呢。

今天是鄭乾第一天上班，也是他繼三句話辭職信走紅之後，再次回到職場，雖然不是同一家公司，但是相同的問題卻依舊存在。

如果遇到和當初一樣的事，又該怎麼辦？辭職還是繼續裝作沒有看到？繼續忍受一次又一次的不公平待遇？

從最初程心提議到公司上班到現在，鄭乾依舊沒有想通這個問題。

或許隨著工作的進行，會有他想要的答案吧。

第六十九章
她的未來由我陪伴

第一天工作，除了需要熟悉公司工作流程和工作性質外，最重要的便是和自己的上司打好招呼，順便認識一些同事。

對於對待工作努力認真的鄭乾來說，雖然工作內容繁雜，而且工作技能佔據很大一部分，但是畢竟是經歷過高考千萬大軍同過獨木橋，並且獲得最後勝利而且還混得不錯的人，鄭乾在很多方面也有著其他人難以比擬的優秀特質。

比如肯努力、不怕吃苦、做事認真等等，這些都是從學歷上看不出來的東西。

只是通過幾天的學習，鄭乾就已經將工作掌握了個大概。

這或許是現在和他談話的楚雲飛也沒有預料到的。

楚雲飛是一個什麼樣的人？——一個曾引起鄭乾吃醋的男人，她是程心的好兄弟，對於楚雲飛的瞭解，鄭乾也大多是從程心那裡聽到的。

不過聽說總是聽說，所謂百聞不如一見，現在真人就在眼前，鄭乾看到他之後的第一件事，就是把這位程心的好哥們仔仔細細打量了一遍。

楚雲飛和他一樣，身上穿著的是一身整潔乾淨的西裝，這是職場人員的必備形象。此外，他的眼睛很亮，說明人很聰明大多時候也很健談；再者，這也是唯一讓鄭乾覺得很有威脅的一點，這人真的很帥。

白白淨淨的皮膚，高高挺立的鼻子，大而明亮的眼睛，雖然隱隱間透著一股陰氣，但是總的來看，卻依然屬於美男子類型。鄭乾偏頭，透過辦公室內的鏡子看了自己一眼，發現……呃，自己和人家在帥氣上還真是有些差距啊。

但是沒有關係，我來這裡的目的是為了努力工作，透過工作取得老闆信任，並就此走向成功，而不是爭奇鬥艷，勾心鬥角，所以，鄭乾一進來，先向楚雲飛問了個好，然後便主動提到了關於工作的問題。楚雲飛讓他不要客氣，都是朋友隨意一點，接著便笑笑，問到了他對於自己工作的看法。

這原本是在面試階段就要進行的工作，但是在程心交待下，楚雲飛也通知面試部門取消了這一些詢問。

現在在這裡重提，楚雲飛的主要目的是為了考量一下程心這位男朋友在工作上的認真努力程度，或者乾脆說，他在這一方面的能力。

而鄭乾也不負他望，正是兵來將擋水來土掩，但凡楚雲飛問到的問題，他都必然滔滔不絕說個明明白白，甚至很多時候都讓楚雲飛覺得驚訝。

「難怪程心會喜歡你……看來也不是沒有道理。」最後離開時，楚雲飛笑著說：「領教了。」

前面那句話沒有關係，但是後面一句「領教了」，是什麼意思？鄭乾看著楚雲飛，難不成你真喜歡程心？

「不用那麼看著我。」楚雲飛笑起來讓人如沐春風，但是程心看到了，卻一定會想起當年他人大聲小被人揍了哭鼻子的糗事。「程心是個好女孩，也是我的……算是好哥們？我想任何一個和她接近的男人，都會忍不住被她身上特有的氣質所吸引吧？我也不例外，但是三年前我去了國外，前些天才回來，沒想到一回來就聽她說起了你。」

鄭乾有些驚訝，大概換做任何一個人，在這個時候都不會對自己暗戀的女生的男朋友說出這種話吧？

這是挑明的決鬥嗎？

「我不跟你決鬥，但是在你們結婚之前，我有權利和你一同競爭。」楚雲飛繼續微笑道，「我不能因為她有了男朋友，就放棄對她的追求。相信你能理解我的感受。」

我理解，但是我不願意。鄭乾想說出這句話，卻又想到顯得不夠大度，而且最重要的是，他相信他對程心以及程心對他的感情，一定會支撐著他們一起走進婚姻的殿堂。

如果三年多的愛情就因為一個人的介入而毀滅，那這三年鞏固起來的感情基礎該是有多麼的薄弱，何況他們已經一同經歷了父母婚事所引起的風雨，風雨過後見到彩虹，他和程心之間的關係反而變得更加親密起來。

在一場風雨過後，現在好像又要有其他的阻礙介入進來了。但是鄭乾相信，這些都只將是他和程心愛情路上的點綴，他有信心也有野心同程心一起，突破一個又一個的困難，到達成功的彼岸。

「好啊，如果你不介意失敗的話，我倒是挺歡迎的。」

楚雲飛點頭笑道：「看不出來你挺自信，也夠豪爽。」

「談不上豪爽，只不過我相信程心，也相信自己罷了。」

「那恕我不能提前祝你和程心幸福，因為……說不定到最後是你來祝福我和她。」

楚雲飛拿起桌上的一張照片，上面是他和程心的合照，那時候的程心應該還小，看樣子是高中時期，她留著一頭短髮，霸氣地摟著旁邊一個目光閃躲、神色怯懦的男生。

鄭乾笑了笑：「那時候她就很漂亮了。」

楚雲飛問道：「你就不想問問這個人是誰？」

「和你很像，所以除了你還會有誰？」鄭乾說道，「你改變蠻大的。」

「對，是我。」楚雲飛彷彿是回憶起了某段美好的過往，神情一片憂傷，「你看到的這張照片，是有一次我被人欺負之後，她幫我趕走了那幫人，叫隨行同學幫忙拍下的。我當時很氣憤，但是敢怒不敢言，現在想想，那段日子真是美好。」

「所以你希望回到過去被打一頓，然後再由程心去救你嗎？」鄭乾也不知怎麼就冒出了這句話，說出來之後他就有些後悔了……

「呃……哈哈哈！你可真會說笑。」楚雲飛搖頭笑了起來，「我拿這張照片出來給你看，是為了告訴你一件事，我們從小青梅竹馬，相互認識已經不止十年。就算是十年，和你的三年相比……也要佔據很大優勢吧？鄭乾，你應該知道，我參與了她的過去。」

鄭乾突然想起一句很有名的情話，看著炫耀似的楚雲飛，他笑了笑說道：「她的過去我沒法參與，但是她的未來，註定將會由我陪伴。」

第七十章
機遇和挑戰

這是很霸氣同時也很感人的一句話，楚雲飛微微一愣，還未開口說一句什麼，早已躲在門外偷聽許久的程心卻緩緩走了進來。

「程心——」楚雲飛驚訝的張大了嘴巴，似乎完全沒有想到程心會突然出現。而且看她的神情，好像已經聽到了什麼……

楚雲飛見程心的目光全部注視在鄭乾身上，知道剛才的談話已經被她聽到了，想到自己一番宣戰居然為別人做了嫁衣，便忍不住將手指骨捏的脆響，而那張照片，也被他緩緩塞進了抽屜。

於是這一瞬間，楚雲飛的辦公室彷佛成為了程心和鄭乾獨有的世界。

程心充滿柔情看著鄭乾，而鄭乾則有一絲驚愕。他們相互之間說過最美的情話就是「我愛你」三個字，而現在，在鄭乾以為程心不在現場的情況下，說出了一句比「我愛你」三個字更長也更能直擊人心的話。

辦公室的氣氛有些微妙。

程心注目禮般看著鄭乾，鄭乾眼中的一絲驚愕也逐漸轉換為一抹笑容。

「我真想像不到你會說出這樣的話。」

「我……」

「我知道。以前很多時候可能是我太任性了，我想……為了你，以後我會慢慢改變。」

「其實……」

「不要說話，我想再感受一下這種感覺。」

「嗯……」

「程心——你怎麼來了？」就在這段談話所寄託的情感達到高潮時，一個不和諧的聲音突然出現。

鄭乾和程心同時晃過神來，然後轉過頭看向楚雲飛，才驚覺這裡是人家的辦公室……

「那個……我剛剛從這裡路過，看到鄭乾在裡面，就進來了。」程心說得支支吾吾，不善於說謊的人在關鍵時候總會表現的不是很完美。

很明顯這個理由太過牽強，不光楚雲飛不信，就連鄭乾也笑了笑。

「好吧，那剛才……」

「啊？」程心裝傻充愣道，「剛才怎麼了？我什麼都沒聽到啊……」

得了，連說謊都不會，鄭乾疼愛的看了眼程心，朝明顯情緒開始低落的楚雲飛說道：「那我先去上班了。對了，程心……你也在這裡？」

程心點了點頭，因為她先前並沒有告訴過鄭乾她現在也在這裡上班，一時半會兒擔心鄭乾生氣，趕忙解釋道：「我剛上沒有幾天，然後……」

「然後她就跟我說了一下，然後你也進來了。」楚雲飛說。

鄭乾明白了，他知道程心大概是想和自己在一起工作吧！這樣想著，心裡舒服了不少，而且鄭乾也決定，以後一定要在公司紮根下去，自己的女朋友既然已經被別人盯上了，那就得好好守在她身邊，防止楚雲飛做出什麼過分的事情來。

程心跟著鄭乾離開之後，楚雲飛臉上的笑容緩緩退去。他能明顯的看出，程心在鄭乾面前完全沒有跟他在一起時那種豪邁之感，反而倒像是一個溫柔聽話的女孩兒，這就是差距——男朋友和好哥們的差距。

男朋友可以換來愛情，但是好哥們不行啊！不行，我一定要奪回程心！楚雲飛看著他們離開的方向，拳頭重重落在了桌面，砸得一聲空響，但是幾乎同時，一聲慘叫遠遠傳出。

※

最近幾天，孔浩的工作開始走上正軌，穿上城管制服在大街上走上一圈，雖然當時覺得很low，但是當親自上崗之後，才發現體驗不錯，至少有精力的時候，還能和小販友好地坐在一起聊聊人生，或者幫他們賣賣水果。

很多人對孔浩的言行舉止感到奇怪，本來這些小販就好像是城管天生的敵人一樣，而現在作為城管的你不但不去驅趕他們以維護市容市貌，反倒跟人家聊起了理想，甚至興致來了還幫著吆喝幾句，這不是亂搞嗎？

但是孔浩卻深知他們的迫不得已，如果不是被生活所迫，誰會願意推一個小車搭個小攤，忍著風吹日曬卻雷打不動地一天又一天在大街上賣東西呢？

這些都是生活有困難的人，而且大多數來自G市周圍各地的農民，本來在家裡打理田地就賺不了多少錢，如今來到城裡，也不知怎麼就影響到了市容市貌，天天受到城管壓迫，輕一點的將你勸離，嚴重一點的則乾脆把你東西收了，甚至連人一塊打了再說。

這些都是孔浩上任之前經常看到或者聽到的場景，在得到城管工作的那天起，他就下決定要做一名優秀且受人喜愛的城管，絕對不會為了一些雞毛蒜皮小事和小販們鬧上一鬧，那樣一來，城管存在的意義就只是驅趕小販了。

驅趕和恐嚇只能是治標不治本，要真正的解決根本問題，就必須落實基層方面的工作。比如建立更多的農貿市場或者水果街、小吃街等等，讓小販們得到充足的攤位；又或者提高城管人員素質，將一些害群之馬清理出城管隊伍，留下的有知識教養和耐心的，自然會採用適當的方法，比如勸說和安撫等抑制和阻止小販在中心市區的活動。

其他人暫時不理解沒關係，他相信只要自己堅持下去，就一定會得到小販和同事們的認可。

工作上的事情在一定程度上得到了解決，但是和姚佳仁的事情……卻還仍舊在摸索階段。

在帶著佳仁去世界公園遊覽一圈之後，她對自己的態度便不向以前那麼友好了，這幾天發個微信，至少要等到你盯著螢幕想睡了，人家才會發一個單音節字，比如「嗯」過來證明她看到了，而後你一刷朋友圈，卻看到她在某個炫富的閨蜜下面發了幾條羡慕嫉妒想擁有的評論。

果真應了那句話：你永遠叫不醒一個裝睡的人。

孔浩說不傷心那是假的，但是能有什麼辦法，自己不是富二代，除了顏值，並沒有任何可以吸引女孩子的地方，但是佳仁從兩年前跟自己在一起到現在，雖然時時有爭吵發生，但卻沒有像其他女生一樣朝三暮四將他甩掉。從這點上來看，已經比其他女孩好了太多。而且孔浩也知道，姚佳仁對他的感情是真實且認真的，否則不會一次又一次催促他搬出去和她一起住，並且讓孔浩說服他爸媽儘快籌辦他們的婚事。

可是現在談婚事，每次老媽都在找各種理由藉口敷衍，一拖就是十幾天，然後再問，就再拖。

有一次甚至拿孔爸的腿說話，說人老了，連路都難走，你作為兒子不想著賺錢幫你爸看病，倒想著結婚討媳婦，這是不孝啊！

孔浩聽了還能怎麼辦？他知道就算孔媽和孔爸之前已經答應，等到考上公務員，就不再插手他和姚佳仁之間的感情，但這只不過是安撫他的說法而已，老媽甚至老爸兩個人，都不希望自己和佳仁在一起生活，這才是婚事一拖再拖的真相。

一邊是爸媽一邊是女朋友，得罪任何一方都是得不償失的做法，孔浩夾在中間難以做出抉擇。

但話說回來，這就是生活，生活當中總是充滿了各種機遇和挑戰，而人生也正是在挑戰中尋找機遇，在機遇中得到發展，如此往復，無限循環。

第七十一章
深度誘惑

孔浩的生活論在不久之後的今天終於得到了回報，前段時間很少主動搭理他的姚佳仁突然在他剛下班的時候打了一個電話過來，告訴他今晚去別墅一趟。

由於工作以來單位分配了住處，而孔浩為了節省時間也就將家從莫小寶別墅搬了過去，他幾乎是和鄭乾同一天進行的搬遷。但是因為姚佳仁和他鬧脾氣，這些天就一直住在了別墅，並沒有跟孔浩一起搬到現在住的地方。

如果不是相信莫小寶的為人，孔浩絕對會每天晚上都去別墅，直到姚佳仁答應搬了和他一起住。

接到電話後，姚佳仁又發了一個訊息：今晚還要幫我搬東西。

孔浩回了過去：哈哈，好啊。

總算是枯木逢春、水到渠成了。也不管成語有沒有亂用，孔浩總之非常高興，回到住處後換了衣服直往莫小寶別墅奔去。

通過莫小寶的遊戲區，孔浩在DNF和LOL的無限誘惑中來到了姚佳仁房間前，紳士般敲了敲門：

「佳仁，我來啦。」

「我知道啦，你在外面等一下。」

姚佳仁清脆好聽的嗓音從裡面傳遞而出，緊接著便有一陣悉悉索索的聲音鑽入孔浩耳朵。

孔浩忍不住豎起耳朵聽了一下，聽不明白，又湊上前去，乾脆把耳朵貼在了門上，終於聽出來……好像是換衣服的聲音？

呃……自己來得可真是時候。

女孩子換衣服總是很慢的，深刻體會過很多次的孔浩不得不唉嘆一聲，順著牆滑下，蹲在門口百無聊賴玩著手機。

但是這次並沒有想像中的漫長等待，僅僅過了五分鐘，裡面便說道：「可以了。」

孔浩嘿嘿一笑，剛要起身，誰想門就開了。因為屁股和背的著力點都還在門上，結果剛一打開，孔浩一下子沒坐穩，就像皮球一樣滾了進去。

「怎門那麼笨啊！」

在姚佳仁無限責怪和無限白眼中拍拍屁股，趕緊站了起來，撓撓頭笑笑：「有段時間沒見你了，挺激動的。」

「切。」姚佳仁對孔浩的花言巧語不以為然。

「寶貝，今天叫我來什麼事呀？我說除了幫你搬東西之外……」

語氣透著一絲……猥瑣，這不能怪孔浩聯想豐富，畢竟他剛剛站起來就發現，今天的姚佳仁居然穿了一身……護士服！

護士服不奇怪，但是……如果護士服領口微開，低頭一看便能看到一道美麗的風景，而下面則是不到膝的超短裙……那這樣的護士服，在孤男寡女共處一室時，又會起到怎樣的催化作用？

如果不是傍晚天氣涼爽，孔浩的鼻血恐怕就要一洩千里……

感受到孔浩色瞇瞇的眼神，姚佳仁嬌斥一聲，伸手往孔浩身上就打了一下，但是一個女孩子力氣本來就小，打在孔浩這樣的型男身上，不到感受不到任何疼痛，反而會使人聯想更加豐富……

「佳仁……」

孔浩上千幾步，就要抱住眼前佳人，卻被姚佳仁眼睛一瞪，腳下一踩，立刻疼的抱著腳嗷嗷大叫起來。

「看你不老實！」

「佳仁……不是我不老實，而是你今晚穿的實在是……」

姚佳仁往自己身上一看，臉蛋也不由微紅，自己平常雖然穿的也比較清涼，但是那些都是正常衣服，而護士裝畢竟是制服，聯想到某些不堪畫面，頓時覺得自己有必要先解釋一下再討論接下來的事情。

「你聽著，這身衣服是我今晚特意穿上的……別用這樣的眼神看我！我穿上它，然後叫你來，是為了讓你幫我對個臺詞。知道了吧？」

孔浩聽明白了，一臉失望道：「那好吧……我知道了。」

「喏，給你劇本，這是我好不容易從投資人那得來的一個角色，如果試鏡通過了，就可以做演員了！」

「啥？」孔浩皺了皺眉頭，「你說你要當演員？」

「是啊，怎麼一副大驚小怪的樣子？」

孔浩張了張嘴巴，難為情說道：「可是當演員，聽說裡面水很深，我怕你……我怕你走進去就陷進去不出來了。」

「你想什麼呢？」姚佳仁翻個白眼，「你以為我像你一樣啊？」

「可是……」

「沒什麼可是！你要不要跟我對？不對我就重新找人了。」

姚佳仁一威脅，孔浩立刻妥協了，先把眼前的應付了再說吧，至於演員的事情……孔浩陷入了沉思。

比起姚佳仁來，孔浩似乎更具有表演上的天賦，對起臺詞來的時候，動作、眼神和語言一應俱全，在姚佳仁看來，完全是把劇情中的人物演活了。

「唷，看不出來啊，平常看你沒心沒肺的樣子，沒想到表演的時候一點也不含糊。」

聽著姚佳仁的誇獎，孔浩得意一笑：「也不看看我是誰，我可是大學裡面在學生會專門負責表演的，不就是個小小的臺詞嘛，這還不簡單？」

姚佳仁翻個白眼，對於孔浩給些染料就開染坊、給點陽光就燦爛的做風已經熟悉不已，也就不再理會他得意的樣子，而是緊接著又將剛才的臺詞熟悉了一遍。

等到一切進行的差不多的時候，姚佳仁滿意地收工，叫上孔浩一起，將她的東西都一起搬回了孔浩住的地方。

這就相當於同居了……既然已經同居，那麼結婚的事情也應該早些排入規畫才是，姚佳仁不由催促起孔浩來。

但是對孔浩而言，孔爸和孔媽一次又一次的拖延早就說明他們不喜歡姚佳仁這個女孩，怎樣解決孔媽和孔爸的偏見，就成為了孔浩這段時間的主要任務。

「這樣吧，我再去催催我媽。我現在已經考上公務員、已經工作了，我倒要看看她老人家怎麼說。」

「要不我和你一起去吧，雖然我知道你媽對我好像有些……意見？但是畢竟是有關於我們兩個的婚姻大事，我想我還是應該出面和她進行一些交流。」

孔浩點了點頭：「這樣也好，那我們明天就去？」

姚佳仁突然擰緊了眉頭：「萬一到時候你爸媽都不同意，那我們怎麼辦？」

孔浩也想過同樣的可能，但是他已經決定，哪怕他媽不同意，而老爸也背叛和他一起組成的聯盟，他也不打算妥協。

如今孔浩已經有了一份安定的工作，現在唯一的念頭，便是娶姚佳仁回家了。

第七十二章
辦公室戀愛風雲

這一天的G市陽光颯爽，風和日麗。

程心坐在窗邊，左手托著腮幫，右手拿一支筆，有一下沒一下戳著紙面畫圈圈，而雙眸則呆呆地看著外面樹上某種難得一見的鳥，失神中露出一抹笑意。

旁邊的同事胖子小李戳了戳程心，挑挑眉說道：「程心，又發呆了，想什麼呢？」

這種語調一聽就是不懷好意，還好是個胖女孩，要是像莫小寶那種類型，程心說不定跳起來就是一個爆栗伺候，但仍舊沒好氣翻個白眼：「怎麼？發發呆也不行呀？」

「行行行，程大美女說什麼都是對的，可從你第一天就一直在發呆呀！有時候居然還會偷偷笑起來，笑起來也就算了，就差沒流口水。」

其他人不由輕聲笑了起來。

程心眉頭一扭，小嘴一橫，不滿道：「有嗎有嗎？」

卻沒想到換來異口同聲的回答：「有！」

呃……好吧，沒想到學生時期沒遇到，上了班的時候倒是遇著了一幫損友。程心大感人生之無常啊！

「程心，聽說你男朋友也在裡面上班？」胖子小李變成了好奇寶寶，瞪著一雙大眼睛問道。

其他人聽到有八卦話題將要開始，也放下手頭工作豎起了耳朵。

「哪有啊，你聽誰說的？」

「嘿嘿，我早就聽別人說了，別不好意思嘛，快跟我們說說。」

「是啊是啊，程心快給我們說說，你那麼漂亮，你男朋友肯定很帥吧？」

「可是我們公司最帥的就是我們楚總了，除了楚總之外，還有誰能配得上程心啊？」

「不過也說不一定哦，萬一人家程心在乎的是……內在美呢？」

「有這個可能……程心，你快說說吧，別讓我們猜了。」

「就是就是……」

程心還沒有說話，就已經被這些女人們輪番議論了一遍，不得不感嘆，這就是三個女人一台戲的完美升級版啊。

在無限嘰嘰喳喳的懇求聲中，程心故作深沉揉了揉額頭，突然抬起頭愣愣道：「你們剛才說什麼？」

「啊——程心!你太壞了!」胖子小李對於程心的裝傻充愣首先用尖叫表示不滿。

緊接著，其他人也跟著一塊起鬨。

「咳咳，那個我提醒你們啊，現在可是上班時間，上班時間不准聊天不准大呼小叫不准交頭接耳，更不准八卦，不然等會兒楚雲飛來，看你們怎麼辦。」

程心一提醒，其他人彷彿才反應過來，紛紛瞪向胖子小李，都怪她勾引大家好奇心，還好程心提醒，要不然把主管招來，還不知會被罵成什樣呢！

「好吧好吧，你們這些沒良心的。我小李好不容易幫你們套出了程心的秘密，你們居然就這樣背叛我了。人生啊！」

「行了，別在那裝流浪詩人感嘆人生了。」程心搖頭笑著說，「倒是你，我可聽說昨天有人送你花了，不跟我們說說是誰？」

小李突然臉色一滯，抵著嘴問道：「你在哪看到的？」

程心指了指外面，「我昨天下班的時候看到的。喔——我還特意走過去看了看，那男的不錯啊。」

「啊——程心！」胖子小李發出和剛才一樣分貝大小的聲音，「你居然偷窺！」

「我才沒有，很多人都看到了，不信你問她們——」程心順手一指剛才跟著起哄的姐妹們。

姐妹大軍果然給力，齊齊點頭說道：「我們也看到啦。」

「小李，快如實交代。」

「就是就是，小李，平常就你八卦，天天榨取我們的小秘密，今天也該你來說說自己了。」

「小王說得對，我們今天也要聽聽小李的——純情戀愛史。」

「哈哈哈……」

小李肉臉一橫，不滿道：「哪有你們這樣的。」

「有！」又是齊齊一聲，說罷都大笑起來。

程心剛想叫停，卻聽到一個「噓——」的聲音，緊接著耳邊傳來皮鞋踩著地面的聲響，於是笑聲立刻停頓，變得鴉雀無聲，彷彿什麼都沒有發生過似的。

程心微微偏頭看去，只見楚雲飛已經站在了門口，正好整以暇看著他們，嘴角帶著一絲微笑，目光掠過程心的時候，笑容倏地擴大，露出一排潔白整齊的牙齒。

「剛才都在說什麼呢？」

沒人回答，程心也當做什麼事情都沒看到沒見到，將頭瞥向窗外，又看起了鳥。

額……楚雲飛覺得自己好像撞在了一團巨型棉花上，一股濃濃的有力沒處使，使了也沒用的感覺從頭到腳散發出來。

說實話，自從程心來工作之後，這間辦公室就彷彿不在他的管轄範圍之內了。楚雲飛心裡不高興，但是一查工作業績，發現不降反升，一時間竟然不知道該說什麼好了。裡面經常傳出像今天一樣的笑聲，昨天小李給他送花時，他揪著小李問過，想知道裡面一天到晚除了工作都在做些什麼。

小李扭扭捏捏告訴他，他們在談論每個人的純情戀愛史，而胖子小李給他送花的目的，只不過是為了在自己的戀愛史上增添濃墨重彩的一筆而已……咳咳，按照小李的說法，她是不會看上他的，讓他放心。

當時這句話說出來，楚雲飛越想越覺得不對勁，什麼叫你是不會看上我的？但也只能搖頭一笑，順手將花又還給了胖子小李。

恰巧這一幕，就被程心以及和她一起下班的女孩們看見，於是便有了剛才齊聲向小李發問的事。

現在突然安靜下來，更多還是突然看到當事人出現而下意識的警覺，至於因為老闆感到威壓方面，則倒是沒有多少。

「那個，我跟大家解釋一下啊，昨天送花的事情是這樣的……」

楚雲飛說是向大家解釋，可所有人都看到他的目光完全落在程心身上，明顯這些話都是說給程心聽的，於是便有為胖子小李打抱不平的聲音出現了。

「楚總，這個就不用解釋了吧，我們又沒看到什麼，真的。」

其他人也附和：「是啊是啊，楚總，還是跟我們談談你的戀愛史吧……尤其是昨天那段。」

「哈哈哈……」其他人紛紛捂嘴而笑，胖子小李更是笑得兩腮的肉都往外擴散了，笑得那叫一個燦爛。

第七十三章
發呆這種事

「好了好了，現在是上班時間，我沒工夫跟你們聊天。」楚雲飛臉色一正，看向程心說道：「程心，你跟我出來一下。」

對於當初好哥們突然變成自己的上司這件事，程心經過幾天依然沒有很好地適應過來，現在被叫出來，她特意落後幾步，算是有意識的在維護楚雲飛的上司威嚴，順便也能通過這些行為從一定程度上拉開她和楚雲飛的關係。

前段時間在辦公室的談話，事實上她進行了全程偷聽，也知道了楚雲飛對自己的心思。想想外人眼中青梅竹馬，其實在她看來只不過是普通朋友的人，突然說他喜歡她，這種彆扭的感覺，彷彿是第一天來到這裡，自己要裝作下屬的樣子跟楚雲飛彙報工作一樣，越想越覺得不舒服。

所以現在叫她出來……不會就是為了這種事情吧？如果真是，自己又該怎麼拒絕才好？程心心不在焉地走著路，腦袋裡卻將所有可行不可行的方法全都過濾了一遍。

「跟上來啊，走那麼遠幹嘛？」楚雲飛笑著招呼。

「哦哦，來了。」

看他應對自如的樣子，就像那場談話根本沒有存在過一樣。程心不由在心裡豎起大拇指，這心態，真是優秀！

「叫我出來有什麼事嗎？」程心直接開口，打算一言不合就轉頭回去辦公室。

「是這樣的，伯父今天來公司視察，現在會開完了，他讓我叫你過去一趟。」

「呃……這樣啊。」程心訕訕一笑，心裡卻不禁鬆了口氣，說實話，就在前一秒鐘，她還想著，這傢伙不會是想找個地方跟自己表白吧？

「那我爸有說是什麼事嗎？」

楚雲飛颯爽一笑：「大概是因為某人工作期間經常發呆，想要好好教育一番吧。」

「啥？」程心一聽就覺得在欺負人，程建業是怎麼知道她上班時候發呆的？一定是眼前這個傢伙告的密！

「我說你可別這麼看著我，我完全沒有向伯父透露過任何一點關於你上班期間的負面狀態，每次他老人家問起，我都是在幫你說話，誇你好誇你工作用心，不信……不信你可以去問問他。」

面對楚雲飛的極力解釋，程心不禁用犀利的眼神表示嚴重懷疑，「當真？那會是誰說的？」

楚雲飛聳了聳肩，無奈道：「我也不知道。」來到他的辦公室前，將門打開，指了指裡面，「進去吧，伯父在裡面。」

程心打開門，看到的卻不止程建業一個人，竟然還有鄭乾。

「爸，」程心先和程建業打了一聲招呼，又看向鄭乾眨了眨眼睛，「你怎麼也在這兒呀？」

鄭乾笑了笑：「程總叫我過來的。」

程建業的眼神在鄭乾和程心身上來回打量了一遍，才乾咳兩聲說道：「我讓他過來，是給他們策劃部安排工作的。好了，你先去忙吧，程心留下。」

等鄭乾離開後，程建業坐下，開門見山便問道：「說說吧，為什麼自從上班以來，每天都在發呆走神啊？」

來者不善啊！程心看到程建業有些難看的臉色，知道事情有些大了，小心翼翼替自己狡辯道：「爸，您聽誰說的？我哪裡發呆走神了？」

「還說沒有？」程建業差點拍桌子而起，「好好想想你這些天都做了些什麼？」

「我……我好像是看了幾份合約……」程心想了想說道，「好像就是這些了。」

「然後呢？」程建業黑著一張臉說道，「你是X大法律系畢業，原本我想你對於合約條款的認定應該會有比別人更強的能力，但是……」

「爸，難道是……難道是條款又出問題了？不應該啊，我敢保證只要是我檢查過的合約，都不會有問題。」程心自信滿滿道，覺得程建業一定弄錯了。

「合約條文沒有問題，但是你知道合約上多寫一個字也是不行的嗎？」程建業想到那幅驚世之作就覺得胸口像被堵上了一口氣。

「啊？」程心有些心虛，「爸，那是怎麼了？」

「合約上多寫一個字不行，更何況你竟然在背面畫了一隻狗熊！」程建業越說越來氣，「你知不知道那是多麼重要的一個合約，談判了將近一個星期才好不容易讓人家簽上大名，現在好了，我名字還沒簽呢，合約就已經作廢了。」

「不是……我沒畫過呀。」程心努力回想，她只不過是看過幾天鳥而已，怎麼會畫出狗熊來？這畫技也太驚世駭俗了吧？

「還敢狡辯！」程建業將桌上一疊厚厚的文件砸在桌子上，氣憤道，「自己看！」

「哦。」程心不由癟癟嘴，心想多大個事啊，沖我發那麼大火。可是剛拿起合約來，翻到背面一看，竟然真的看到了一隻熊。

只不過不是程建業所說的狗熊，而是最近挺火的《熊出沒》裡面的熊大而已，沒看到身體是棕色，胸前還有一撮白毛嗎？

「現在你還有什麼話說？」程建業質問道。

「爸……對不起嘛，我真不是故意的……」程心話音越來越低，到了後面甚至已經囁嚅起來。

「我當然知道你不是故意的，所以我問你，你這幾天都在發什麼呆？我告訴你，除了這份合約之外，還有許多重要的文件上，也有這些東西！」程建業站起來又坐了下去，「我現在想聽聽你的解釋。」

最好的解釋就是發呆唄……但是為啥發呆呢？程心腦海裡浮現出鄭乾的模樣，都說戀愛中的女人智商一般會下降到負二百五。程心工作的時候，心思總是飄在窗外，腦海所想的全部都是和鄭乾有關的事情。

她不知道這些精彩畫作是不是出自她的手筆，不過看著挺像，而且她最近在追《熊出沒》，聽說今夏大電影《熊出沒之奪寶熊兵》就要出來了，到時候……

不得不說程心心態之寬廣、聯想之豐富，能在被大老闆訓斥的時候還想到熱門的動畫片，也真是難得。

不過她還是暫時將兒時的夢放在一旁，轉而仔細回想自己在上班時期都做了哪些重要的事情，結果想來想去，好像大部分時間都在發呆。人在發呆的時候，手上捏著筆做了什麼，誰還會記得？程建業問這個問題，問題一出去，就徹底石沉大海了。

第七十四章
真正的導演

「我看你是回答不上來了吧？」程建業哼了一聲，看著程心說道，「別以為我不知道你那些小心思。」

程心張了張嘴巴，發現似乎沒有什麼能夠辯駁的話，傻傻一笑，眼珠一轉扯開話題說道：「爸，你還沒吃飯吧？走走走，我帶你去公司旁邊的小吃一條街，那兒的味道可美了。」

「你——」程建業氣得指著一臉笑容的程心，半天說不出話來，「我跟你說，這是個嚴肅的事。」

「什麼嚴肅的事啊？」

剛才進來的時候，看到鄭乾出去，緊接著程建業就開始發起了火，要說之間沒有關聯，傻子也不會相信的。程心心裡大概已經有了底，只不過程建業還未挑明話題，所以她還是決定按兵不動，等到老爸出擊，她再見招拆招。

「你告訴我，鄭乾是誰安排進來的？」

好吧，當初讓梁叔先別通知老爸，沒想到拖了一段時間，這個問題還是被擺了出來。

「這個嘛，是我讓梁叔通融，讓鄭乾進來的。」

楚雲飛躲在門外面聽，剛想讚嘆程心夠義氣，沒有將他省略面試過程的事情說出來，卻猛然聽到程建業說道：「只有你梁叔，一個小小的鄭乾怎麼可能進入雲飛的公司？老實交待，這件事和哪些人有關？雲飛——進來吧，站在門外不累嗎？」

呃……咳咳咳，正準備將耳朵貼上門縫仔細認真偷聽的楚雲飛忍不住乾咳兩聲，臉上一個大寫的尷尬。

「你也說說，鄭乾是怎麼進入公司的？研究所學歷……狗屁！和我女兒一個學校的，我還不知道？」

「那個……程叔，這件事吧，它不能怪程心，畢竟公司是我管理，所以有問題還得是我來負責。」楚雲飛訕笑著說道。

「什麼跟什麼啊，明明是我帶著鄭乾過來面試，提前和你說好通融通融的，怎麼能怪起你來？」程心對楚雲飛故意將她與這件事撇清關係感到不滿，而且她認為這是楚雲飛想要利用這些事情刻意親近她，使她對他產生好感所使用的手段。

但是沒門兒！臭小子也不照照鏡子是不是有三頭六臂，就那點兒心思也敢跟我玩心計？切——程心翻個白眼。

但實際上程心確實想多了，楚雲飛如此做的原因並非是為了如程心所想的那般想要接近她，只不過是出自一個男生特有的正義感，使得他不願意看到一個女生因為一件與自己有關的事情被責備而已。

程建業在一旁看他倆演戲，突然間心裡的怒氣似乎消散了不少。對著爭執究竟誰應該負主要責任的兩人抬抬手，往椅子上招呼：「先過來坐下，究竟誰應該負主要責任，我想現在還不是爭論的時候。我剛才給鄭乾所在的策劃部安排了一個策劃工作，如果他能出色完成，這個工作職位留下來給他也不是不可以，甚至到時候如果他表現優秀，我還能對他破例進行提拔。」

有這種好事？不僅程心感到不可思議，就連主管公司業務的楚雲飛，也有些為難的看著程建業，說道：「程叔，我覺得這個事情可以再商量一下，畢竟……我們需要做到讓人信服，讓公司所有人都感受到自己身處一個公平競爭的環境當中，這樣才能更好地激發他們的想像力和創造力。否則您一旦因為一個人而壞了規矩，恐怕這些年在他們心中樹立起來的誠信形象就會被打了折扣。」

涉及到公司管理層面的事情，程心向來沒有什麼興趣，不過有一點她聽到了耳朵裡，按照楚雲飛的意思，就是說哪怕鄭乾在這次招商策劃中做出了貢獻，貢獻再大再好也沒有晉升的機會？這哪行啊，原本讓鄭乾進入公司，就是為了讓他能夠通過良好的業績表現，從而一步步取得成功，現在竟然連晉升的權利都被提前剝奪了，這樣的工作還有什麼意義？

這是什麼道理？只要鄭乾做出了業績，還怕那些人不服氣？程心唯一的想法便是幫助鄭乾在公司立足，並且取得不錯的成績，不管楚雲飛在程建業面前如何諫言，她也要想辦法讓他答應提拔的事情。

「這倒是一個方面，不過我程建業用人向來是按照傾其所長、盡其所能的原則，如果他真有那個本事，為什麼不讓他留在我的公司呢？」程建業笑著說，「你剛剛畢業，很多事情不能光按照書本上的看，還需要從實務中摸索，這樣才能真正成為獨當一方的人物。另外，倘若他力不能及，在我所圈定的範圍內沒有達到我的要求，自然還是要按照公司規定辭退，這個就交給你來辦了。」

話說到這個份上，楚雲飛也不好再說什麼，點點頭算是接受了程建業的說法，而程心則有些意外的高興，他才不相信鄭乾沒有能力完成老爸交代的工作。所以從某種程度上來說，這就為以後鄭乾的發展鋪平了道路，只要他肯努力，那麼晉升什麼的，應該都不是問題了。

「好了，以後在工作當中，雲飛你可要多幫我看著點程心。或者這樣吧，程心在公司就交給你了，你有權替我隨時督促，要是她再一天到晚發呆，就……你就向我報告，看我怎麼收拾她。」

「喂──爸，你還給不給我人身自由了？」程心像暴怒的小老虎，張牙舞爪不滿道，「憑什麼我上班的時候他也要監督我？我可受不了在工作的時候，被一雙眼睛賊兮兮盯著……」

程建業臉色又黑了下來，他的用意十分簡單，答應給鄭乾提拔的機會，是為了穩住程心，至於讓楚雲飛對她進行監督照顧，則是為了能夠幫助兩個人製造的相處機會。

儘管與鄭晟已經冰釋前嫌，可是對於自己的女兒喜歡鄭乾這件事情，程建業從未有過半點妥協。趁程心現在在楚雲飛的公司上班，把他們兩個撮合在一起，才是他現在需要完成的最主要以及最急迫的任務。

想要完成這件事就必須主動出招，所以他今天來到公司，專門讓程心看到鄭乾，再拿出程心發呆的證據，再叫了楚雲飛進來，一個人執掌乾坤，導演了剛才一幕。

第七十五章
再進家門

「好啊，那你得保證以後好好工作，否則我不光讓雲飛監督你，還要追究你拿一個假學歷幫助鄭乾進入公司的事。」程建業語氣不容置喙。

程心吐了吐舌頭，說道：「您就放心吧。」

剛剛接到程建業直接下達的策劃任務的時候，鄭乾心裡隱隱感覺到自己大顯身手的機會來了。所謂招標策劃，最要考量的還是策劃能力，而自己在大學四年都是在學生會工作，即使大二成為學生會主席，策劃個什麼工作也都由自己完成，鄭乾對自己的策劃能力毫不懷疑，但是鄭乾也知道公司方面的招標策劃沒有所想像的那麼簡單，想要在一定程度上獲得成功，就得不停努力，於是在接到程總發佈的任務後，便一心一意投入在工作上面。

至於程心和程建業所約定的事情，他大概是沒有辦法知道了。

因為姚佳仁「制服誘惑」而心猿意馬一個晚上的孔浩，第二天早上起來的時候還掛著一對可以媲美一級保護動物大熊貓的黑眼圈，揉揉眼睛剛想起身，才感到背部傳來一陣刺骨的酸痛，孔浩臉上一臉哀傷，想起昨天晚上蹭著往床上去，卻被一腳踢了從臥室滾到客廳來的窘境，心裡還有些不舒服呢。

「不管了，先想想回去怎麼說服老媽才是。雖然已經做好了老爸背叛友好聯盟的準備，但還是希望他能夠懸崖勒馬、迷途知返，知道不幫他兒子完成人生大事，是一件有多麼痛的領悟的事情。

起身準備洗漱，突然飄來一陣香氣，擻頭一看，才發現餐桌上已經擺放了早點，看樣子是自己最喜歡吃的烤蛋糕和熱呼呼的牛奶。

正循著香氣想要一飽口福，一隻手卻從旁邊伸出，提起他的耳朵，嬌斥道：「還不快洗臉刷牙去？」

孔浩疼得齜牙咧嘴：「好好好，佳仁快放開。」

「懶豬！」姚佳仁白了孔浩一眼，被他誇張的疼痛動作逗笑。

「嘿嘿，你勤快不就好了。」孔浩忝不知恥地湊上臉去，極盡誘惑道，「寶貝，來，親一個——」

「幹什麼呀！滾一邊去。」姚佳仁知道如果自己再待下去就得淪陷魔爪了，趕忙推孔浩一把，轉身回到廚房繼續張羅早餐。

「嘿嘿，多好啊。」孔浩看著姚佳仁慌亂的模樣，打心裡滿足。

吃過早餐，孔浩特意跟隊上請了一天假，當著姚佳仁就在電話裡說著今天要帶老婆回家見爸媽，聽得姚佳仁白眼翻遍無數，好在人家隊長通融，聽到關乎隊員人生大事，不假思索就批准了。

孔浩所在單位離自己家有一段距離，剛開始還好，姚佳仁同孔浩有說有笑，但是走了沒多久，可能是想到上次去到孔浩家的不愉快經歷，神情一下子黯淡下來，甚至手心都捏出了汗水。

孔浩這個時候就體現出了居家暖男的優秀特質，不停講些笑話，或者說些其他話題為姚佳仁轉移注意力，希望她放鬆一些。

不知怎麼，說著說著，兩人就聊到了關於鄭乾和程心的事情。

孔浩一臉賊笑，說道：「掙錢的有福了，程心那麼好的女孩，就死心塌地跟著他，你說多好啊。」

姚佳仁一臉不爽，斜眼說道：「是在說我三心二意嗎？哼！」

這是在撒嬌了……孔浩臉上泛起紅暈，嘿嘿笑道：「老婆最好，老婆最好了！」

「這還差不多。」姚佳仁握著孔浩的手，又說，「你說我們會不會在程心和鄭乾之前結婚？」

孔浩想了想，說道：「我覺得很有可能。其實也沒關係，我們們誰先結誰後結不都沒有什麼影響嗎？」

姚佳仁恨其不爭，佯怒道：「當然有關係了，這可是關乎誰更恩愛！」

呃……不就先結婚後結婚的問題而已，什麼時候已經上升到關乎誰更恩愛的程度上去了。

女人啊，真是奇怪的動物……孔浩心裡哀聲一嘆，又聽姚佳仁解釋道：「你還沒想明白？結婚越早，就證明我們越有能力，家裡父母也越支持，而我們也同樣如此。所以說，結婚早能夠證明的事情很多，最主要的是……」姚佳仁頓了頓，臉上有些悵然和羞澀的意味，「結了婚之後，我就可以不用那麼擔心以後了，因為有你在身邊，總會覺得踏實。」

這話就說得孔浩高興了，先前對於女人是奇怪動物的感嘆立刻拋之於腦後，哈哈笑道：「放心，這次回去一定要讓我爸媽幫忙定下婚期，然後我們倆負責結婚生子就行。」

姚佳仁嗔怪地看了眼孔浩，伸手輕柔的扭了扭他腰間的肉。

※

孔浩家。

孔媽在客廳裡走來走去，一副心神不定的樣子，而孔爸則翹著二郎腿坐在沙發上，手裡拿一份報紙，正在研究報紙版面的排列組合。

「別看了！」孔媽看到孔爸悠閒的樣子就覺得來氣，這老頭子一天到晚除了翹二郎腿看電視，就是翹二郎腿看報紙，但是看電視也就算了，經常看著看著就向沙發投降，頭一扭睡了過去，看報紙也同樣如此，有一次為了掩蓋睡著的痕跡，甚至能夠手捧茶杯睡到清醒而不使杯中水落下一滴。

最絕的當屬那一次孔媽提刀追殺隔壁老劉，鬧得是滿城風雨，結果孔爸知道了，只不過是放下報紙看著通報消息的人問：「傷著人沒有？」人家回答沒有，孔爸擺擺手說：「那就隨她追吧。」如此之淡定可謂讓人汗顏吶。

相比之下，現在所提的婚姻大事，則更加不值得孔爸考慮了……

「不看就不看嘛，你在那焦慮啥呢？」孔爸說

「你還有理了？你知不知道你兒子被那個叫姚佳仁的勾引成什麼樣了？我這是在為他著急啊！」

孔爸癟了嘴，將頭轉向一邊，彷彿沒有聽到似的。

「反正我看她就不是個好人，愛慕虛榮不求上進，我兒子要是跟了他，準要受一輩子罪！」

第七十六章
門當戶對

吱嘎一聲，門被打開。

「爸、媽，怎麼了？」

孔浩探進半個腦袋，呆呆地看了眼孔爸和孔媽，而他手心裡，姚佳仁的拳頭緊緊握了起來，甚至持續顫抖著。

「兒子，你來了？那那……趕快進來坐著。」孔媽原本想那誰來了沒，結果就看到跟在孔浩身後一同進來的姚佳仁，連忙把嘴裡的話又咽了回去。

「剛才……」

「媽，剛才你說什麼？」孔浩一臉好奇，「什麼誰跟了誰就要受罪？」

唉唷！孔媽簡直要找一道牆撞上去得了，哪有這樣極品的兒子，專拆他老媽的台？

「沒說啊，你聽錯了。」這話卻是孔爸說的。孔爸看到孔浩帶著姚佳仁回來，放下二郎腿，表示熱烈歡迎。

但是這句話明顯具有此地無銀三百兩的嫌疑，本來就難以解釋，結果經過兒子和父親相互攪和，更沒有說明的可能了。

孔媽綠著一張臉迎接孔浩回家。

一上來應了聲姚佳仁叫的親切的阿姨，然後便不理人家，拉著兒子問起工作上的事情來，從東問至西，從穿衣起床問到洗腳睡覺，完美演繹什麼叫做新時代囉嗦老媽。

不過前些年不知道父母對自己的關懷，如今經歷了大學畢業的分別，公司工作的水深水淺以及社會上朋友間的你來我往，慢慢地也就對於父母的良苦用心逐漸理解了。

到了現在，更是深切體會到這種囉嗦背後，是隱藏著怎樣的一種關愛。

但是也許孔浩並不知道，孔媽之所以前所未有的嘮嘮叨叨，一方面是為了緩解剛才那一聲叫喚——她確定對姚佳仁的評論已經落入了兩人耳中，為了不讓雙方都感到無話可說，只好自己先有話可說了。只是這樣一來就冷落了姚佳仁，人一個大女孩在旁邊低垂著眼簾，左看右看都覺得不自在，只有遇上孔爸熱情的目光時，才能感受到一絲被歡迎的感覺。另一方面卻是想藉機讓姚佳仁明白，今天無論說什麼她都不會同意，她孔媽只對自己的兒子和他的工作在意。

「兒子，我聽說城管隊那邊房挺好住的，是不是跟其他人擠著睡呀？」

孔浩無奈道：「媽，您已經問我第二遍了！城管大隊又不是學校，再說我是考公務員進去的，人家單位會分配單位房，到時候有了錢我們可以直接買下來。」

「好啊好啊，那你給媽說說，你旁邊的人對你怎麼樣？他們是不是像電視上那樣凶？」

孔浩苦笑道：「媽，您看您兒子凶嗎？人人都是爹生的媽養的，又不是神經病天天像電視上那樣。」

「這就好哇！媽聽說現在你們分管東城區那塊，是不是？怎麼樣，那塊小販多不多呀？」

孔浩抓了抓頭髮：「媽，您不是還……跟蹤過我嗎？您說多不多？」

咳咳……孔媽被反問得嗆了一口口水。廢話，那肯定多啊！出了那條小巷，整個人行道上都鋪滿了貨物，路都占沒了，人擠人的能不多嗎？

「兒子啊……」

孔媽握著孔浩的手剛想進行新一輪攻勢，孔浩立覺不妙，往後一側身，像防範壞人一樣的說道：「媽，您別問了，就剛才那幾個問題，您最少都重複了一遍，我已經不想再回答了。」

「那你要幹啥？」沒想到孔媽立刻變臉，指著孔浩鼻子就說，「我養你這麼大容易嗎？我問問你工作上的事情，惹你不滿意了？他爹啊，我們兒子這是看不起我們倆了啊！」

說著眼眶一紅，就要往孔爸身上撲去。

孔浩可是領略過老媽的哭之藝術，不但聲淚俱下，而且還要加上形體動作美。即便對老媽突變的話風弄得不知所措，孔浩也意識到得要趕緊阻止這種態勢的發生，要不然今天的事情是別想聊下去了。

還好孔爸暫未背叛聯盟，在孔媽撲向他的時候，老頭子已經順勢一歪躲向了一邊，他可是已經害怕了孔媽趴在他身上亂掐亂打的習慣。

孔浩見狀趕忙一把將老媽拉住，將她按回原位說道：「爸、媽，我跟你們明說了吧，今天我帶佳仁回來，就是想問問你們，同意不同意我們的婚事，如果同意的話，我們倆就挑個好日子結婚。」

孔媽紅潤的眼眶立刻恢復正常之色，本來還想要一些無賴手段，讓兒子離開這個女人，沒想到人家看穿了自己的計謀，現在反倒主動提出來要結婚了，賠了夫人又折兵的買賣讓孔媽心裡沒來由的堵得慌。

說到正經話題上，孔爸二郎腿也不翹了，以正襟危坐的姿勢坐好，準備等待孔媽下達作戰命令。雖然心裡支持兒子，但是表面上還是需要表現出一些不同。

這點從父子兩個互換的眼神當中就能瞧出來了。

而姚佳仁則是緊張地握了握孔浩的手心，生怕孔媽直接來一個拒絕，到時候弄得連商量的餘地都沒有，那就真是自作多情了。

所有人都在等待孔媽的回答，孔媽也知道兒子和這女的生殺大權就都掌握在自己手裡了，如果說不同意，那麼說不定會引起兒子激烈反抗，如果說同意，那又不符合自己的心意。左不是右不是，怎麼辦？那就商量吧，孔媽認為能夠和他們商量已經是自己最大的退讓了，至於商量結果如何……哼哼，這就得看心情了。

看到老媽露出難得一見的怪異笑容，孔浩乾吞了一口口水，知道她要說出自己的決定了，不由得連自己也感到緊張起來，畢竟這個家做主的人是老媽，只要她這裡通過，那基本上他們的事情就已經確定了。

孔媽琢磨了一番說辭，看著孔浩說道：「兒子啊，媽也打心眼裡希望你結婚以後能夠過得幸福，這是每個當媽的最希望看到的。但是有些時候，你們還太年輕，很多事情自己不好把握，所以這時候就需要我們這些長輩耍耍嘴皮子動動腦子為你們出出主意。就拿結婚來說，哪家長輩不希望早點抱孫子呢？可是你也知道，嫁娶是要講究門當戶對，哪怕門不當戶不對，那對方的品性也得是一等一的，所以媽就為你煩惱啊。」

孔媽的話說到這裡剛好結束，但是傳達的意思已經非常明顯，首先呢，姚佳仁家庭背景不行，這是門不當戶不對；其次呢，沒有家庭背景可以，但是得要求女方做人好，不能光靠著一副臉皮就呼風喚雨……

可是姚佳仁，孔媽心裡已經不由自主回想起了兒子被虐待的場面。

第七十七章
家庭世紀大戰

既然孔浩能夠聽出其中意味，早就對孔媽的喋喋不休感到厭煩的姚佳仁則更加清楚了。

從第一次來到這裡，孔媽對自己就不是那麼看好，甚至連她也不知道為什麼孔媽看她的時候總是一副不順眼的樣子。

剛才聽到孔浩說什麼跟蹤的事情，才發覺人家恐怕是不小心看到了一些什麼。

可是我做了什麼讓人仇恨的事情？姚佳仁捫心自問，仍舊沒有想通其中緣由。

而且孔媽的態度已經十分明確，目前看起來，結婚已經是不可能的事情，能不能在臨走的時候被留下來吃個晚飯都是問題。

所以等著被人家攆走，倒不如自己先離開吧……

孔浩還在和孔媽爭辯，姚佳仁已經站起身來，拉了拉他袖子說道：「我們走吧。」

她沒有跟孔媽道別，只是微笑著朝孔爸點了點頭，以示晚輩對長輩的尊敬。

然而便是這個小小的動作，將孔媽內心的火藥桶徹底引爆。

剛才兒子說那麼多話裡話外都在偏向姚佳仁，整個就像被人迷住了一樣，轉頭一看老頭子，也同樣如此，讓人看了忍不住想要上前抽他兩大巴掌。原本就因為憤怒而又隱忍到現在的極差心情，這個時候終於找到了發洩口，二話不說便將矛頭對準了這個要將兒子帶離自己身邊的女人。

孔媽倏地站起身來，手指姚佳仁，眼看孔浩，怒道：「你想要走可以，但今天你要是跟她走了，以後就別回這個家。」

孔媽的威武霸氣將孔浩嚇得抖了一抖，就連孔爸也同樣如此，難得一見的直坐身姿被這突然的怒吼聲嚇得直挺挺往後倒去，手扶胸口搓揉幾個來回才回過神來。

雖然已經年入五六十，但威勢卻絲毫不減當年，真是越來越厲害啊！

只有姚佳仁似乎沒有感受過孔媽的威勢，所以現在看起來，也就沒有和孔爸以及孔浩同樣的感覺，甚至她還覺得這聲怒吼是在向她宣誓主權。

如此一來，兩個女人間的戰鬥就在不知不覺中升級，往一個新的高度而去。

看著孔媽和姚佳仁針鋒相對互不相讓的眼神，孔浩知道不妙，連忙站起身來插到兩人中間，打算發揮和鄭乾一樣的口才，但是左看右看一時間竟然被噎住了說不出什麼話來，看得孔爸是連翻白眼。

姚佳仁和孔媽則認為這是女人間的戰爭，男人該幹嘛幹嘛，站在面前算個什麼事？於是兩個人幾乎是同時，一個扯住手臂一個揪住耳朵，同時用力，就將孔浩往兩邊扯，疼的人齜牙咧嘴，眼淚直冒。

意識到這個問題，兩人又換了一個方向用力，於是幾乎是在同時，孔浩又被兩股巨力從兩個不同的方向拉扯，又一次疼的嗷嗷直叫。

這就尷尬了。孔媽瞪一眼姚佳仁，姚佳仁毫不示弱回瞪過去。但這大概就是女人之間特有的默契了，明明是仇恨的示意，卻偏偏能夠體會到彼此的意思。

孔浩剛想用言語對剛才的兩次折磨表示強烈譴責，但是話還沒有說出口，就被兩股合二為一的力量推了出去。

砰一聲響，孔爸來不及做出反應，被撲了個滿懷。

來不及去看一眼另一邊的情況，孔媽和姚佳仁又一次進入冷戰狀態，甚至由於昨晚孔爸開窗而偷渡進來的幾隻蚊子在面前嗡嗡嗡飛來飛去差點叮在鼻子上，兩個人也沒有眨一下眼睛。

空氣彷彿降至冰點，孔浩和孔爸對視一眼，兩人打算保持同一個姿勢預防突然侵襲的寒流，皆沒有說一句話或是打算上去將兩人拉開。

時間一分一秒過去，如果不是孔爸忍不住摳了下腳，或許就連時間都要靜止了。

「兒子，我怎麼覺得更冷了。」孔爸目不轉睛盯著前面說。

「爸，我也覺得，所以我們想個辦法。」

「什麼辦法？」

孔浩作出思考狀，說道：「我們要趁著戰火還未拉開序幕，提前將火苗扼殺在搖籃當中。」

孔爸彷彿已經感知到即將襲來的女人之間戰爭的恐怖，毫不猶豫點了點頭，表示同意孔浩的建議。

「我們要怎麼做？」孔爸問。

「這樣……你去拉老媽，我去拉佳仁，我們兩一塊用力，將她們分開，拯救地球拯救人類。」

孔爸張了張嘴巴：「為啥要我去拉你媽？」

孔浩頭上冒出三根黑線，說道：「爸，你不下地獄，誰下地獄？何況佳仁是我女朋友，當然是我去拉她。」

這麼一想也有道理，但是孔爸仍舊感到不放心，賊兮兮說道：「你是沒有見過你媽當初一把菜刀鬧革命的厲害，要是被她轉身再進廚房……你小子可要幫我擋著。」

孔浩說道：「好好好，您放心去吧。如果有機會……我還是會先逃跑的。」

前一句話聽著舒服，可後一句越聽越不是滋味，深感流年不利、人心不古的同時，孔爸也悠悠站了起來，按照約定往孔媽走去，外表平靜，心底已經做好了捨身取義的準備。

孔浩也站起身來，但是沒有孔爸那麼悲壯，他懂得掩護自己，貓著身子朝那邊緩緩移動，打算趁機出手將姚佳仁帶離戰場。

孔媽和佳仁的眼神之戰還在繼續，如果不是兩人中間隔了一張桌子，說不定現在已經拉開架勢開始大幹一場了。

正因為如此，孔浩和孔爸才能藉此機會接近兩人，不至於還未到達作戰位置便被敵人眼神掃射夾著尾巴逃跑。

孔爸已經來到了孔媽身邊，並且抽出精力朝孔浩豎起拇指，意思是已經準備妥當；而孔浩也在同時到達指定區域，看到老爸信號，也點了點頭，表示準備妥當。

萬事俱備，只欠東風。但是東風在哪兒？孔爸突然不知道將孔媽拉到一邊後該做些什麼，抬頭看一眼孔浩，想跟他諮詢一下意見，卻發現臭小子已經將手緩緩伸向了姚佳仁，並準備隨時使出關鍵一拉。

對於盟軍的不靠譜，孔爸感到十分無助和憤怒，但是戰場上的千變萬化向來不在人為控制範圍之內，有些時候有些事情，還是需要自己依靠本身的智慧和能力前去完成的。

這樣想著，孔爸心裡突然間就多了幾分勇氣，然後，一雙牢牢的厚厚的伸向孔媽的手掌也變得異常有力起來。

第七十八章
奇怪而相似的問題

「上！」孔浩一聲指令，嚇得孔爸將伸出的手閃電般縮了回來。

但是那邊，在一個「上」字出口的時候，孔浩便在姚佳仁驚詫的目光中將她帶離了那邊，失去了強大敵人的孔媽一時間有些沒有反應過來，而孔爸則趁著這個機會再一次伸出了小魔爪，牢牢地將孔媽掌控在了手心。

完成的漂亮！孔浩忍不住抽出空隙朝孔爸擠了擠眼睛，孔爸咧嘴嘿嘿一笑，但是還沒有出聲，就被孔媽的一隻手揪住了耳朵，於是咧嘴嘿嘿一笑立刻成為了齜牙嗷嗷一叫。

但是孔浩可管不得那麼多了，他的目的只是為了能夠安慰一下姚佳仁，畢竟老媽的話從一定程度上來講，說得實在難聽了些，如果不是佳仁已經習慣了那些冷嘲熱諷，這時候在不在他家裡都還說不一定的。

然而孔媽卻不管這些，既然你敢在我家裡跟我求戰，那就得乖乖接受我的回擊！既然你能接受我的回擊，並且面不改色心不跳，就說明你臉皮厚，對於臉皮厚而又野蠻的女人，孔媽向來對其沒有什麼好感。

經過世紀大戰之後，發現姚佳仁竟然在冷戰方面絲毫不輸給自己，孔媽更是感受到了濃濃的威脅。

如果以後她來到我們家裡，那這家還不遲早被她掌控在手裡？這樣一來，我和孔浩他爸的日子還怎麼過？

於是毫無意外的，經過這次大戰之後，孔媽對姚佳仁的觀感變得越來越差，她甚至已經決定，如果孔浩還是堅持要和姚佳仁結婚的話，就以死相逼，看看這臭小子是要媽還是要老婆！

孔爸察覺到孔媽嘴角揚起那壞壞的笑，一時間嚇得往後退了兩步，生怕孔媽又給自己來一個推拿手或者二指禪功。

孔浩則在那邊不停安慰姚佳仁，說自己老媽刀子嘴豆腐心，只要相處久了，就能知道她其實是一個很好的人。

但是這樣的話在此時此刻明顯沒有份量，女人對女人最為瞭解，姚佳仁無論是從孔媽的眼神還是動作抑或是語言來看，都知道這是一個很難對付的女人，自己如果嫁過來孔家，以後應該怎樣和她相處？這是一個值得深思的問題。中國自古以來關於女人間最難解決的問題一共有三個：一是三個女人怎樣唱好一台戲，二是怎樣處理好婆媳關係，三是醜人要如何才能不多作怪。可見婆媳關係並非是結婚後才有，從目前狀況來看，怕是還沒進門就已經槓上了。不過轉念一想，嫁或者不嫁的天平現在已經開始朝不嫁一方傾斜，所以此時的擔心倒是顯得無足輕重了。

但是有一點姚佳仁卻想要確認，那便是孔浩在他媽和她之間會選擇誰？如果選擇了他媽，自己該怎麼辦？選擇分手還是貼著臉的用真情感動？這是一個比婆媳關係更值得探討的問題。不過，如果孔浩選擇了自己，那麼現在所設想的一切也就沒有了意義，所以一切的一切，還得看孔浩的態度……

姚佳仁眼神柔柔的看著孔浩，想從他眼眸揪出一些什麼東西，但是除了糾結之外，仍然是糾結……

他在糾結什麼？隨後姚佳仁感受到一道目光落在了自己身上，轉頭看去，發現是孔媽。

孔媽眼神不善看著這邊，目光不停在兒子和姚佳仁身上流轉，終於上前一步說道：「兒子，過來。」

孔浩所擔心的問題出現了，聽到老媽叫自己，就知道一定是要和自己選邊站了，而且這種時候無論選擇誰都不會有好的結果，所以儘量拖延，爭取想到最佳辦法才是良策。

「媽，我不就在這裡嗎，你讓我過去幹啥？」

「臭小子，你過來，站我這邊！」

姚佳仁毫不示弱，但是畢竟是在人家家裡，任何憤怒的時候都要矜持一些，這時候她沒有選擇和孔媽一樣上前一步，只是微微伸手擋了一下孔浩，眼神看著孔媽嘴裡卻同孔浩說道：「我們走吧。」

走？呃……這好像是個不錯的想法，先離開這邊，畢竟單位有分配房間，說要回去也不衝突。

「媽，我那邊還有點事……」可是話還沒有說完，卻被姚佳仁在腰間狠狠扭了一下，吸著涼氣用疑惑的眼神看去，只聽她用只有兩個人才能聽得到的聲音問：「我們是來這裡幹嘛的？」

孔浩恍然大悟，我們來這裡當然是跟老爸老媽談論我們婚事的啊，現在什麼都沒表示就被老媽嚇跑了，這一趟不是白來了？而且看樣子佳仁也是來一次被傷一次，下次還會不會踏進這裡都還難說。如果今天不把問題表明，以後一定會接著費神費腦。

怎麼辦？孔浩用眼神詢問姚佳仁，結果姚佳仁並未選擇回答，而是直接轉過頭去，眼神也不知看向哪裡，說道：「走之前，我想知道一個問題。」

什麼問題？這句話說出來之後，所有人都一同看向了姚佳仁，想聽聽她想要說些什麼。

姚佳仁看著孔浩，問道：「孔浩，你愛我嗎？」

就是這個問題？孔浩臉紅了一下，當著長輩的面回答這樣的問題顯然會有些不自在，但是特殊時刻特殊處理，當下沒有猶豫便點了點頭，回答道：「我愛你。」

孔媽臉色一綠，姚佳仁又問：「如果……我說如果有一天我離開你身邊了，你……會想我嗎？」

這根本不是問題啊，如果你離開了我，而我沒有想你的話，我剛才說的我愛你三個字，不就是自己在打自己的臉嗎？孔浩仍然沒有猶豫，同樣點了點頭。

「那好……如果有一天，我們必須分開，而且有可能永遠不會相見，你……你會怎麼做？」

孔浩察覺到了一絲不對勁，什麼叫必須分開和永遠不會相見？怎麼可能發生這樣的事？孔浩舔了舔嘴唇，有些著急道：「佳仁，你……怎麼會問這種問題，怎麼了？」

「你先回答我。」姚佳仁說。

「我不會讓你離開我身邊的，永遠不會。」孔浩神情堅定。

「可是現在……」姚佳仁偏頭看了一眼孔媽，「我們就要分開了。」

孔媽終於明白了過來，原來是在演苦情戲啊，難怪這些個問題問得那麼奇奇怪怪，這個女人不簡單，真是不簡單……孔媽眼珠子一轉，腦袋靈光一閃，突然就冒出了一個好辦法。

既然她想演苦情戲，那好啊，我也陪你演！看看我兒子對她老媽在意，還是對你更在意！

孔媽不等孔浩接上姚佳仁的話，便開口說道：「兒子啊，媽也有問題問你。」

孔浩知道糟了，茫然地點了點頭：「媽，您說。」

孔媽嘆了口氣，神情落寞道：「媽也老了，做什麼事情都覺得力不從心，你也知道，你爸就是個不管事的，家裡面大大小小的問題都要靠我這雙手來操持。媽也想啊，這樣的日子也沒有多少天了，如果有一天媽生病離開了你……你會不會想媽？」

第七十九章
持續升溫

如果說之前還只是有一些猜測的話，現在已經可以確定，自己已經落入了孔媽和姚佳仁的圈套之中，這些問題雖然看似不同，但是性質卻是一樣，等回答完這些問題之後，一個選擇必然將要出現在他面前：你選擇誰？

孔浩不知道該怎樣做出選擇，他所認為的愛情是在全家和睦的基礎上進行的，雖然很多時候有著為了跟姚佳仁在一起而打算破釜沉舟的計畫，可也大都是一時之想，等到腦袋清醒過來，又會覺得之前的想法是錯誤的。總之無論偏向哪一邊，另一邊都會受到傷害。

自己愛姚佳仁，當然也愛老媽，就像手心手背的問題，總是最難選擇的。

不過不是有一句話這樣說麼：女朋友沒了可以再找，老媽沒了就找不到了，所以面對兩人同時落水先救誰的問題，應該選擇救老媽。

想到這裡，孔浩目光定了一定，那就……這麼辦吧。

「媽，您不會離開我的。」孔浩說，「因為有我照顧著您。」

孔媽欣慰地點了點頭，又問：「所以啊，媽就希望能夠在離開你之前的每一天，都看到你高高興興、平平安安的，我們不求富貴——是吧？錢再多也買不來親情和生命，人這一生，無非圖個平安快樂四字，但有些時候，一旦選擇錯了，這些東西也就沒了。媽就是為你擔心，怕你不聽媽的話，走錯了路，到時候我也老了，再有心也幫不了你……你說，如果真到了這地步，我該怎麼辦？」

這是讓自己表態嗎？孔浩順著孔媽的話說道：「您放心吧，我就聽您的話。什麼都聽您的。」

姚佳仁在一旁用看叛徒一樣的目光看著孔浩，但孔浩已經想出了辦法，也決定跟著自己的辦法走，所以暫且不予理會。

孔媽趁勝追擊，又往前走了一步，深情注視孔浩：「浩啊，你能說出這些話，媽就欣慰了。所以你告訴媽，媽是除了你爸之外，你生命中最重要的人，是不是？」

孔浩不假思索道：「是，爸和您都是我生命中最重要的人，沒有你們，就沒有我的存在……所以無論從哪一方面來看，我的所有都是你們給予的。」

孔媽感受到了勝利的曙光，甚至雙手已經舉過頭頂將要進行歡慶動作，還好孔爸在後面適時地戳了她一下，沒有讓孔媽失態，孔媽理理情緒說道：「兒子啊，你知道這些就好，我和你爸也就放心了。今天在這裡吃飯吧？我知道你要來，叫你爸一大早買了條魚。」

這是要強行留下的節奏嗎？孔浩點了點頭，正當姚佳仁轉身要走的同時，一把拉住她手臂，說道：「留在這裡，一起吃吧。」

姚佳仁堅持要走，孔媽冷嘲熱諷道：「魚有點小啊，要不你爸再去買一條？」

不得不說，孔媽的明嘲暗諷玩得十分到位，僅僅一句話，便將姚佳仁氣得七竅生煙，看樣子有種想要摔門而出之前再和孔媽大戰八百回合的趨勢。

孔浩覺得這就是孔媽的不對了，不就吃一頓飯嗎？而且是你兒子的女朋友，情面上總得留一些吧？

孔浩說道：「媽，那我和佳仁出去吃吧。」

「你說啥？你不留在家裡了？」

「我明天還得上班呢，今晚得要趕回去住。」

孔媽不樂意道：「吃個飯能耽誤多少時間嘛？」

「那讓佳仁也留下吧。」孔浩的意思很簡單，她留在這裡吃，我就不走。否則，我明天還得上班。您就看著辦吧。

但是即便如此，換做任何一個人聽到這樣委曲求全的話也不會高興吧……更何況是姚佳仁，她當機立斷，甩脫孔浩的手，直接走到門前，打開門說道：「你跟我走，還是留在這裡？」

孔浩急了，「能不能不要這麼情緒化？」

「你說我情緒化？」這一次姚佳仁內心的火藥桶好像被徹底引爆了，「我剛一進來，你媽就對我沒有好臉色，前一次那些問題問得我都不知道要怎麼回答，這一次……」姚佳仁也不顧當著孔浩爸媽的面，直接說道，「這一次乾脆當我不存在了……你讓我怎麼還有臉待在這裡？你試試待在一個不受歡迎的地方，還要露出笑臉迎合，你試試好不好受？」

孔浩被問得啞口無言，孔媽有錯，但那是他媽，姚佳仁或許也有錯，但是人家來到家裡，面子上的歡迎總該要有的，哪有像孔媽這樣，對人家冷言冷語的？

自從走進家門以來，孔浩內心的想法就隨著兩人態度的改變而改變，倘若結婚以後遇到一起，類似的情況不知道還會發生多少次。

孔浩有些頭疼。

最終的問題好像又回到了選擇上面。

在老媽和女朋友之間進行選擇，本來孔浩心底已經有了打算，但是因為孔媽最後一句話太欺負人，所以他……覺得自己有時候需要表示一下強勢，才能逃脫被老媽支配的恐懼。

而孔媽則難得的沒有接上姚佳仁的話，一方面事實確實如此，自己理虧，而且姚佳仁有這樣的反應不是正好說明自己的想法成功了嗎？另一方面，卻是孔爸在後面拉了拉孔媽，讓她少說兩句話。

孔浩朝姚佳仁走去，看著笑瞇瞇的孔媽說：「媽，我送佳仁回去。」

「送她回去之後呢？」

「我明天還得上班，就不回來吃飯了。」

孔媽愣了愣，她怎麼覺得兒子態度轉變有點大啊，無論從語氣還是表情上看都是一樣，問道：「那你什麼時候回來？」

「有時間吧。」

什麼叫有時間？孔媽知道這是推託的話，說不定這混小子被姚佳仁勾走了，就一輩子不回來了呢？要不是知道孔浩在城管大隊上班，孔媽現在絕對會衝上前去將他揪回來。

「不行，今天必須留在家裡吃飯。」

「我說過了，除非您認可佳仁，否則我就走。」

哎唷喂，還威脅上了？孔媽氣得渾身發抖，明明已經掌控戰局，為什麼突然間又形勢大轉了？

「你要女朋友還是要媽？」孔媽氣得直接說道，「我告訴你，兒子，這個家有她沒我，有我沒她！」

這話都說出來了，如果再待在這裡，豈不是遭人恨？姚佳仁很清楚這一點，什麼話也沒說，徑直轉身離開。

孔浩責怪的看了一眼孔媽，正要去追，卻被孔媽一個箭步沖將上來，攔住了他，並威脅道：「你如果要跟她在一起，那我這當媽的就……」

「媽！您能不能不要這樣？您到底是看不上佳仁哪裡，您說啊！家庭？性格？長相？您告訴我啊！您只知道阻止您兒子和自己愛的人在一起，您覺得這樣合適嗎？」

孔浩接著說：「我就是喜歡佳仁，難道您連兒子戀愛的權利都要剝奪嗎？我們不是說的好好地，等到我考上公務員，我的戀愛和婚事您都不插手嗎？您怎麼說話不算數呢？」

孔媽一時語塞，知道孔浩找到了突破口，沒有說話。

「所以……我還是那句話，我喜歡佳仁，我要娶她回家！」

——未完待續

高寶書版集團
gobooks.com.tw

YH 010
青春須早為（上）

作　　者　李行健
特約編輯　胡芷寧
助理編輯　陳柔含
封面設計　Ancy Pi
內頁排版　賴姵均
企　　劃　何嘉雯

發 行 人　朱凱蕾
出　　版　英屬維京群島商高寶國際有限公司台灣分公司
　　　　　Global Group Holdings, Ltd.
地　　址　台北市內湖區洲子街88號3樓
網　　址　gobooks.com.tw
電　　話　(02) 27992788
電　　郵　readers@gobooks.com.tw（讀者服務部）
　　　　　pr@gobooks.com.tw（公關諮詢部）
傳　　真　出版部(02) 27990909　行銷部 (02) 27993088
郵政劃撥　19394552
戶　　名　英屬維京群島商高寶國際有限公司台灣分公司
發　　行　英屬維京群島商高寶國際有限公司台灣分公司
初　　版　2020年 5 月

國家圖書館出版品預行編目(CIP)資料

青春須早為（上）／李行健作;
-- 初版. -- 臺北市：高寶國際出版：高寶國際發行, 2020.05
　面；　公分. --

ISBN 978-986-361-834-8(上冊：平裝)

857.7　　109004514

GOBOOKS
& SITAK
GROUP©